バルザックを読む

I……対談篇

鹿島 茂
山田登世子〔編〕

青木雄二
池内紀
植島啓司
高村薫
中沢新一
中野翠
福田和也
町田康
松浦寿輝
山口昌男

藤原書店

優雅な生活とは、休息を楽しくする術をいう。

――オノレ・ド・バルザック

日本に「バルザック党」の建設を！

鹿島　茂
（責任編集者）

なにはともあれ読ましてしまえ！

これが、わたしたち「バルザック『人間喜劇』セレクション」の責任編集者が、巻末の対談相手となっていただく方々を選ぶにあたって密かに目論んだことです。

わたしたちは、日本においてバルザックがまったくといっていいほど読まれていないことを承知していましたし、また文筆業界でも、バルザックを一度も読んだことがないという人が少なくないという現実もよく知っていました。

しかし、その一方で、どんな人でもバルザックを手に取ったら最後、かならずやバルザック党になるとも確信していました。

ですから、どんな方々に各巻の対談相手になっていただくべきかという問題を討議したとき、実際にバルザックのこれこれの作品を読んだことがあるかないかという要素は考慮の埒外に置き、むしろ、この方がこの作品を読まれたら、どう反応されるだろうという興味を優先させるようにしました。そして、最終的な目標として、その方をバルザックの作品によって「オルグ」して、強固なる日本バルザック党を建設することを視野にいれて、選定作業を進めたのです。

結果からいえば、わたしたちの目論見は大成功だったと思います。たいていの方が、その作品を読むのは初めてだったにもかかわらず、反応はとてもヴィヴィッドで、対談も活発なものになったという気がします。しかも、対談以後、バルザックにすっかり取りつかれたとおっしゃる方も現れたと伺い、日本におけるバルザック党の建設というわたしたちの使命も、その半ばを達成したのではないかとさえ感じます。やはり、「読ましてしまえ、バルザック」、ということなのです。

いま、ここに、全巻の巻末対談を一巻にまとめた本を出すにあたり、わたしたちが張り巡らしたワナにまんまとはまっていただいた対談相手の方々に、あらためてお礼の言葉を申しあげたいと思います。

二〇〇二年　四月五日

BALZAC, La Comédie humaine

目次

バルザックを読む　I 対談篇

日本に「バルザック党」の建設を！……鹿島　茂　2

夢を再生産するパリ神話……中野　翠×鹿島　茂　7
やっぱりヴォートランが好き／『ペール・ゴリオ』のおもしろさ／過剰な人、バルザック

文句なしに面白い『セザール・ビロトー』……髙村　薫×鹿島　茂　51
バルザックが描く職業と人物の厚み／叙情から叙事へ／芸術家らしくないバルザックの迫力

コレクター小説を超える『従兄ポンス』……福田和也×鹿島　茂　89
コレクションが成立した社会的背景／美術館という思想の出現／「見えるように書いている」バルザック

『ナニワ金融道』とバルザック……青木雄二×鹿島　茂　121
借金で鍛えられたバルザック／手形について知ってなければならないこと／唯物論者、バルザック

いま読んでも「新しい」バルザック……町田　康×鹿島　茂　147
『ラブイユーズ』のスピード感／バルザックの描く人物の実在感／どんどん吸い込まれていくような快楽

神秘の人、バルザック……**植島啓司×山田登世子** 177
哲学小説――『あら皮』／バルザックの描く女性／神秘主義者、バルザック

出版博物小説……**山口昌男×山田登世子** 203
内田魯庵とバルザック／両性具有／バルザックが描くメディア界

フレンチドリームの栄光と悲惨……**池内　紀×山田登世子** 233
読者サービス旺盛なバルザック／バルザックの産み出したとてつもない人物たち／フレンチドリームの神話的世界

欲望は崇高なまでに烈しく……**松浦寿輝×山田登世子** 265
欲望を描いたバルザック／バルザックの時代性／プルーストとバルザック

危険に満ちたバルザック……**中沢新一×山田登世子** 293
バルザックと聖杯伝説／バルザックの性愛＝権力論／バルザックとイマージュ――ヨーロッパの諸問題の凝集点

バルザックは世の終わりまで……**山田登世子** 324

カバー写真・バルザックが愛用した杖　装幀・毛利一枝

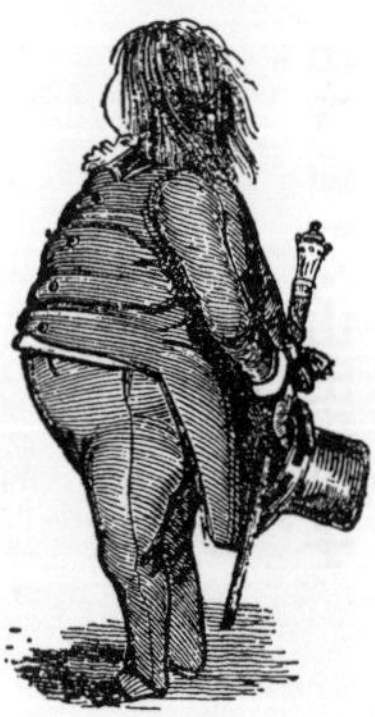

夢を再生産するパリ神話

中野　翠
鹿島　茂

ヴォートランが、世の中をまずありのままに見ることがすべてのはじまりだというでしょう。私もその通りだと思う。
——中野　翠

ある意味でマキャヴェリの『君主論』にすごく近いんです。人間の悪徳というのもしっかりと見つめてる。
——鹿島　茂

全くの休息は憂鬱を生む。

オノレ・ド・バルザック

●バルザックを評価したプルースト

中野 今回読ませていただいて、前の岩波文庫版では読みすごしていたんだけれども、あら、ここは笑う場所だったのねというのがあったわ。けっこう翻訳の力というのはあるなと思いますね。

鹿島 『ペール・ゴリオ』には先行の訳が四つか五つあって、自分が翻訳する前には、少し固いんじゃないかとか古いんじゃないかと思っていたんですが、今回、翻訳するために机の周りにその先行訳をずらりと並べて検討してみると、やっぱり昔の人の訳はそれなりにうまいなあと感心しましたね。

中野 一番最初の訳というのはいつごろなんですか。

鹿島 バルザックというのは、明治の中頃に英語からの重訳でちょっと訳されて、その後、全然訳がない時代が続きました。最初のバルザック選集が企画されたのは大正の末頃だったと思いますが、フランス文学者による本格的な選集がつくられたのは昭和の十年前後に河出書房から出たものを以て嚆矢とするんじゃないでしょうか。

それはそうと、昔の人の訳はたしかにうまいんだけれども、やはり日本語自体が古くなっているのはどうしようもない。それこそ「ツルカメ、ツルカメ」みたいな。ぼく自身はそうした古風ないい回しは好きなんだけれども、いまの読者のだれも知らない言葉を使うわけにはいかない。

中野 あの家主の五十歳ぐらいと書いてあったけれど、ほとんどお婆さんみたいな印象の人。「ツルカメ」とかいいそうじゃない？

鹿島 いいそうだし、ぼくとしてもいわせたいんだけれど、今回の「セレクション」は若い人たちにバルザックを紹介するというのが基本方針だから、そこのところはけっこう苦心しましたね。それにバルザックはもともと、いわゆる文章がうまい作家では決してないから。

中野 えっ、そうなの？

鹿島 バルザック的悪文といわれていたんです、当時から。

中野 それは全然私にはわからない。

鹿島 フランス語で読むとよくわかるんだけれど、けっして名文家ではないんです。むしろ悪文家といったほうがいい。

中野 それは話が脱線するとかそういうこと？

鹿島 もちろん、それもあるけど、文体自体にフォルムへの配慮というものがない。

中野 言葉の選び方とか？

鹿島 というよりもバルザックはあくまで意味の人なんです。

中野 ああ、なるほど。

鹿島 ぎちぎちの意味の人だから、文体とかそういうふうなフォルムのところに気を配るということじゃない。意味をひたすら追いかけていく人間なんです。

中野 伝わればいいという感じの文章ですね。

鹿島 そう。いいたいことがあまりにいっぱいありすぎて、次から次へと……。

中野 形容の仕方がおかしいのね。酔わせるというより、笑わせたり気づかせたりする文章。だから美文という感じではないのかもしれない。

鹿島　美文ではないんです。ただ二十世紀でバルザックを一番高く評価した作家はプルーストという点がおもしろい。プルーストの文章というのは、ある意味では名文で、ある意味では悪文なんですが、確かにバルザック的な、一つのことを考えてると他のことに考えがいってなかなか戻ってこれないというところがある。プルーストはこうした文章のくせを、自分の思考の一つの道具にして文体にまで高めていった人なんだけれども、そういう点はやっぱりバルザックの弟子だなという印象を持ちました、今回、訳してみて。

増殖する文体といえば、バルザックの校正の仕方というのがまさにそれだったんです。バルザックが渡した最初の原稿がゲラになってかえってくる。すると、それが出版社に戻されるときには、二倍、三倍になっているんです。その調子で活字にならないと文章が見えてこないといって、最高は一八校までやったというから、出版社は怒りますよ。そんなわけで、バルザック用の特別ゲラ出しの紙というものがあって、余白がたっぷりとってあってあっていくらでも書き足しができるようになっている。それでも足りなくて、紙を貼って最後は、ネズミの巣のようになる。

中野　自分の頭の中でちゃんと整理された状態で書いているわけじゃないんですね。

鹿島　なにしろ、忙しい人だったから。

中野　ああ、わかるような気がしますね。私もそのタイプだから。

鹿島　ただ、構造的には破格なんだけれども、最終的にはちゃんと均衡に行き着くんですね。そこが偉いんです。

中野　予定していた枚数が、書いているうちにどんどん増えてしまったというのは、あんまり最初に構成をきちんと考えていく人じゃないんですね。

鹿島 そういうタイプじゃない。

中野 勝手に動きだしていっちゃうんですね。

鹿島 登場人物が勝手に動きだしちゃうタイプなんでしょうね。『ペール・ゴリオ』でも、最初に構想していたのは、ゴリオ爺さんの悲劇と、ラスティニャックと、ターユフェール嬢というあまりさえない女の子くらいだったようですね。ところが、ヴォートランが登場しだすあたりから、話がどんどん別な方向へ行ってしまったようなんです。

中野 ラスティニャックはターユフェールに半分は本気で、半分はお金が目当てで関心を抱く。さらにヴォートランにもそそのかされる。そちらの話は途中でわりとあっさり終わっちゃったなという感じがちょっとありますね。

鹿島 『ペール・ゴリオ』は、最初、一週間で書くといっていたんです。ところが、書いているうちにどんどん筆がのってきて人物が次第にふくらんでいって、これだけの長篇になってしまったというんです。とくに重要なのは、自分が前に書いたことのある登場人物たちをどんどん入れはじめてしまったこと。人物再登場法というのは、この作品が最初なんです。主人公のラスティニャックも『あら皮』という前に書いた小説の中ではかなりいいかげんなダンディで、へらへらしたやつとして出てくる。それがこの作品では、ラスティニャックの前史を語るという形になっているんです。

中野 ああ、そう。今度の「セレクション」のリストを見ていて思ったことなのだけれど、ニュシンゲンは他のところにも出てくるんですか。

鹿島　そのとおりで、『ニュシンゲン銀行』という短篇で主役になるほか、すこしでも金がからむ話があると、銀行家としていろいろな作品に出てくるんです。

中野　ドイツ人かしら。

鹿島　ドイツ人というかアルザス人。バルザックでアルザス人というとまあ、ユダヤ人に決まっているんです。モデルはロスチャイルド家なんです。

中野　あ、そうか。

鹿島　フランス・ロスチャイルドなんです。それでドイツ訛りがある。

中野　原文で読んでてもそういうふうなんですか。

鹿島　『ペール・ゴリオ』にはニュシンゲンの直接のセリフは一ヶ所しかないけれど、『娼婦盛衰記』では、アルザス訛りが丸だしになっていて、訳すほうはたいへんです。

『ペール・ゴリオ』は顔見せ興行みたいな面があって、いろいろな人物がすこしずつ出てきています。だから、『人間喜劇』として大きくまとまると、それぞれの長篇や短篇で、『ペール・ゴリオ』の端役たちが主役を張るというふうになるんです。バルザックの頭の中には、『ペール・ゴリオ』のときから、それぞれの登場人物の一生がインプットされていたってことです。

中野　登場人物が本当に頭のなかでちゃんと生きてる。棲みついているのね。

鹿島　たとえば、『ペール・ゴリオ』よりも前に書かれた『捨てられた女』という作品では、ボーセアン夫人はアジュダ・ピント氏に捨てられて田舎に引っ込んでいるということになっている。『ペール・ゴリオ』では捨てられる前史が語られているというわけです。

中野　このあとの話が出てくる。

鹿島　そのほか、当然『ペール・ゴリオ』の続篇というのも書かれています。『幻滅』とか『娼婦盛衰記』なんかでラスティニャックがまた出てきます。ヴォートランもね。

●ヴォートラン

中野　ヴォートランという人はどうなの。途中で退場してしまうけれど、またもっと出てくればいいのにと思ったんです。

鹿島　そうでしょう。その点を期待するでしょう、かっこいいから。こいつはどうなった、続篇を知りたいとだれでも思うでしょう。そのご要望に答えたという感じで『幻滅』ではヴォートランが復活するんです。今度の「セレクション」の編集方針は、『ペール・ゴリオ』をひとつの軸に据えて、その続篇が『幻滅』、しんがりが『娼婦盛衰記』という構成にしたんですけれど、この三作がヴォートラン三部作と呼ばれているんです。

中野　ああ、そうなんですか。やっぱり大物だったんですね。

鹿島　大物なんですよ。やっぱり人気がありますからね。ではその『幻滅』というのはどういう小説かというと、ラスティニャックと同じ故郷のアングレームという町の薬屋の伜でリュシアン・ド・リュバンプレというのがいて、それが詩人として同じようにパリに上ってくるんですが、『人間喜劇』一の美男子なんです。

中野　へえーっ。

鹿島　ところがそいつは美男子である分だけ意志が弱い。ダメ男なんです。

中野　歌舞伎でいう「つっころばし」かな。

鹿島　ラスティニャックのような押しの強さとか意志の力がないんです。詩人としてきびしく自己を律しようとするんだけれど、名声にひかれてジャーナリズムの世界に入り込んで身を持ちくずす。もてすぎるというのも彼の不幸なんだけれども。それで最後に手形偽造みたいなところにはまり込んでしまう。手形偽造というのはバルザックの小説の一つのテーマなんです（笑）。必ずあるんです。それで自殺しようとするところにヴォートランが現れて、自殺するんならお前の命を私によこせといって。それでもう一回、彼とともに社会に復讐戦を誓うところで『幻滅』は終わっているんです。となったら、次を知りたいでしょう（笑）。これはもう読まなきゃしょうがない。その次の小説は『娼婦盛衰記』です。これはリュシアン・ド・リュバンプレを手駒にしてヴォートランが、パリの上流社交界に復讐戦を挑むという小説なんです。ヴォートランは万能なんだけれど、ひとつだけ弱点がある。要するに美少年趣味で、美男子には弱いんです。

中野　あ、そうなのよ、そうなのよ。

鹿島　でしょう。

中野　私、雑に読んじゃったのかしら。岩波文庫版のときは気がつかなかったのよ。友情というのはストレートに友情というふうに思って、全然気がつかないでいたけれど、そういえばちょっと変ですものね。

鹿島　美少年趣味なんです。

中野　やっと腑に落ちた。ヴォートランがラスティニャックに過剰に肩入れする気持ちが……。

鹿島　ただ美少年趣味なんだけれども、バルザックはほのめかす程度にしている。リュシアンはいい男だから上流階級の奥方はこぞって彼に恋をする。それを利用して財産を根こそぎ取ってしまおうというのがヴォートランのアイディアだったんです。けれどもリュシアンはもてすぎる男だから、行く先々で好きになられちゃうんです。その中の一人の娼婦のエステルというのに恋されて、相思相愛になって、最終的にそれが仇になってヴォートランは復讐戦に失敗するという話なんです。では最後にヴォートランはどうするかというと、なんと警察に入ってしまう。

中野　えっ。

鹿島　寝返って、敵の側についちゃう。秘密警察の長官みたいなのになって、それで最後終わるんです。

中野　ふーん。じゃあ、当時の警察ってそうとういいかげんだったということですか。

鹿島　そう。末端ではくっついていたんです。いまもそうだけれどね。以上がヴォートランの三部作といわれていて、今回の「セレクション」では、この三部作を柱にして、とにかくヴォートランのかっこよさを皆さんに知っていただこうというのが主旨なんです。バルザックは『谷間の百合』とか『ウジェニー・グランデ』ではなくて、ヴォートランが一番なんだという、それをぜひ知ってもらいたい。というのは、ヴォートランにバルザック自身がそうとう肩入れしていて、自分はヴォートランだという意識が半分あるから。

中野　ええ、私もそう思った。やっぱりヴォートランが演説するところはおもしろいですよ。

鹿島　かっこいいでしょう、あそこは。聞き入っちゃうでしょう。だからこの小説はヴォートランやボーセアン夫人がラスティニャックに教訓をたれるというところがあって、教養小説的な主人公の成長を表す小説でもあるわけです。

中野　そうですね。

鹿島　で、ドイツ風の教養小説だと偉い哲学者みたいなのが出てきて、主人公は魂の成長を遂げていくわけでしょう。戦前はそういうのが日本で受けてたんです。『トニオ・クレーゲル』とか『魔の山』とか。ところがフランスものは全然受けなかったんです。金儲けだとか出世だとか、女にいちゃいちゃするとか、こういうのはダメだったんです。だから日本でバルザックをまともに読んだ人は三島由紀夫ぐらいじゃないかなという気がするんです。性善説と性悪説という見方からすると、バルザックは絶対に性悪説に立つ人間なんです。

中野　そうですね。

鹿島　その性悪説の化身がヴォートランでしょう。これはある意味でマキャヴェリの『君主論』にすごく近いんです。人間の悪徳というのもしっかりと見つめてる。そういう意味ではすごく爽快なんです。中野さんは好きじゃないですか（笑）。

中野　好きっていうか、なんだろう。少なくとも美徳より悪徳のほうが多彩で、おもしろくて、味わい深い。やっぱり私も性悪説の人間だと思う。私、おかしいことを書く人って、時代を飛び越えて、本当に身近に感じてしまうし、わかったような気がしてしまうのね、その人のことが。

鹿島　昔、ヤンコットという人の「われらが同時代人、シェイクスピア」というい方があったけれども、そういう感じでしょう。

中野 そう。性善説は笑いにはつながりにくい。性悪説的な視線がないと、人間とか世の中のおかしみは感じ取りにくいと思う。私、断然、性悪説の方が好きみたいよ。

●『ペール・ゴリオ』について

鹿島 『ゴリオ爺さん』というタイトルで、ゴリオが二人の娘にいれあげてというテーマがメインで、そうやって読まれてきたんだけれども、ぼくはどうもそっちで読んでほしくないという気持ちが強かった。

中野 無垢な愛とか、献身的な愛情とか、そういう方面の話みたいに読まれてきたんですね。

鹿島 読まれてたでしょう。

中野 ゴリオってお爺さん、なんかわかるような気もするけれども、ばかばかしいというか、笑っちゃう。

鹿島 ばかばかしいお爺さんですよ（笑）。

中野 あまりに殉教者的というか。日本人でこれだけ大げさなお爺さんもいないわね。

鹿島 バルザックはパッションに身を滅ぼす人間を書いているんだけれども、そのパッションがあまりに大きすぎて、規格はずれのものになってしまっている。こんな矮小な人間にこんなパッションがあるはずがないって、それは以前からいわれていたんです。そこがバルザックのおもしろさなんですね。だから『従兄ポンス』という小説だと、シボのかみさんという普通の門番のおばさんがいるんです。それが自分のアパルトマンにいるポンスという老人が、じつはすごい骨董品の財産を持ってるということに気づくと、ものすごく悪い婆さんに変身して、最後は亭主まで殺しちゃう。情熱がどんどん肥大していって、パッションに身を滅ぼすというタイプの。本当に矮小な人たちのパッションが巨大なんです。

中野　なるほど……。ゴリオ自身が語るところによると、娘を愛することによって私は神を見たとか。神様も出てきたりするわけでしょう。日本だと娘へのパッションに取り憑かれたとしても神まで持ち出さないでしょう。自分の妄想というか、ファンタジーが神みたいな大きなものにまで関係あるんだというふうに思いこめるところが凄い。さすがヨーロッパ。

鹿島　そうかもわかりませんね。フランス語にアンジャンドレー（engendrer）という言葉がありますが、これは例えばアダムはイサクを産んだとか、男が産むという言葉に訳されているんです。この意味で西洋というのは、つねに男系でしょう。男系で男が子供を産んでという、そういう意識が強くて、それが一つの創造行為ということと結びつくわけです。だからここは、娘に過剰な愛情を注ぎ込むというよりも、父親が自分のつくったものを愛するということで、一つのバルザックの創造行為を表していることは確かなんです。

中野　ゴリオのあのパッションは、そういうふうに、つまり日本とヨーロッパは違うのかなと考えないと、ストレートにはわからない。戯画的に見えちゃって、あれで感動しようというのは、もはや私なんかには無理ですね。

鹿島　中野さんでは無理でしょう。でも不思議なんだけれど、女子学生に読ませると、けっこうそこの部分にいまの子って感じるものがあるらしい。例えば、もしあなたに好きな人がいて、特にお父さんに猛烈に反対されたらどうするってたずねると、われわれの世代だとそんなことは無視するのは当たり前というのがあるんだけれど、そうじゃないんです。

中野　どういうの？

鹿島　やっぱりやめるという子が多いんです（笑）。

中野　あら。

鹿島　驚いたんだけれども、ずいぶん保守的になっているんです。ということは、核家族化していて、父親と娘の結びつきというのは、昔よりはるかに強くなっているんじゃないかなという気がするんです。

中野　なんでしょうね、私にはわからないですね。

●やっぱりヴォートランが好き

鹿島　だけれど、ぼくとしてはそっちの方よりも、ヴォートランが好きという子がいたら、その子には必ず「優」をあげる（笑）、いいかげんな先生だから。ヴォートラン大好きという子は、それだけで「優」。

中野　ヴォートランは、世の中をまずありのままに見ろというでしょう。そういう言葉が二カ所かな、出てくる。世の中をありのままに見ることがすべてのはじまりだという。私もその通りだと思う。でも、なかなかありのままには見られない。

鹿島 見られない。

中野 ね。一生見られないわけよ、ほとんどが。世の中をありのままで見ることから、いろんなことがはじまるという感覚こそ、私は大人というものだと思うんです。人間に対していたずらに変な夢やファンタジーを追ったりするのは、チャイルディッシュ。

鹿島 ヴォートランなんて、これからおおいに日本で人気が出てほしいと思っている。日本の「やおい」ですか、ああいうホモセクシュアル漫画の伝統があるんだから、これからはヴォートラン・ファンの女の子が出てくるんじゃないかって期待しているんですが、ただ冷静に考えると「やおい」とヴォートランは全然ちがう。

中野 なんででしょうね。

鹿島 どうしてあんなに違うんでしょうね。

中野 わからない、私も。女の子が好きなものって、ある種の女の子たちの好きなものはすごくよくわかるし、完全に共感できるんですが、ある種の女の子の好きなものはまったくわからない。私が理解できる女の子というのは、つねに少数派であるらしい。

鹿島 わからないですよね。ぼくはマンガもけっこう読んだけれど、「やおい」だけはわからないんです、正直いって。別の体系ですね、あれは。ただ『ペール・ゴリオ』でラスティニャックとヴォートランが出て、『幻滅』ではリュバンプレが出てくる。リュバンプレはいかにも女の子好みの色男という感じで、それにあのホモの大物のヴォートランがからんでくるんですから、日本でも人気が出ていいと思うんだけれど。

中野 いや、だめだと思いますね。

鹿島 だめか。

中野 だって多くの女の子たちは世の中をありのままに見るというところから生まれたキャラクターよりも、見たくないというところから生まれたキャラクターのほうが好きなわけだから。

鹿島 ああ、なるほどね。それはそうですね。

中野 世の中というのは、たとえばセックスですよね。それをありのままには受け入れられない。性みたいなものから目を逸らしたいというところから、なんか違う形で性というのにアプローチしていきたいというところから生まれるのが「ビジュアル系」とか「やおい文化」なのだから。だめですよ、バルザック風のリアリズムは。

鹿島 それはだめですね（笑）。

中野 バルザックでは宝塚風耽美には絶対ならないもの。

鹿島 そういう世界じゃないからね。

中野 でも男の人でも宝塚が好きな人がいるから……よくわからないですね。

鹿島 いや、なかにはけっこうはまっちゃっておもしろいですよという人もいますよね。

中野 すごいっていうね。かなり信頼する人々のなかにもそういう人がいますね。だから私もあんまり偏狭なことはいいたくないと思っているんですけれどもね。歌舞伎はおもしろいと思っているんだけれども、宝塚は苦手だわ。

全然話は違うけれど、私はフランス映画はあんまり好きではないんです。『ペール・ゴリオ』みたいなフランス映画ってあんまりないですよね。

鹿島　あんまりないんです。バルザックの小説で映画化されたので傑作は一つもないんです。バルザックって映画にならないんです。というのは意味が過剰に込められているから。通俗的な小説なら、小説にない部分を映像の力で見せるということができるんですけど、バルザックの小説はそれができない。

中野　でも、俳優だったら絶対に触発されますよね。やりたくなる、やりがいのある役柄の人物が出てくるでしょう。

鹿島　ひとつ具体的にいうと、このヴォートランのイメージは、「天井桟敷の人々」のラスネールのイメージに近い。

中野　私もそう思ったわ。

鹿島　ラスネールってバルザックの同時代人で、ジャック・プレヴェールがあの映画の脚本を書いたとき、ヴォートランのイメージを半分以上入れてるんです。だからかっこいいでしょう、りゅうとして。

中野　ええ。「俺はやがて飛ぶ首をまっすぐ立てて闊歩しているのだ」なんてすごい台詞をはくのよね。

鹿島　あのかっこよさ。あれは絶対ヴォートランを下敷きにしてる。

中野　ほんとね。重なってるわね。

鹿島　フランソワ・トリュフォーなんてバルザックの大ファンだったけれど、だからこそ撮らなかった。

中野 あ、そう。

鹿島 結局一つもやらなかった。でもところどころバルザックが出てくる。

中野 それとヴォートランの「不死身の男」ってすごいね、キャッチフレーズが。

鹿島 死をだます男だから。

中野 あ、そうか。トロンプ……。

鹿島 トロンプ=ラ=モールって死をだますって意味だから。トロンプ・ルーユ（騙し絵）の「トロンプ」と同じ。

『ペール・ゴリオ』に出てくるヴォートラン、これが一番かっこいいかな。三部作の最後になると、ヴォートランの過去とかそういうのが語られて、かっこよかった大物というのがこんなセコイこともやってるのかという感じになってしまうから、ちょっとその楽しみが減じるということはあるけれども。

中野 でも愛嬌があるわけでしょう。家主のヴォケール夫人を……。

鹿島 おばさんを腕に抱いてみたりね。

中野 腰に手を回したりっていう、ああいうところはやっぱりフランス的な悪党かな。

鹿島 そうでしょうね（笑）。

中野 ちゃんと婆さんまで喜ばす。

鹿島 「天井桟敷の人々」なんかも、そういうヴォートランの印象をかなり意識して作っていますね。

中野　それにしてもこのゴリオ爺さん、断末魔になってからけっこう台詞が長くない？

鹿島　長いんです。歌舞伎の死ぬ前の長ゼリフと同じだなと思った。

中野　私もそう思ったの。歌舞伎は本当にこと切れそうになってからが長いんです。ねばる。

鹿島　ねばるね。

中野　これ、歌舞伎と同じだと思った（笑）。それもすごく筋道の通った話をしちゃうのね、死の間際に。

鹿島　でもちゃんとビアンションが伏線を打ってるんです。突然、理路整然と語りだすことがあるって（笑）。

中野　確かにあった。おかしいわね。

鹿島　ここは訳してて、もう終わりの方だから、いいかげんにやめてくれって思いましたね（笑）。

中野　でもいいですね。自分のなかに好きなキャラクターがちゃんといて。

●登場人物のおもしろさ

鹿島　今回、中野さんに対談相手になってもらったのは、出てくる人間のおもしろさというのか、類型とか、そういうもののおもしろさについて話してみたかったんです。いままではバルザックと聞いただけで、なんとなくしちめんどくさいとか、こむずかしいとか、一般の人はその程度の反応でしょう。ところが本当はそうじゃなくて、人間が好きなんだったらやっぱりバルザックしかないと。で、中野さんみたいな人間のおもしろさを知っている人にぜひ、この本を読んでもらおうと思ったわけです。

中野　下宿人たちの姿は本当に目に浮かんじゃうんです。読みながら、本の隅に似顔絵を描いてしまった。

鹿島　主要な登場人物だけじゃなくて、傍役にまで人間のおもしろさが出ている。小説の中ではたいして活躍しないけれど小役人のポワレなんて。

中野　ああ、ポワレ。あの説明もすごくおかしいわね。「死刑執行人たちが送り届けてくる備品の見積書と請求書を扱う課で働いていたのかもしれない」うんぬんというところ。バルザックは書いている間にどんどんディティールまでこまかく思いついちゃう人なのね（笑）。

鹿島　思いついて書いちゃうんです。

中野　ミショノーという女の人で一番笑ったのは、ヴォートランが「情熱家」という言葉を口にした時、ラッパを聞いた軍馬のように訳知り顔で聞いていた、っていうところ。そういう一行で、その女の人が生きてくる。

鹿島　そう、あれこそ、筆の力というものでしょう。

中野　バルザックは笑いながら書いてたのかな。

鹿島　やっぱり楽しんでたんでしょう。

中野　自分でも受けちゃうという感じで書いてるんだなという感じがしましたね。

●社会批評とアナロジー

中野 私なんかただもう感心しちゃうけれど、うまくいうなと。いい得て妙、という快感。

鹿島 うまいことというでしょう。いまの作家はほとんど比喩をやらなくなってるんだけれど、太宰治ぐらいまでは、気のきいた比喩が見つかると一日中しあわせだったということをいってる。三島由紀夫もさんざん比喩を考えて、比喩に命かけてた人でしょう。こういうのはいまの作家にはほとんどない。

中野 そうかもしれない。私は好きですよ、比喩。思いつくとそれだけでうれしい（笑）。

鹿島 決まったときは最高だろうなと思いますよ。

中野 どの世界にも共通するいろんな力学的な法則のようなものがある。だから全然関係のない世界のもののあいだに共通するものを見つけるとすごくうれしい。関係なければないほどおもしろいなと思いますね。

鹿島 ぼくは『東京人』という雑誌で、大宅壮一論を書くために『大宅全集』を読んだんです。そこで気づいたのは、大宅壮一の卓抜さは、ひたすら比喩、要するにアナロジーによる関係の把握にあるということ。まったく違うところに類似性を見つけて、それで両方を一挙に切る。例えば「駅弁大学」なんて当たり前になっちゃったけれど、当時は、駅弁と大学というのが結びつくということを思いついた人なんてだれもいない。それが社会時評家としての大宅壮一の秀逸なところだったわけで、この点で、バルザックも社会批評家の目がすごく鋭い。

中野　アナロジーの快楽って、それだけのことなんだけれどね。別にそれでどうこうというわけじゃないけれど、なんだかそれがすごく楽しい。読んでても楽しいしね。

●大事な冒頭の部分

中野　『ペール・ゴリオ』は最初に場所の描写から入っていくでしょう。下宿のヴォケール館の描写。そこのにおいの形容とかもけっこうくどくやっているでしょう。

鹿島　くどくてめんどくさいけれど、それでも我慢して読んでいくとおもしろい。

中野　そのにおいについてさんざんいろいろ形容したあとで、「このにおいを描写できるとしたら、それは、老若男女の下宿人の一人一人の体から出る〝独特の〟カタル性発散物の、むかつくような成分を分析できる装置が発明されたときのことである」だって。笑ってしまいますね。

鹿島　冒頭の何十ページかは一番苦労したところでしたね。たいていの人はこのヴォケール館の描写で挫折しちゃうんです。今回あらためて訳してみて、やっぱりきつかった。なんとか持たせる工夫をして……。解説でも、何とかがまんして読んでくれって書いたんです。ただ、飛ばし読みしちゃいかんよということはいっておいた。ここが頭に入ってることによってあとの展開がおもしろくなる。なぜなら、バルザックは、外面は内面を反映するっていう思想の人だから、外面描写がそのまま内面描写になっているんです。だから、建物や服装が頭に入っているかいないかで、登場人物の理解が全然違ってきてしまう。訳してみて、確かにそうなんです。外面を記述してるんだけれども、その細かい部分は内面描写だったということがよくわかる。中野さんも、顔面批評なんてやってたでしょう。

中野　そう。とりあえず目に見えるものから書いていくというのが私の基本姿勢ですね。内面は絶対外面に表われる、って思っている。話は戻るけれど、たいていの人は最初に挫折するっていう話でしたが、私はそんなことないと思いましたよ。出だしからしておもしろい。

鹿島　あ、そうですか。

中野　ツカミはオーケーという感じ。私はわりと自然描写に興味がないの。人間描写じゃない部分はけっこうかったるくて、めんどくさくて飛ばし読みしてしまうことが多いのだけれど、これはなんだかおもしろい。庭の様子から建物の中の描写も、すでにやっぱり人間のにおいがあるし、バルザックの目が感じられる。だからおもしろくて、ぐいぐい入っていけました。

鹿島　あ、そう。それはよかった。

中野　それで人間が出てきてね。そこの主のヴォケール夫人が登場する。建物のたたずまいとその人間とが、完全に一体化してる様子がおもしろかったですよ。だから全然がまんはしないで……。

鹿島　ああ、そうですか。それは訳者に対する最大のほめ言葉だと思いますよ。

中野　私、がまんというか、飛ばしたくなるのは、どっちかというと、娘二人が出てくるでしょう。あれは私、かったるい。なんだかよく心理がわからない。仲がいいんだか悪いんだかよくわからないというか、急に張り合ったり、そうかと思うとやっぱり姉妹同士の感情が出てきたりして。おもしろいといえばおもしろいのだけど。

鹿島　なるほど、中野さんらしい。

中野　でも、それより冒頭の部分の方がいい。私、バルザックの全体はわからないけれど、きっとバルザックらしさが出てるところなんじゃないのかと思うんです。

鹿島 そうですね。これこそバルザックですね。

中野 下宿人の一人一人の描写なんかもおかしくてね。

鹿島 だからこの冒頭の描写が好きか嫌いかでバルザックのファンになるかならないか、決まってしまうんです。それに対してスタンダールは、ほとんど描写しない人ですね。

中野 ああ、そうなの。

鹿島 ただ一言「彼女は世界一の美女だった」と書いて、これで終わりなんです。おまけにストーリーの部分も短文で飛ばしていく。だから、バルザックとスタンダールでははっきりと二つの派に分かれるんです。

●『ペール・ゴリオ』のおもしろさ

鹿島 今回の「セレクション」の冒頭に持ってきたんだけれども、やっぱり圧倒的におもしろいですよね、『ゴリオ』はね。

中野 ええ。

鹿島 ねえ。バルザックをいろいろぼくも読んでいるんだけれども、これは何度読んでもおもしろいなと思う。うまくできてる、すごく。なんでうまくできてるかというと、ゴリオがいるでしょう、それからラスティニャックがいる、ヴォートランがいる。この三人の構成が絶妙なんです。そこまでバルザックが意識してやったかどうかわからないけれども、ほかの小説よりもはるかにうまくできてるんです。しかもストーリーを次に運ぶのがゴリオであったり、ヴォートランであったり、それでぐるぐる回る。そこがこの小説の本当におもしろいところで、退屈するところがない。バルザックの小説でほかのは退屈するところもけっこうあったりするんですけれどもね。これは本当にダレルところがないという感じですね。

中野 三者三様、異なったパッションのゆくえを描き出している。

鹿島 ラスティニャックの場合、パッションは立身出世でしょう。それも短期間に出世するために賭けに出る。オール・オア・ナッシングの世界。

中野 そう。『ゴリオ』の中でも博打で勝つ場面がちょっと出てくるものね。

鹿島 欲望と手段の短絡ということに行き着いてしまうタイプの男なんです。ここではまだ純情な面が残っているんだけれども。基本的には骨の髄まで資本主義人間なんです。

中野 株やっているかも（笑）。

鹿島 株やってるでしょうね。げんに博打はやっているわけだから。

中野 やっぱり頭もいいわけだし。

鹿島 つねに勝負に出たがる類いの男ですよね、絶対に。最後に大見得切るけれどね。

中野 そうそう。パリの街に向かって「今度は、おれとおまえの一対一の勝負だぞ！」なあんて、ね。

鹿島 かっこいいでしょう、あそこ。

中野 そう、歌舞伎でいうと大見得ね。あれは背景を知らないと、ちょっとわかりづらいかなと思うんだけど。パリというのがもう本当に壮大な抽象観念になっているわけでしょう。パリが立身出世の戦場だという観念がものすごくあったわけでしょう。たぶんナポレオン的なヒロイズムを背景にして。だからパリに対してあんなに戦闘的な言葉を吐く。パリを征服するんだという感覚は、日本にも地方から出てきた青年の物語がいろいろあったけれど、あそこまで東京征服の迫力はない。

鹿島 そうね。だからあれはナポレオン亡きあとの世界で、戦場としては矮小な戦場でしょう。

中野 そうそう。

鹿島 男が一生を懸けるに値しないような、そういう矮小な戦場でも、戦いは戦いだから日常生活の冒険になる。

中野 都会生活が戦場の代用になったわけね。

鹿島 バルザックがある時、群衆作家の一人から大作家に変身しちゃうんだけれども、そのきっかけになったのは、ナポレオンの戦場を描いたり、フェニモア・クーパーのようにインディアンが出てくる大草原の大冒険を描くよりも、振り出した手形が落ちるか落ちないか、そっちの方が大きなドラマだということに気づいたことでしょう。戦場は矮小でいいんだという、ドラマが大きければという、そういうことに気づいたのが偉大だったんです。

●パリ神話をつくりあげた小説

鹿島 だから後続世代がラスティニャックの視点に立って読むと、貧乏な青年が運と才覚次第で出世するための完全な出世マニュアルとして読むことができた。

中野　パリガイドみたいな、社交界ガイドみたいな感じですね。

鹿島　そう。フローベールの『感情教育』という小説には、フレデリック・モローというやさ男が出てくるんだけれど、その男の友だちが、君みたいな色男だったら、バルザックのラスティニャックみたいに社交界の名流夫人を愛人にして出世できるじゃないかっていう、そういう会話も出てくるぐらいです。これがパリ小説の第一号だと思うのは、一つの出世マニュアルみたいな形で読まれることで、夢を再生産するパリ神話のもとになったからです。

中野　『ゴリオ』は都会についての小説の感じもしますね。さっきいった悪徳と美徳が激しくからまりあった場所としての都会。

野心を持った若い男が地方から出てきて、都会の、結婚してる女の人を陥落することによって自分が這い上がっていく。その若いマダムの後ろには金や地位や名声のある年長の男の人がいる。そういうシステムになっている。これ、逆に野心的な女を主人公にするとどうなるんだろうと思ったんです。そうすると、こういうのは若い権力のある男というのは無理だから、やっぱり権力やお金のある年長の男の人ということでしょう。その後ろには、例えば家柄のいい妻がいてとか、そういう構造になるのかなと考えていったら……全然おもしろくないなと。

鹿島　そっちの構造になると、例えば『椿姫』みたいなものになる。無一文の若い女の子がヒロインとなると、やっぱり色と欲、色仕掛けで出世するというストーリーしかないけれど、実際にはなかなか小説にならなかったんです。それが小説になるのは、この構造がアメリカに輸出されてからなんです。『シスター・キャリー』という小説があるんだけれども、それは色と欲で出世できる世界が、閉じられたサークルの中ではなくて、マスメディアを相手にした女優の世界になったときにはじめて、女の子のドリームが可能になるわけです。だから、ドゥミ・モンデンヌみたいに半分娼婦、半分社交夫人みたいなところだと、なんとなく汚辱感というのか、そういうのがつきまとうので、小説としては成り立ちにくい。女の子の出世マニュアルとしては読みにくい。ところがアメリカみたいに一つのマスというメディアを介すると、そういう裏の汚さというものがある程度消えるでしょう。そこから『女優志願』とか、そういうタイプのアメリカ・ハリウッドの神話へとつながっていくということはあるんです。やはりアメリカの巨大なマスのメディア、そういうのを経ないと女の子のタイプの教養小説というのは成り立たないのかなという気がしたんです。

中野 だけれど、そういう話というのは少女マンガの世界にはほとんどそれが中心のようにあるでしょう。とにかく三〇年代以降のアメリカ映画のロマンチック・コメディはだいたい男が金持ちなんですよ。だからもはや陳腐なものになってしまっている。でも『ゴリオ』のように若い男が色と欲というか、自分の美貌と才気で女をたらしこんで、這い上がっていくという方がものめずらしいわけです。

鹿島 なるほど。それはあると思いますね。

中野 おもしろいなという感じね。女を主人公にしたらわりと平凡な話になってしまっておもしろくないなと思ったのは、もはやありふれているというのと、もう一つは迷いがないからつまらないなと。男が主人公だと、やっぱり学問でのし上がっていくか、それとも社交界でうまくやってのし上がっていくかという迷いがある。ラスティニャックもときどきしおらしくなるのね。

鹿島　そうそう。社交界に行ってきた日に勉強はじめたりしてね。

中野　そういう気持ちになったりするじゃない。だからあくまでもそこは一本の線じゃなくて、一応、葛藤がある。そのへんが男が主役のおもしろさだなと思ったんです。

鹿島　ああ。女の子が中心だとそういう葛藤はありえない？　その再生産されたシンデレラ物語だと。

中野　ええ。全然ない。だから本当に好きな本命が現れたときに初めて葛藤がある（笑）。

鹿島　ぼくは「パリ小説」を三つ選べといわれたとき、一つは『ゴリオ』を選んで、もう一つは『感情教育』で、あとはヘミングウェイの『日はまた昇る』を選んだんです。二十世紀になるとアメリカ人はパリのそういうパリ出世小説というものにあこがれてパリにやって来るでしょう。では、もし日本人が「パリ」小説を書くとしたら、男がパリにあこがれてというのは陳腐で、永井荷風以来の伝統でちっともおもしろくないから、やっぱり女の子を主人公にしてパリを征服するという、これからはそういうのがあっていいなと。

中野　そうか。でもファッション・デザイナーだったら男でもパリ征服話は実際にある話よね。ケンゾーとか。ファッション界はけっこう人脈でのし上がっていくようなところがあるわけでしょう。意外とおもしろいかもしれないわね（笑）。

『ゴリオ』に出てくる女たちを理解するには、当時のフランス上流社会の結婚のしくみが大前提にないとだめでしょう。若い娘は、とにかくとりあえず権力のある男の人と結婚しちゃって、それから恋愛するのよね。

鹿島　たしかにその通りで、ぼくもちょっと解説でふれたんだけれど、日本人にとって一番わからないのは、結婚した女がなんでこんなに自由なんだということですね。これは日本人には絶対わからない。十九世紀までは結婚というものがまったく親の取り決めというか、財産と財産の取り決めだから、その分精神的には結婚後は自由でという面はあったわけです。

それともう一つは社交界というのが成立したということが大きいんです。社交界がなぜ成立したかというと、王様がいるでしょう、王様がいると王様の気に入った女の人が何人かいるわけです。王様というのはありとあらゆる権力で美人を好き放題、取り放題になるんだけれど、そのうちきれいな女には飽きて、頭のいい女が好きになる。たいていの王様は頭のいい女にしてやられる。そういう構造があって、女中心のサロンが生まれると、サロンの女王は今度は気のきいたことのいえる男をそろえたくなる。自分の回りに。そういうことでサロンが出てくるわけです、非常にわかりやすく説明すると。

サロンのバックは王様なんです。サロンの女主人公に権力があるわけでもなく、その旦那に権力があるわけでもないんです。バックにあるのは趣味の体系、価値の体系としての王様なんです。だから王様がいなくなったときから、社交界というのは崩壊の兆しを見せるわけです。社交界というのは権威を支えるものがなければならない。権威を支えるものは、やっぱり最終的には王様の血統です。そこへ行き着くんです。そこのところに入るには、若くて、いい男で、貧乏であるということを見せちゃいけない。ヴォートランもいってるけれども、社交界で出世するには、金持ちか、あるいはそう見せなければいけないと。見てくれがすべてという。それはやっぱり女が価値基準を決める社交界だからありえるわけで、例えばもし男が価値を決める日本のような社会だったら、けっこう鈍臭い男が（笑）。

中野　野暮ったい男がのさばっている。エレガントなものじゃないですよね。

鹿島　エレガントだと、こいつはシャレ者でと、日本だとだめでしょう（笑）。もっさりとした、昔の大平首相みたいな、ああいう人が出世する。だからこういう社交界というのは、日本ではちょっとありえないわけです。

● 崇高さと滑稽さ

中野　『ゴリオ』では結局、ひと騒動あってあの下宿からみんな出て行っちゃうわけでしょう。

鹿島　そうそう。

中野　猫まで出て行ったというダメ押しがおかしい（笑）。

鹿島　猫まで出て行ったのはおもしろいですね。ミスティグリがいなくなったんですね。

中野　あれは絶対、書いているうちに思いついちゃったのね。

鹿島　バルザックは東海林さだおさんと同じで、婆さんを描くのがうまいんです。

中野　ええ。本当に婆さんは最高。生き生きしている。出てくると楽しくなっちゃうの。

鹿島　いま一番つまらないのは、人妻の悲劇とか。そういうのはおもしろくないですね、いま読むと。

中野　かもね（笑）。ああいう婆さんは、本当にものすごくわかりやすく強欲でしょう。

鹿島　だから小説家とかマンガ家でも、婆さんを描かせるとその人のうまい下手がわかる。

中野　いろいろ思い出しちゃった。下宿人が次々と出て行ったショックでヴォケール夫人は寝込んでしまうのだけれど、次の日の朝は、「彼女の表現に従うなら、すっかり『理性を取り戻して』」っていうところ（笑）。

鹿島　昔はああいう人がいましたよ、ぼくらの子供のころ。プロレス中継なんかやっていると、プロレスを見ててすぐに気絶しちゃって、それが終わると全然平気な顔になって、元の強欲婆あに戻ってる（笑）。プロレスを見てるときだけは、こんなの見てられないとかいって。

中野　ちゃっかり別のモードに入っている。最初の方でバルザックがいっているでしょう。この本には、お涙頂戴小説とは違う、ある感動がある。読者は、おもしろそうな本ねと思って手に取って、それなりに感動したりするんだけれども、読み終えてしばらくしたらすっかり忘れて、ごはんをパクパク食べるだろうみたいなことをいっている。もうほとんど私の仕事なんてそんなものなんです（笑）。それでやっぱり自分ですごく軽薄な仕事をしてるなと思って、ちょっとギクッみたいなね（笑）。

鹿島　昔、ある映画評論家がいった言葉に「死にたいやつは死なせておけ、おれたちはこれから朝飯だ」というのがあって、うまいことというなと。それと近いですよね。

中野　ええ。

ところで、私がバルザックを本物の人間観察者だと思ったのは、冒頭で「この谷間（＝パリの街）では、悪徳と美徳が分かちがたく結びついているために時として偉大で荘厳になった苦悩というものにあちこちで出くわす」と書いているところですね。基本的には性悪説だし、人間というのはろくでもないと思っているんだけれど、ときどきやっぱりそれが本当にある種の……。

鹿島 そう。誤解にもとづいていていながらも。

中野 そう、ふと崇高な姿を見せてしまうこともあるというところがちゃんとわかっている。やっぱりそこはすごいなと思いましたね。冷笑家にとどまらない。根本的に人間を愛している。

鹿島 そう。そこがバルザックの特徴で、バルザックは他にも悲惨な物語をいっぱい書いているんです。『ピエレット』なんていうのは、みなし子が意地の悪い夫婦に引きとられて虐待されて、最後は病気で死んでしまうという、もう救いのない話なんだけれども、それなんかでも、後期の自然主義のモーパッサンとか、ああいう人たちが書いたらもうただ悲惨な話だけれども、でもバルザックだとなんか悲惨じゃないんです。どこか突き抜けてるところがあって。バルザックを読んでいると、すごく陰惨な話はたくさん出てるんだけれども、それでもやっぱり基本的にそれを含めて人間が好きなんですね。そういうところがあるから、すごく広々とした感じがしますね。モーパッサンあたりが、人間はくだらない、つまらないというと、本当にそれだけなんだけど、バルザックはそれを含めておもしろいというか、崇高なことになりえるという、そこが。

中野 ええ。それがおもしろいと思うのね。理想に燃えた潔癖な人間が、土壇場になると、案外だらしなくなっちゃったりするかと思うと、そうじゃないチャランポランな人間が、別にそういう崇高なことをしようと思ってるわけじゃないのに、ついはずみでとか、性格的欠陥から意外にも立派な崇高なことをやってしまうことがある。人間というのは一直線なものじゃあない。一筋縄ではとらえられない。

鹿島 ああ、そういうことはいえますね。

中野　ええ。話は飛ぶけれど、小林よしのりさんの『戦争論』を読んだときに、私はそういうことをつくづく思ったの。あの戦争の実態や真相は本気になって一生かかって究めなくてはわからないことなのだけれど、小林さんがいっていることに関しては、基本的に支持しているの。でも、ちょっと違うんじゃないかと思ったのは、生き方死に方について。人間は一筋縄ではいかないものだからねえ、戦争なんていう土壇場ではどう動くか、本人にだってわからない。だから、小林さんがいっているような、ああいう死に方とか生き方を信奉していても、そうは問屋が卸さないということがあったり、全然そんな考えがなくても何かのはずみで犠牲的な、悲壮な死に方をしていたり。人間をどう見るかというのが大きな問題になってくる。そういう意味でいうと、私は小林さんとはちょっと違うなと思ったのね。もっと人間を低く見積もって生きている。

鹿島　そうね。だから人間は善人になろうとして、いいことをしようと思っていいことをするわけじゃない。心ならずもいいことをしちゃうということがあるんです。

中野　心ならずも、ということがあるでしょう。

鹿島　けっこうあるんですね。そういう面で崇高にふるまうこともあるけれども、それだからといって、はじめからその人が崇高であったためしはないわけで、別の状況におかれたらとんでもない悪人になるし、すばらしい理想に燃えていた人が何万人、何億人と殺しちゃうことだってあるしね。だからそこのところを、一つのケースの拡大で全部割り切るというのは、やっぱりおかしいですね。

バルザックを読んでて、ユーモアってあるでしょう、狙ったユーモアじゃなくて。

中野　人間そのものがおかしい、という視線から生まれるユーモアね。私にとって『ゴリオ』は滑稽小説のところもあるわけ。だけれど滑稽という感覚は、フランス文学の中では嫌われるというか、そういう読み方をしたらいけないのかしら。

鹿島　いやいや、正しいんです。フランスで滑稽が嫌われるというのは、なんにも知らないやつが無意識でやぼくさいことをやるのが嫌われるということで、その滑稽はいけない。一番いけない言葉は、フランスでは間抜けなんです。フランス語は間抜けと素朴ということが同じ言葉で、ナイーフというんです。反対にマランという言葉があって、それは元はずるがしこいという意味なんだけれども、今では頭がいいとか鋭いという意味になっているんです。

中野　ああ、わかるわ。英語でいうとスマートというか、クレバーというか。悪くても頭のいいすれっからしならかっこいいんです。

鹿島　フランスには、モリエールにしても、ラ・フォンテーヌにしても、モラリストの系譜というのがあるんですが、それは、モラルを説く人間じゃないんです。反対に人間はいかに悪辣であって、だめなやつであって、すぐ人を裏切って金にころぶかということをちゃんと書いてた人なんです。バルザックも同じような意味で十九世紀のモラリストなんです。ところが日本ではモラリストの意味はまるで逆に使われちゃったんです。

中野　そうね。性善説的なモラルだものね。

鹿島　それはおおいなる誤解ですね。やたらにモラルを説くやつというのは、モラリストじゃないんです、実は（笑）。

バルザックは、左翼の新聞とか野党の新聞というのは、あまりに人にモラルを要求しすぎてモラルを吐きだしたために、自分の中にモラルがなくなってしまったといっている（笑）。うまいことというなと思いましたね。バルザックのおもしろさって、延々と書いてあることもおもしろいけれども、寸鉄で、一言で決めてる。

中野 そうね。昔、「言葉の花束」だのなんだのというタイトルで、古今東西の金言格言集の本がよくあったでしょう。私の頭の中の「言葉の花束」に入れたくなるような言葉がたくさん出てくる。赤線を引っぱりたくなるような。もうそれだけでけっこう世の中のことがいい尽されているような言葉がありますね。私が一番そういう意味で受けたのが、ポワレを評して「ひとことで言えば、その人を見てわれわれが〝こんな人でも必要なんだ〟とつぶやくような、そんな類いの一人だったのである」というところ。

鹿島 ネジとかクギなんかを見つけて、ケチなものだと思うけれども、こういうのも世の中には必要なんだと。

中野 ああ、こういう人間も必要なんだと、そこまで考えてやっと許せたり、納得できたりする人間。それはすごく私の日頃思っていることなんです（笑）。偉そうだけれど。街を歩いたりテレビなんかを見てたりすると、気に食わない人というのはいっぱいいるわけです。でもやっぱり許さないと嫌じゃない、自分でも。毎日腹を立てて生きていくって。だから自分のなかでバランスをとるための知恵として、いつもそう思うことにしているのね。ああ、こういう人でも必要なんだ。私にはとってもできない、耐えられない冗談や衣食住や労働に耐えるという、ある種の鈍感さを持っている。世の中は本当にこういう人も必要なんだということで、いつも考え方をそこまで必ず同じルートでたどっていく。バルザックもまったく同じことをいってるから。

鹿島　そうですか。それと、ぼくは訳していて感心したところがあって、ゴリオがさんざんみんなのいじめ者になるでしょう。そこのバルザックのコメントがよかった。

中野　ああ、そうそう。いじめの心理を語っていた。

鹿島　いじめられ、それに耐えていると、みんなは耐えられるから平気なんだと思ってしまう。ボカスカやっても何もいわないから、一つのゴミ箱みたいに思ってしまう。あれなんか本当にいじめの構造だなと思うんです。いじめられてるやつがウンともスンともいわなければ、ますますいじめられるということですよね。だから耐えろなんていうのは、あれはまちがいですね（笑）。

中野　そうね。息子を金属バットでなぐり殺したというお父さん。カウンセラーのいうとおりにひたすら耐えていたのよね。

鹿島　そうそう。息子のいうとおりにしろなんて、とんでもないことをいうやつだなと。

中野　結局、一気にカタをつけようというんで、殺してしまった。

鹿島　そうですね。あれなんか、バルザックのいっているとおりだ。

中野　そうね。人間のなさけない心理。バルザックはいろんな心の動きの法則みたいなものを本当に直観的につかんでいるんですね。

●過剰な人、バルザック

中野　バルザックは何歳のときにこれを書いたんですか。四十代？

鹿島　いや、これは一八三四年に書きはじめているから、三十五ですね。で、バルザックは三十歳までは山気の多い人だったから、いろんな事業をやったり。

中野　選挙にも出ちゃうんですよね。

鹿島　そう、選挙にも出たし、泡沫候補（笑）。

中野　泡沫候補というのがひどく似合ってるわよね。

鹿島　でも自分では絶対当選すると思っていたんです。思い込みのはげしい人だから。事業をやって、三文小説を山のように書いて、全部だめで、まともな小説を書いたのが三十歳でしょう。そのあと三〇年代に傑作を山のようにいっぱい書いて、四二、三年ごろに最後の傑作『従妹ベット』と『従兄ポンス』を書いて、それ以後はたいしたものは何も書いてない。もうあとは体にがたがきたし、自分の人生、自分の人間喜劇を生きなければいけないというので、ハンスカ夫人と結婚することに夢中になる。ロシアに行ったり来たりしてたんで、何も書かなくなってしまった。だから実働は十五年にいかないんじゃないかな、十三年ぐらいじゃないでしょうか。十三年であれだけ書いたんですからね。一日二十時間書いていたというから、『ゴリオ』のときは。

中野　過剰な人ですよね。顔写真を見て納得できますね（笑）。過剰な感じがありますね。

鹿島　バルザックに会ったほとんどの人が証言しているんだけれども、眼がすごかったと。

中野　強い眼をしている。

鹿島　強烈な眼だったといっていますね。これは例外なく会った人のだれもがいってます。バルザックはどこをどう清潔にしても不潔にしかならなかった人らしいんだけれども（笑）。会うと、眼がすごかったといっていますね。強烈な眼だったと。それはそうと、バルザックが自分でお忍びでどこかに行くでしょう。でもあんな風采だから、行く先々ですぐわかってしまう。「バルザック氏現る」とか、例えばミラノかなんかに行くと、パーティに招かれる。本だけでバルザックを知っている人が、いかに崇高な話を聞かせてもらえるかと期待するんだけれども、自分の印税の話だとか、金のことしかいわないんで、こういう人間だったとがっかりしちゃう。ぼくなんか身につまされるような話ですけれどね（笑）。

中野　『ゴリオ』にもお金の話がよく出てくるでしょう。あそこもおかしくて好きなんです。お金が入ったときの主人公の男の人が、心のなかにテコの支点ができたようだというところね。お金が入って、ほっとしたときの心理状態を何行もくどくどとね。

鹿島　まさに彼そのものですね。

中野　本当に騒々しい人生ですよね。いろんなことに手を出して、ことごとく自分の描いていたのと現実が合わなくて。

鹿島　ジャルディー荘という別荘を造ったときに、最初の探訪記者が「バルザック氏のお宅訪問」という記事の中で意地悪をいっぱい書いている。バルザックさんはあまりに一生懸命、自分のなかのイメージで別荘を作りすぎたから、階段を造るのを忘れたと。だから私は這いのぼっていったと（笑）。バルザックという人はせっかちで、自分の基準でなんでもやるから、これこれまでに工事しろとせかせる。しょうがないから突貫工事でやっちゃうでしょう。そうすると雨が降るとダーッと崩れたとかね（笑）。

中野　マンガみたいな人ね。

鹿島　年中そういうことをやっていた。

中野　昔の人の小説を読むと全然イメージが違うじゃない、教科書や研究書などで語られているイメージと。やっぱり活字で整理されちゃうと、生き生きとした魅力はなかなか伝わってこないからね。

鹿島　出てこないですよね。

中野　本当にうまく紹介しないとね。

鹿島　十九世紀の作家の伝記を読むと、やっぱりおもしろいやつじゃないとおもしろい小説が書けなかったというのは事実なんです。ところが二十世紀になるとだんだん作家というのが孤立した職業になってくる。そうするとただひたすら机に座って、小説だけで人生はゼロという人になってしまうでしょう。反対に十九世紀の作家は、本来ならば他のところで名をあげたかったやつが、他に道がないからというので文学に飛びこんだというのが多いから、とんでもないやつが多いんです。

中野　実生活で野心を燃やしてゴタゴタを巻き起こすわけでしょう。それが今度は全部小説の方にちゃんとうまく生かしちゃって、というのがすごいわね。

鹿島　ええ。おもしろいのは、バルザックの小説を読むとフランス全土が出てくるんですけれど、バルザックは取材をしたわけじゃない。じつは借金に追いまくられて、パリで書けなくなっちゃって、しょうがないから地方の知り合いの家に行く。ついでにその地方を見て回って、すぐそこをモデルにした小説を書いちゃう（笑）。だから描かれた地方の都市を見ると、これはバルザックが追いまくられてそこで書いた小説だとわかる。

中野　軌跡がわかるんですね。作品と実生活が完全に一体。乖離してないわけね。

鹿島　取材旅行じゃないんです。

●借金に比例する収入と作品の質

――バルザックはどのぐらいの稼ぎがあったんですか。

鹿島　『セザール・ビロトー』の契約金がいまの金にして二千万円だから、それはたいしたものですよ。バルザックは小説家になる前にちょうど一億円の借金があったんです。小説家で一生懸命かせぐんだけれど、やればやるほど借金がふくらんでくる。というのもラスティニャックのことを書いたり、ヴォートランのことを書いたりすると、自分もやらなきゃいけないって、見栄を張るんです（笑）。見栄を張って、それこそ馬車のいいのを買って、あの小さい体でいろいろダンディな恰好をして出かけるんです。それはいいんだけれど、貴婦人とつきあっていると書くひまがなくなっちゃうから、借金がどんどん増えちゃう。

中野　やっぱり騒々しい人生なんだ。

鹿島　騒々しいんです。それで金が入ってくると、わーうれしいっていうのですぐ遊びの方に使っちゃうから、ますます借金が増えていくという悪循環なんです。

中野　ね。調和のない人生ね。

鹿島　調和もなにもない。借金する人間というのは、金がないから借金するんじゃないんです。金がしばらくすると入ってくるとわかると、そこで借金しちゃうんです。手形人生ですね。そこのところでボンと使っちゃう。金が入ってきたときには、もう人のところにいってしまうんです。

中野　通りすぎちゃう。

鹿島　全然借金は減らないんです。バルザックの借金が減るのは、不思議なことにあんまり仕事をしなくなったときです。

中野　あ、そうか。仕事すると増えるのね。

鹿島　仕事すると増える。借金と仕事量は必ず一致してるんです。仕事を全然しないでさぼりだすと借金もだんだん減ってくるんです。それで最後に自分の生涯を小説にするというか、せっかくこれだけ書いてきたんだから自分の人生を楽しまなくてはというんで、ハンスカ夫人と結婚しようと思ってすったもんだやるでしょう。それはいいんだけれど、そうすると自分も小説の主人公と同じ家を造りたくなっちゃって、いまバルザック街といってパリのシャンゼリゼのところにあるんだけれども、そこに豪邸を造りはじめるんです。骨董品に狂って、全部がらくただったんだけれど買いあつめる。そういうことをやっているうちに、またどんどん借金ができてしまってる。

中野　じっとしてないとだめなのね。

鹿島　じっとしてると減るんだけれどね。悪あがきするとどんどん増える。それで最終的に、ぼくが計算したかぎりでは八千万円まで減ったんです。一億で出発したのがどんどん増えて、一億五千万から六千万まで増えて、それが八千万まで減ったんだけれど、最終的にはやっぱり二億円近く借金が残っていたんです（笑）。小説家になってから一億円の借金をしたということになるんです。

中野　そこまで詳しく調べる人もいないわね、バルザックを読んで（笑）。

——大変な金は稼いでいたんでしょうね。

鹿島　稼いでいた分よりもっと使っちゃったんですね。それもつまらないことに使うわけ。

中野　完全なフロー経済なのね、ストックがない。

鹿島　当時は契約時に三分の一、出版時に三分の一、残り三分の一という契約が普通だったんです。バルザックは人気作家だったから出版社がいっぱい寄ってくる。そうするとあっちもこっちもいろいろと契約しちゃうんです。各社から三分の一ずつもらっちゃって、いい気になって全部使っちゃって、いざとなると仕事がワッとくるから書けないでしょう。で、書けないからヤバイと逃げまわるんだけれど、向こうは契約社会だから、約束した期日までに書かないなら前金返せというだけでなくて損害賠償をよこせとなって、前金返して損害賠償のお金も返すから、もっと借金ができちゃうという、ひどいんですよ。それをやっているからいつまでたっても減らない。

中野　すごい不条理の人生ね（笑）。

鹿島　でもそれがあったからあれだけ書けたんでしょうね。

中野　なにしろもう戦争だと思っているわけだから、確かに。それでいいのか、じゃあ。

鹿島　傑作は必ず借金の一番ひどいときに書いているんです。この『ゴリオ』も借金の一番ひどいときなんです。三回目ぐらいの破産寸前というときですね。本当に傑作は全部そういうときに生まれるんですね。

中野　ある種の人にとっては、自分にかかる圧力とそれをはじき返そうという力の強さ。そこに何かが生まれるのね。

鹿島　それこそトインビーのいう、試練と挑戦という歴史理論と同じで、外圧が激しければ激しいだけがんばるという。

中野 というのがあるのかもね。ごく少数の人にしか通用しないだろうけれど。

鹿島 借金体質の人間の書いてるものを読むと、全部そうなんです。内田百閒も完全にそうですね。

中野 ああ、そうですね。タクシーを飛ばして、はした金を借りに行く。

鹿島 前借り体質ですね。くだらないことに金を使ってしまうという。

中野 そういうことを原稿にしてるわけだから、確かに現実的に実にはなっていますよね。

鹿島 だからどっかで帳尻は合っているんだけれども。

中野 人生の調和はとれているわけか。

鹿島 そうそう。

これは全然関係ないけれど、このあいだ夜中にテレビを見ていたら、島田紳介が若い芸人にいっていた。お前な、貯金が百万円あるやつと借金が一億円あるやつと、女はどっちを選ぶと思うって(笑)。

中野 男の魅力に関するわかりやすい質問ですね。自分が若かったら借金一億円の方を選ぶと思うわ。でも私、この年だから貯金百万の方がいいわ(笑)。

(一九九九年四月十三日)

中野　翠（なかの・みどり）一九四六年生。コラムニスト。主著に『会いたかった人、曲者天国』（文春文庫）『中野シネマ』（新潮社）『お洋服クロニクル』（中公文庫）『ほぼ地獄ほぼ天国』（毎日新聞社）『毎日一人はおもしろい人がいる』（講談社）等。

文句なしに面白い『セザール・ビロトー』

髙村　薫
鹿島　茂

奥さんのコンスタンスを、女とはこういう生きものだと書いていているところ。それを三行か四行で書く、その見事さ。思わず書き写しちゃいました。——髙村　薫

人間の造形が一筋縄じゃないんです。いちおうタイプで分類はされているんだけれど、二重底、三重底になっている。——鹿島　茂

泥棒も娼婦たちの商売も、芝居や警察や司祭職や
憲兵のすることと変りはないのだ。

オノレ・ド・バルザック

●普通の人が本当に楽しめる

鹿島 とりあえず、髙村さんのバルザックとのかかわりからお聞かせください。

髙村 私は親の本棚にあったバルザックを片っ端から読んだんです。当時、私が読んだのは『谷間の百合』と『ウジェニー・グランデ』と『従兄《いとこ》ポンス』と『従妹《いとこ》ベット』、それから『ゴリオ爺さん』(ペール・ゴリオ)でした。中学生ぐらいです。それでそのぐらい読んだからバルザックはもういいかな、と子供時代に思ってしまったんですけれども、今回、新訳で読みなおしてみて、これは本当に大人が楽しめる読物だなと思いました。読みながら、気がつくとニヤニヤしてるんですね(笑)。それであらためて、これは子供にはわからないだろうと。

鹿島 そうなんですね。子供や若い読者は、どうしてもストーリーだけを追って先へ先へと行っちゃうし、いろいろちりばめられた警句とか名言とかを味わうひまもない。

髙村 『人間喜劇』というふうに日本語で訳されていますけれども、まさに喜劇と呼ぶにふさわしい。笑えるんです。私たち読者がいいかげん自分の人生を生きてきて、いろんな経験をしたからこそ笑えるんだと思います。自分に重なるところがありますし。

とくに『セザール・ビロトー』は、比較的暗い部分がない。悲劇でも明るいですね。たとえば、『ペール・ゴリオ』、『従兄ポンス』、『従妹ベット』、『ウジェニー・グランデ』にしても、相当シビアな世界だと思うんですけれども、この『セザール・ビロトー』はとにかくおかしいんです、人間がみんな。おかしいというとちょっと語弊がありますけれども、最初から破産することがなんとなく予感できますし。

鹿島 最初の夢のところからすぐにわかりますね。

高村 これはこうなるんだなと最初にわかってて、それでそのとおりに話が進みますでしょう。またそれが絵に描いたように、だます人間とだまされる人間がはっきりしてますしね。これはバルザックの他の作品に比べて良心が痛まない。笑いながらとんとんと話が進んでいく。倒産するとなると、ふつう悲惨とか、絶望とか、裏切りの話になりますけれども、この善意の人がはめられていく姿がちっとも暗くないんですよ。

鹿島 それがこの作品を救ってますね。

高村 みんな伏線が張ってあって、読みながら全部見当がつくからでしょうか。バルザックの描く倒産劇は一種のゲーム感覚で読み進むことができます。しかも、絶頂期があって、没落があって、再起があってという、ストーリーテリングの一番常道というか、あざといまでの見事な筋運びですから。読んでいて文句なしにおもしろい。この小説は普通の人が本当に楽しめる。私は三十七になった弟にも、おもしろいからとにかく読みなさいっていいましたよ。

鹿島 そうですね。とくに今、倒産のドラマがいたるところにあるわけだから、これは励ましになるんじゃないかという気もするんです（笑）。

●こんなに今日的な……

高村 こんなに今日的なテーマが十九世紀の初め、パリにあったというのは、ちょっと意外な気がしました。現代とまったく同じ、不動産投機の話ですから。

鹿島　まったくそうですね。現在マドレーヌ寺院のある、マドレーヌ地区の土地投機に絡んだ話なんですが、当時、まだパリの中心地は東の方にあったんです。それが世界のあらゆる都市と同じように、だんだん盛り場が西の方に移ってくる。それと軌を一にするように西部の方へ不動産の投機の流れが動いていくんです。だから少しでも先見の明のある人間ならそういうことは考えるわけで、このビロトーも商人として優れているからこそそういう嗅覚が働くんだけれども、逆にそこのところをすくわれてしまうわけです。

高村　それと毛生え薬でしょう。いやあ、本当におもしろいですよ。百五十年たってるのに、今も昔も毛生え薬で大騒動なんですから、へえっと思いました。化粧水とか美容液、今でいう化粧品が大きな商売として成り立っていたというのにも驚きましたし。

鹿島　エステとかね。

高村　それに群がる毛を生やしたい人たち、あるいはお肌をきれいにしたい貴婦人たち。公爵夫人とか、伯爵夫人といった客筋を別にすれば、消費者心理も、その心理を商売につなげる手口も、今の時代とまったく同じ。現代の業界の裏話を読んでいるようでした。

たとえばこの毛生え薬を売り出すために、新聞広告を打つでしょう。商売敵の記事を追い出して、自分のところの記事を載せさせるでしょう。これも読んでいて、本当に百五十年前の話だということがふっとわからなくなりました。

鹿島　バルザックの盟友に新聞王のエミール・ド・ジラルダンという男がいたんですが、そのジラルダンがなぜ新聞王と言われるようになったかというと、新聞に広告を取り入れることによって新聞を半額にして部数を倍増させるという大衆化路線を始めたからなんです。それまで主義主張の道具だった新聞が、はじめてこの時代に商業宣伝の非常に重要な要素になる。商業と新聞が結びつく。『セザール・ビロトー』が書かれたのは一八三七年ですが、バルザックは〈フィガロ〉という新聞に連載する予定でいた。だから新聞広告のあり方なんかは半分予感、半分現実を取り入れつつやっているわけです。

セザールもそれまで使用価値でしか考えられてこなかった香水を、店を改装してサロンみたいにして付加価値をつけて売る。店の名前を金文字でバーンと出して、交換価値でもって物を売り出すというやり方。それから、これはセザールの後継者のポピノがやることですが、ゴディサールというセールスマンを使って新製品を地方で売りまくる。こういう新しい手法なんかも取り入れている。

実はこうした広告の方法は現実にもあったんです。それがなんと今をときめくゲランなんです。あのゲランが最初にやりだしたことなんです。今のゲランの元祖がたぶんこの作品のモデルでしょう。ゲランは、最初はイギリス人相手に香水を売っていたんですけれども、徐々に社会の上層に入り込んで、その権威を用いて、さらに化学のお墨付きを得ることで、商品のプレステージを高めていく戦略をとったんです。

高村　そういえば、学士院の先生にちゃんとお墨付きをもらって、それで商品価値になると書いてありますね。

鹿島　ええ。しかもこの宣伝の仕方がすごいですよね。毛は生えませんという（笑）、それを売り物にする。これがすごいですね。毛生え薬を作ろうとしたら、偉い先生に毛は生えませんといわれて愕然するんですが、よし、それじゃ、逆にその「毛は生えません」を宣伝文句に使おうと。たぶん広告業界の人間とか、そういう関係の人間が読んだら、広告のルーツが全部出てると感心すると思いますね。逆をつく宣伝の仕方とか、装われた正直さとかね。

それでこの特許薬、養毛剤が売れて大儲けするんだけれども、もう一人モデルになったとおぼしき人間がいて、それはヴェロン博士です。この人は出身は医者なんですけれども、やぶ医者だったもので医者を失格してしまう。そこで知り合いの化学者と組んで、パット・ルニョーという咳止めドロップみたいなものを作って、がんがん売った。その手法もここにはちゃんと入ってきています。

高村　なるほど。

●話のカギを握る公証人の存在

鹿島　ここに出てくる公証人というのは、話のなかでとても重要な存在なのですが、日本人には理解できないですね。というのも日本における公証人とフランスにおける公証人は全然違うんです。

日本だと、公証人がやるのは、私署証書の確定日時だとか、とくに遺産相続の遺言状の作成、そういうのに限られているんですが、フランスにおける公証人というのは、その他にも、日本で弁護士がやってる仕事を全部やるわけです。言ってみれば、公証人というのは人間の形をとった法律なんです。公証人が立ち会ったものはすべて正式な法文書になってしまう。だから公証人がだまそうとすればなんでもできちゃうんです。

高村 それで腑に落ちました。ロガンがどうしてこういうことができたのか。なるほど。

鹿島 公証人を信じなければ、結局、法律を信じないということになって、全部自分でタンス貯金をするしかない。しかも公証人は銀行の役割も果たしていたんです。というのは、当時の銀行は個人への貸し出しはやっていませんから。

当時、何で貯金を増やすかというと、国債を買うしかない。国債と国債の利子を預かるのが公証人なんです。たとえば、遺産相続で何万フランって得ますよね。それを公証人のところに預けておく。公証人がそれで国債を買ってくれる。それから不動産の管理もやる。つまり公証人は不動産管理、遺産相続、預貯金、そして遺言状を管理するんです。だから公証人に裏切られたら、その人はすべての面で破滅です。その公証人にビロトーは逃げられちゃうわけです。

高村 そういうことなら、バルザックはもうちょっと親切に説明してくれてもよかったですね(笑)。

鹿島 ぼくもずっとバルザックを読んでいて、公証人というものの存在がなかなかよくわからなかったんです。それで、当時の『実用百科事典』で調べてようやくわかってきたんです。要するに金を預けて不動産の管理を任せていた信託銀行に裏切られたようなものですね。信託銀行に裏切られたら当然、破産するしかない。それが頭に入ってないとなんとなくわからないですね、ここの部分は。しかも公証人が裏切るような伏線をバルザックはちゃんと張ってますよね。単に裏切るんじゃなくて、最終的には相手を破滅させて自分が自殺するしかない、というところにまでいって、もうやけくそになってなんでもやっちゃうという。

高村 その仕組みがわかると、デュ・ティエが自分の恨みを晴らすためにロガンをそそのかしたという行動がよくわかります。

鹿島　そうですね。公証人を裏からにぎったらなんでもできちゃう。しかもその公証人を全面的に信じるでしょう、このビロトーは。なんの疑いもない、何十年のつきあいだと。確かにそれぐらい公証人というのは尊敬されるべき人間ということになっていて、どんな町でも、どんな小さな村でも一番尊敬に値する人物というのは公証人と決まっているんです。

高村　でもここでは公証人が愛人をかかえていますが、市民感情はどうだったのでしょうか。みんなが知ってるわけでしょう、愛人がいることを。

鹿島　フランスでは色恋と金は別問題です。公証人というのは、愛人の一人や二人をかかえられるくらい儲かる商売だということは一般に認められている。

高村　それで身上をつぶしているということは？

鹿島　立て前としてはありえないんだけれど、現実にはあったんでしょう。その事典にも書いてありましたね。ありえないはずのことではあるんだけれども、公証人自体が裏切ることもないわけではないと。

●バルザックの描くドラマの社会的背景——結婚と財産

高村　それにしても、まさか今はそんなことないと思いますけれども、バルザックの世界を読んでいきますと、男にしろ女にしろ、お金のある者もない者も、人生における一大事業は、まず結婚だということがわかります。お金のある相手との結婚。もう身も蓋もなく、そのことがこれでもかこれでもかと出てきます。そのことに親も、あるいは周囲も、本人も後ろめたさを感じない。むしろそれが当然の生き方であるという、これはどうなんですか。この時代のパリ特有の話なんですか。

鹿島　持参金というのはインド起源だといわれているんですが、そういう持参金の結婚制度がずっと前からフランスに定着している。だから男は才覚一つで持参金のある娘と結婚することができる。娘に持参金がなければ、選択肢は二つしかない。大金持ちの爺さんと結婚するか、あるいは貧乏だけれども将来有望なやつを見つけて賭けるか。バルザックの世界はこの持参金をめぐるドラマだといってもいい。親が失敗したり、没落した貴族であるために、きれいなんだけれども結婚できない娘、それをめぐるさまざまなドラマ。たとえば『従妹ベット』の世界でも、『従兄ポンス』の世界でも、持参金がないために売れ残った娘をどうするかというときに、貧しい縁者という直接関係ない人間が外から入ってきて、その縁談を進めることになるんですが、このときドラマが生れる。

フランスは今でもそうなんだけれども、結婚ということでまずやらなきゃいけないことは、結婚契約書にサインすること。その契約書というのは非常に細密に決められて、財産がどういう形で共有財産になるか、妻の持参した財産がどういうふうな形になって、夫が共有した場合にどの程度使えるか、子供ができた場合にそれをどういう形で残すか。これには当時も今も必ず公証人が立ち会う。公証人がいない場合は無効なんです。今でもフランスの結婚というのは結婚契約書にサインすることを意味するんです。

高村　そういう関係を見ますと、日本人は逆に結婚をある種の情緒でとらえていることを思い知らされます。好きな者同士がどうこうとか。一方バルザックの世界では、結婚も社会的な一つの関係に還元できる。お金の関係であったり、あるいは男と女の関係であったり、すべてが関係に還元される。これこそフランス人の社会感覚、生活意識の原型かも知れません。もちろん結婚をこういう形で描くと、日本人にはやっぱり抵抗もありますけれど。

鹿島 だからバルザックの恋愛小説というのは全部若い男と人妻との恋愛でしかない。なぜかというと、若い娘が恋愛をすることはルール違反なんです。また男が、地位も名誉も金もある男が、なんにもない美貌のきれいな貧しい娘と結婚することもルール違反なんです。

高村 たしかに、そういう組み合わせは出てきませんね。

鹿島 いや『シャベール大佐』というのは、そのルール違反をした主人公の男の悲劇なんです。そういうきびしい社会のルールがあることが前提になっている。学生に読ませると、そんなの嫌だなんていうんだけれど、きみね、そんなことといってても、結婚するときはいいけど、離婚になったら、バルザックの世界と同じだぞ。だからよく考えてみなっていうんです（笑）。バルザックを読んで、しっかり結婚後生活のきびしさを学べっていっているんだけれどもね。

高村 でも『セザール・ビロトー』のこの夫婦は、確かに奥さんはいつもお金のことを心配してるんだけれども、だからといって別に亭主を疑っているわけでもない。ビロトーの方も、奥さんがいつも自分のやることに不安を持っているということを感じながらも、だからといってその奥さんを嫌いになるわけでもない。この夫婦は例外的にものすごくしあわせな夫婦だと思います、バルザックの中では。

鹿島 本当にそうなんです、例外的に。

高村　それがあるから、破産の危機がやってきても、なんとなくこの家族だったら乗り切るのかなと最初から予感できますし。だから深刻にならなくてすむんでしょうね。ピュロー叔父という正義の味方が出てきますし、娘も欠点がない。そしてこの家族は、最後に名誉を回復して、公の名誉回復まで行き着く。これはちょっとしあわせすぎると思いましたが（笑）。こんなに恵まれた人たちの物語はバルザックの世界では例外的で、本当に楽しい、明るい小説です。

鹿島　この逆が『従妹ベット』でしょうね。純粋に思えた娘が利に聡くて。ベットの恋人を取っちゃう。本当に貞淑に思えた奥さんが、最後に自分の身と引き換えに借金を帳消しにしてもらいに行く。でも、『セザール・ビロトー』は家族がそういうふうに変わることはない。

高村　こんなに明るい破産の物語もまたパリの一面であったのでしょうが、ともかくすいすい読めました。

鹿島　破産の物語であるにもかかわらずね。

高村　最初からもう笑えます。

バルザックが描く職業と人物の厚み

●**誰が読んでもおもしろい**

高村　今でもフランスでは、普通の人が一般的にバルザックを読むんですか。

鹿島　「いとこ同士」という映画が一九五八年ぐらいにあったんですが、冒頭、主人公が本屋に入ってバルザックの小説を見せてくださいというと、本屋さんがあなたは感心な若者ですな、今どきバルザックを読む人がいるんですかっていう描写があったんです。それを見たとき、フランス人でもバルザックを読むのはめずらしいやつなのかと思ったんだけれども、フランスに行ったら、古典としてバルザックが好きだという層は確固としてあるみたいですね。

ぼくがフランスに行った時に、女房の耳が悪くなってフランス人の医者のところに行ったんです。そして女房が医者に診てもらっている間、横にある書斎をのぞいたら、そこに「バルザック全集」の初版本がずらっとそろえてある。それはぼくもほしかったやつなんです。それでその医者に、あんたすごいじゃない、「バルザック全集」を持っていて。これはウッシュー版という非常にいい版で、高かったでしょうなんていったら、途端に話が合っちゃった。おまえもバルザック読んでるのかってね。それでお互いに、ああ、バルザックを読む人ならという感じでね、意気投合した。バルザックを読んでいるっていうことが相手がどれぐらいの人間かという価値を見抜く一つのメルクマールになる。バルザックを読むという人間が非常に多岐にわたっていて、社会の意外な階層の人たちに読まれている。

高村　これは日本人の感覚かもしれませんけれど、バルザックだからこそいろんな職業の人に読まれるんだなと思いますね。たとえば、日本の純文学というのは非常に尖鋭なところへいっておりますので、いろんな職業の人が誰でも楽しんで読めるかというと、けっしてそんなことはない。読者を選んでしまうというところがありますけれども、バルザックの場合は、これはある程度の人生経験を積んだ大人であれば、誰が読んでもおもしろい。

鹿島　確かにそう思いますね。

●職業と人物を同時に描けたバルザック

鹿島　でも同時代にバルザックが読まれていたかというと、必ずしもそうではない。よく読まれていたのはポール・ド・コックという小説家で、これはどぶ板のバルザックみたいな感じの作家ですね。この人のもありとあらゆる職業を登場させた小説なんです。小説の人物の百科事典で、株屋の小説も書いたし、食料品屋の小説もある。ポール・ド・コックがそういうことを書くと、バルザックは対抗意識を燃やして、それなら俺もどんな職業でも書き込んでやると。ポール・ド・コックのようなやつが売れてるんだから、俺が同じ職業を書いたらこれだけ違うんだぞというところを見せつけてやるとか、そういう対抗心が相当あったみたいです。だから『人間喜劇』でいろいろ書いたときに、ありとあらゆるジャンルの職業の人間を織り込んでいって、次はこいつを書いてやるとか、そういう形でやっています。

日本でも金融小説とか、証券小説とか、各業界ジャンル小説があるけれども、描かれている人間が紋切り型で凡庸なんですね。そのため単にジャンル小説でしかないわけだけれども。さっきのポール・ド・コックへの対抗心ということでいうと『セザール・ビロトー』には、俺はジャンルを描いてもちゃんと人間が描けるんだというバルザックの自信のような感じがあらわれています。

『人間喜劇』では大物の銀行家が三人登場していて、ニュシンゲンのモデルはロスチャイルド、それから新興のケレール兄弟が出てきますが、これはペレール兄弟といって、サン＝シモン主義者の銀行家の兄弟なんです。デュ・ティエというのはどうやらバルザックが作った人らしく、新興勢力という形で出てくるんですけれども、その銀行家三人の描き分けというのも、『人間喜劇』全体を読んでいくと、見事ですね。

高村 『ビロトー』の中でも、銀行家のいろんなタイプが、ちゃんと書き分けられています。

鹿島 ニュシンゲンはゴリオにも出てきますし、それからあと『娼婦の栄光と悲惨』の中では、今度はめられたり、逆に復讐したりという、一人の中心人物になって活躍するんです。それからあと、デュ・ティエはもう一回、『幻滅』という小説に出てくる。これはそれこそ髙村さんが読んだら最高だと思うから、どうしても読ませたい小説ですね。これは本当にすごい小説なんです。

●職業を描くことのむずかしさ

高村 今から二年ぐらい前になりますが、私も『読売新聞』の紙上で月一回、この世の中のいろんな職業、ちまたの職業の一人一人に密着をして、一回一つの職業で、それを描いてみようかという企画を立てたことがありました。四回やりましたけれども、最初からどうもむずかしい、むずかしい、むずかしいと思いつづけて、その理由がどうしても自分でわからなかったんです。最初は鉄道員でJRの職員、二番目が植木屋、三番目がホテルの結婚式場で働いている女性、それで四回目がデパートマン。そういうごく普通の職業を選んで、それはどういう職業かとか、その個人がどういう人かとか、市井の普通の人びとを紙面一枚で描こうとしたんですが非常にむずかしいと感じた。そして、そのむずかしさの理由がずっとわからないままに、どうもこれはうまくいかないからということで、その企画は途中で中止してしまいましたが。

その後も、どうして市井のいろんな職業を描くことがこんなにむずかしいと感じたのかと考えつづけた結果、ある時ふと気がついたんです。結局、私たちが小説の中で何らかの職業を描けるのは、それなりに劇的な虚構の状況を作っているからなんだと。そうじゃなくて、本当の生身の人たちが働いている、たとえば駅の毎日の業務、あるいはデパートの地下食品売場の毎日の業務とか、そういうものを描くのがどんなにむずかしいか。要は、凡庸だからむずかしい、単調だからむずかしい。人の興味をそそるようなおもしろさも何もない。だからといって、ここに現実に確かにこの仕事があるわけですから、その仕事が傍目には単調に見えるからといって、そのご本人がそれを単調と思って失望しているかというと、そんなことはない。その仕事にやりがいを感じているわけです。そういう普通の市井の人間、平凡な仕事、これは観察することができても描写することはどんなにむずかしいか。要するに私はまだそれだけの力量がないんだと、その時にはじめて腑に落ちたような次第です。

で、バルザックを読みなおしてて、ここに出てくる、たとえばセザール・ビロトーもコンスタンスも、あるいは周りのいろんな人たちもみんな、悪人以外は平凡でしょう。あるいはデュ・ティイエというのも凡庸かもしれない。

鹿島　凡庸ですよ。

高村　みんな凡庸です。確かに事件は起こりますけれど、セザール・ビロトーという主人公自身が特別ドラマティックな性格ではないし、ごく凡庸です。凡庸な人の凡庸な生活のなかに起こる凡庸な破産劇をこういうふうに描けるというのは……。

鹿島　うん、それが叙事詩になるというのがね。

髙村　これがやっぱりバルザックなんだと思います。

鹿島　そうなんです。

髙村　私にはできないけれどもバルザックにはできること。すなわち凡庸な人生に小説的なリアリティと凄みを与える手法は、私にはまだ謎です。

●一筋縄ではない人物造形

髙村　どう描写するかは別にして、もちろん凡庸なりに、どこがどのように凡庸かを観察することはできます。その観察によって、バルザックの世界ではあらゆる凡庸が小説的な非凡になっていく。バルザックの人間の観察の目、これは本当に見事です。

鹿島　髙村さんが読んでもそう思いますか。これだけ見事な観察力といわれてる髙村さんをして。

髙村　いやいや。足元にも及びません。うーんと思ったのは奥さんのコンスタンス・ビロトーを、女とはこういう生きものだと書いているところがありますが、確かに幸せな市井の主婦の、実に的確な戯画になっています。それを三行か四行で書く、その見事さ。思わず書き写しちゃいました。

鹿島　ほんと、書き写しちゃいますね（笑）。書き写さざるを得ないんですよ、バルザックは。

髙村　そんなこと、今までしたことないんですけれどね。たとえばビロトーという主人公の商売人としての凡庸さ、あるいはブルジョワの凡庸さとか愚かさを克明に描写しているところでも、ただの凡庸、ただの愚かさではなくて、読む者の目を釘付けにするような迫力のある凡庸であり、愚かさになっています。

鹿島 人間の造形が一筋縄じゃないんです。いちおうタイプで分類はされているんだけれど、二重底、三重底になっている。ビロトーにしても商人としての誠実さが同時に欠点にもなるような形になっている。人間のすべての性格がいい方にも悪い方にもころぶ可能性があるわけで、単にタイプというので割り切るのではなくて、そのタイプの奥にもう一つタイプがあって、その他のいくつかタイプが重なり、そこから人間の厚みのようなものが出てくる。それがバルザックの特徴なんです。だからたとえば、単にペール・ゴリオは父性のキリストであるということだけではなくて、父性のキリストであることが周りの人にとってはたいへんな悪影響を及ぼしてしまうとかね。このビロトーも似たところがありますね。

商人として功なり名を遂げたのに、そのとたん名誉なり、変なものがほしくなっちゃうというその心理。

高村 勲章をもらったところからおかしくなってしまう(笑)。

鹿島 その結果、やりもしなくていい投機にのめりこんでいく。だから奥さんは夢にまで見ちゃうわけです。

高村 奥さんは確かに夢にまで見て、やめてくれって頼みますでしょう。でも旦那さんはやめない。それで家を改築するじゃないですか、舞踏会のために。奥さんはその出費もまた心配している。ところがきれいに改築されて、舞踏会の用意ができあがってみると、奥さんは自分が今まで不安に思っていたことを、スッと忘れちゃうんですね。しあわせな気分になるんですが、確かにこういうことがあると思うんですよ(笑)。冒頭、奥さんの悪夢ではじまるわけですが、奥さんはお金で失敗しないか、失敗しないかとずっと不安に思っている。ところが本当に舞踏会の準備ができてみれば、昨日までの心配はなかったことにする。本当に女はそのとおりなんです（笑）。

鹿島　この奥さんの描き方というのも、心配性の女房というタイプの底に「女」があって、ほんとにうまいですね。

●格言風の人物描写

鹿島　で、この類いの、いかにもプチブルの奥さんのほかにもさまざまなタイプがでてきますが、それぞれが見事に描き分けられている、しかもそれをバルザックは一筆、顔の筋の描写ひとつ、それで決めちゃってますね。

高村　二、三行ですよ。

鹿島　ええ。しかも小説家がそこのところで腕をふるうということは、最近だんだん少なくなってきてるでしょう。

高村　むしろ、日本の作家はそれを避けてるところがありますね。小説というと小さい説です。それに対して大説というと大きい説で、バルザックのような書き方、ある人間について、彼が人間とはこういうものであるというような書き方をすると、日本ではこれは大説といわれるんです。つまり小説ではこういう書き方をしてはならない、解説じゃないんだからと。あるいは自分の論説を述べる場じゃないんだからという考え方です。

鹿島　なるほど。細かなうそを積み重ねて、人物を描かないことによって描けとか、そういうことじゃないですか？　たとえば、主人公の性格の基本的な部分を一言でいってしまわないで、それをすべての状況証拠の積み上げで読者にわかるようにするのがうまい小説だと。

高村　そうです。だからたとえばバルザックは一行で、彼は臆病である、と書きます。そういう書き方は、普通の日本の小説はしないんですね。臆病だという言葉を使わずに、読んでる方がこいつは臆病だなと思うような描写をすべきだと。だからこれはまったく違う手法で、新しい世界なんだと感じます。今の日本には存在しない書き方ですから。日本ではたぶんこれを小説とはいわないと思います（笑）。フィクションには違いありませんけれども、現代の日本人がまったく見たことのないフィクションなんです。けれども、読んだら文句なしにおもしろい。

鹿島　絶対にそれはいえる。バルザックの時までは、ラ・フォンテーヌとか、ラ・ロシュフーコーだとか、モラリストの伝統、人間観察家の伝統というものがあって、小説家はすべからくモラリストでなければいけないと思われていた。人間を観察して、それをもっと短い格言でもいえて、描写でもいえる。その両方ができなければ小説家とはいえない。そういう伝統があったんです。それをフロベールの時代から、小説家がそういうふうな格言で片づけるのはルール違反であるとしたんですが、フロベール以後のルールが一般的になりすぎると、逆にバルザックのころのルールが新鮮に見えてくるということでしょうか。

叙情から叙事へ

●描写とはなにか

高村　私も今回、バルザックを二十年ぶりぐらいに読み返して、小説の描写というのはどういうことなんだろうというのを考えさせられました。

『セザール・ビロトー』の中の人物でも、たとえば悪党のデュ・ティエとか、家主のモリヌーとか、比較的自分のことがわかってる人は別ですけれども、たとえばビロトー自身、あるいはコンスタンスという奥さん、それと二人の娘、もしこの人たちが実在していたら、彼らは自分自身のことをそういう形で言葉にはできない人たちだと思います。そうしますと、それを言葉にしてるのはあくまでも観察してるバルザックです。で、バルザックはその個人を見てるだけではなくて、周りのいろんな人、あるいは周りのいろんなケースと比較して、その人を造形していくわけですが、この人物はこのときにどんなことを考えたかを書いていくときに、ビロトーという人間が考えているというよりは、バルザックが考えてるというふうに感じられないでもない。たとえば『セザール・ビロトー』というのは、こういう鼻をして、こういう頭をしてという、細かい人間の造形の描写もありますが、それが映像になっては浮かんでこないんです。このバルザック的な書き方というのは、観察をして、説明をして、解釈をする、そういう書き方ですが、そこからは当然、情緒みたいなものは落ちていきます。ところが私たち日本人のもの書きというのは逆で、たいてい情緒の方から出発するんですよ。そうすると、同じ何かを描写しようというときにも、入り方が全然違うものだから、結果的に出てくる小説の形もまったく違うものになります。

私はわりと社会的なテーマや人間を描いてきましたので、もちろん観察はしているつもりです。でも観察がはじまるもっと手前の動機というのは、なにか自分のなかでこういう小説空間を作りたいなという漠とした感覚なんです。これはやっぱり情緒の一種です。形にならない、そういうものから出発してるんです。だから当然できあがったものも、そういう社会のことを精密に書いているようでいて、じつはそれを支えているのは私自身の情緒なんです。

●叙情と叙事

鹿島 それを聞いて思ったんですが、今、日本では、たとえば詩は叙情詩しか受けないわけですよね。バルザックの場合は、これは完全な叙事詩ですよね。叙事をしていて、しかもそれが詩になっている。

叙情という面では、若いころのバルザックは当然ロマン派ですから、叙情垂れ流しのようなことも書いたんでしょう。でも、そのあとすぐバルザックは書くのをやめちゃって、まさにセザール・ビロトーがやったのとほぼ同じ実業家の体験をやってるわけです。三文小説を書いていたんですけれども、自分が搾取されててしょうがないというので、出版業をはじめる。そうすると出版業で思っていたように売れないで、次にはまた搾取されてると考えて、印刷業者になる。印刷業でもやっぱりだめで、活字製造業までいっちゃう。結局、三回事業で失敗してる。そのあと、彼は自分一人で悟るところがあるんです。つまり、当時、フェニモア・クーパーの『モヒカン族の最期』とか、ウォルター・スコットの『湖上のランスロット』とか、そういうのが流行していたんだけれども、ほんとうは叙事詩というものはそういう例外的なところにあるわけじゃなくて、振り出された一枚の手形のような凡庸な日常の中にあるんだということに気づいた。

ぼくはこれが近代の小説の発明だったと思うんです。たった一枚の手形を落とすことに、何十頁、何百頁というものが費やされて……。しかもそれが一つの叙事詩になる。

バルザックは叙情という漠然としたものから出発しているんですが、最終的には叙事詩の人間になっていく。そこのところに非常に大きな人生経験がある。だから若いときから小説をうまく書いて成功した人間だったら、こういった叙事詩というものはなかなか書けないだろうなという気がするんです。別にこれは体験に還元するわけじゃないんですけれども、同時代のなかで、結局、叙事詩を書けない人間というのも相当いたわけですよね。たとえばラマルティーヌみたいに叙情詩から出発して、『ジロンド党史』とかいくつか書いたけれども、基本的には叙情詩に終始して、甘ったるい人間把握に終わってしまう。そこへいくとバルザックは、十九世紀叙事詩ですね、『人間喜劇』というのは壮大な十九世紀の叙事詩といっていいと思うんだけれども、そこにもっていくことができたというのがすごいところだと思うんです。

高村 私の書くものも徹底的に叙事詩なんですけれども、たぶんフランス人の発想と日本人の発想の違いもあると思います。たとえば、『レディ・ジョーカー』という拙作で、一番最初に出てくるのは競馬場です。競馬場にはいろんな人間が集まりますよね。それを描写してるわけですが、同じようにバルザックが競馬場に集まる人たちを描写したら、どんな文章になるんでしょうね。私も競馬の細かいことを書いているし、そこに集まる人間のことも書いているんだけれども、競馬を描写しながら何を考えていたかというと、雨の日の東京競馬場の空間、一種独特の空間、それをどうやって小説の行間に移し変えるか、そういう非常に漠とした空気のようなものが根本にあるんです。それはたぶん日本人が文学に対して持ってる一種の感覚的なもの、あるいは美意識かもしれません。一方、バルザックは、人間と人間の関係、あるいは物事と物事の関係、そういう関係の解明、関係を分析して、明確に関係を描くことに専念する。小説を含めて、フランス人の人生観や社会感覚の中心は、そういうところにありませんか。

鹿島 それはありますね。だから厳密にいうと、近代小説が成立するのはバルザックからなんです。バルザックの同時代のフーリエという人が情念《パッション》というものは一つの情念だけで存在するものじゃなくて、二つ以上の情念が存在したときに、引力と斥力が相互に働きあって一つの新しい関係なり次元が生まれる、それを情念引力と呼ぶといっている。バルザックは明らかにフーリエ的で、常に情念と情念の関係を描いている。それがいま髙村さんがおっしゃっていた、人間と人間、物と人間との間に生まれる関係性ということでしょうか。

髙村 そうですね。たとえば人間と手形の関係、借手と貸手の関係、とにかくいろんな関係です。男の女の関係、父と娘の関係。人間も、社会も、物事も、単独で存在してるのではなくて、すべて関係の中で描かれていく。日本人はあんまりそういう発想をしませんが。

鹿島 それはこういうことでしょうか。バルザックの世界というのは一つの足し算なり掛け算の世界であって、人間が何人か出てきて、その人間たちがそれこそ情念引力で掛け合わされることによって人間の単なる総合以上の強烈な力が出てくる。それが一つの作品の枠組を越えて、さらにこの『人間喜劇』という世界に広がっていくと、作品相互それぞれが関係を持ちあって、より強烈な、現実に対抗しうるような情念引力の世界が生まれる、と。

それで髙村さんがおっしゃってた日本人の発想だと、どうしてもまずひとつの自然観というか、ある巨大なものがあって、それがひとつの割り算なり引き算なりでアトムへとどんどん切り下げられていく、あるいは宇宙と個。自然と対峙するというよりも自然の一部として個があるという、これが日本人的な自然観なんじゃないでしょうか。典型的にそれが現れるのは戦争じゃないかと思いますね。戦争があった時に、たとえば四季派の詩人たちなんていうのは、戦争をひとつの嵐のような自然としてあつかって、自分はその自然の中にいるという形でしか把握しえない。人間がいくつか集まって、巨大な形で戦争になるというふうな理解は全然生まれない。でもこれはフランス的というよりもバルザック独特のとらえ方だと思います。だからこそ、時代が更新されるたびに新しい形で蘇ってくる。この点がバルザックの決定的なことだと思います。

●ヌーヴォー・ロマンとバルザック

髙村　私の学生時代に流行ったのはヌーヴォー・ロマンですけれども、そこに出てくる小説の登場人物と、バルザックの描いたフランス人とは、やっぱりどこか似ているというふうに私には感じられました。ヌーヴォー・ロマンでもやっぱり関係の世界だと。

鹿島　そのヌーヴォー・ロマンの最大の敵が、実はバルザックだったんです。

高村　そうなんですか。

鹿島　ヌーヴォー・ロマンの人々はバルザック的小説について、たとえばヴァレリーの言葉を引用して、「公爵夫人は午後五時に外出した」というような小説はしょうがないんだと断罪する。なんで公爵夫人じゃないといけないんだ、なんで午後五時じゃないといけないんだ、というふうな疑問を呈することで自分たちの独自性を打ちだしたんだけれど、今になるとロブ・グリエにしろ、ビュトールにしろ、クロード・シモンにしろ、やっぱりバルザックは偉大だったということをいいだしてる。

高村　結局のところ、五時とか公爵夫人という肩書とか、そういうものを仮にのけたとしても、出てくる裸の人間と人間があああしたこうしたという人間を見つめる視線、バルザックもフランス人ならロブ・グリエもフランス人。どこかに共通したものがあって、読んでる私自身はものすごく違う世界に来たという感じはなかったと思います。現代的なちょっとできの悪いバルザックとか、すかすかのバルザックのような感じで読んでましたね。

鹿島　なるほど。ぼくなんかも初めは本当のバルザックを知らないで、ヌーヴォー・ロマンのいうとおりに考えたんです。ぼくがなぜバルザックをはじめたかというと、ヌーヴォー・ロマンをやっていて、そんなにけなすんなら一応敵たるバルザックも読まなきゃいけないというので読んで、こっちへはまっちゃった。だからぼくの出発はヌーヴォー・ロマンなんです。

でも結局、ヌーヴォー・ロマンの作家自体もバルザックというのはやっぱり偉大だ、われわれがいったのは偽バルザック的な小説が敵だったんだというようなことをいって、ずるいじゃないかっていう感じがするんですけれどもね（笑）。

●観察する暇のなかったバルザック

鹿島　バルザックはあんなにいろいろ社会の階層のことを書いたんですが、バルザックには現場で観察する暇はなかったんです。取材する暇がなかった。なにせ一日二十時間書いていた人間だから。

高村　それでは、この克明な描写は何なんですか。

鹿島　三十歳までにしていた観察から割りだされたものなんです。バルザックは三十歳から書き出しましたから。書きはじめてからは、ジャーナリズムで二年やって、そのあとは一日平均十四、五時間、ひどいときには二十時間。それで稼いだ金は全額借金にどんどん消えていく。借金取りが例によって追いかけてくるから、年中住所を変えてなきゃいけない。彼が移動したのは全部、借金取りから逃れるための旅行なんです。その先々でいろんな取材も兼ねたりしたんだけれど、わざわざ町に出て観察する暇は小説を書き出してからほとんどなくなってしまった。だからバルザックの中で空想世界は現実以上に確立されてしまった、三十歳までの、書かなかった時代にね。

高村　それはなんとなくありえるかもしれないという感じがします。ものを書きますときに、たとえばさっきの競馬場を例にとりますと、私が実物の競馬場にいた時間というのは、たかだか半時間でしたから。それでも、自分の頭の中にその後つくられる競馬場というのは、これはあくまで小説のリアリティですけれども、私がたかだか半時間見た現実の競馬場よりははるかにクリアなんです。

鹿島　ああ、だからやっぱり高村さんは天性の小説家なんですよ。

高村　いや、ただの情緒人間ですけれど。バルザックが三十歳までに見た世界で自分の頭の中で世界をつくってしまった、それはなんとなくわかるような気がしました。

鹿島　だから、取材をやれば小説が書けるというのは、とんでもないまちがいですね。

高村　完全に違いますね。

鹿島　ゾラという人は、バルザックと反対に全部取材でやった作家なんです。だけれどゾラには取材したもの自体を擬人的に一つの叙事詩に高める力があった。デパートを取材すると、デパートを一つの生き物みたいに描く能力があったんです。だからゾラに出てくる人間というのは、いかにも月並みな凡庸な人間が多いんだけれども、全体で見ると、一つのデパートが生き物として出てくる、中央市場が本当の生きる中央市場みたいな形で出てくる。それがゾラの特徴なんです。

でもバルザックの場合はそれと同時に人間がものすごいクリアで、セザール・ビロトーというのが絶対に忘れられない。たとえば山田登世子さんという同業の人と話すと、あれはセザール・ビロトーみたいな人間というだけで、どんな人物か完全にわかっちゃう。日本ではバルザックの紹介がすごく中途半端であったり、本来のバルザックでない形で受け取られたのは、『人間喜劇』の中にでてくるいろんな人間が多角的にかみ合わされるまでに紹介されてなかったからだ、という気がするんですね。

●高級で精緻なワイドショー

高村　私は今回、これを読ませていただきまして、なんだかあまりにも自分がニヤニヤしながら読んでるものですから、考えたんですけれども、バルザックのこの世界というのは、ものすごく高級で精緻なワイドショーなんだと。

鹿島 その通りで、まさにワイドショーです。

高村 私の生活じゃないんだけれども、あの人の生活をのぞいて、この人の生活ものぞきたいと思う心理でしょうか。人さまの生活の内情を全部見せてくれますから。一〇〇パーセント見せますという、そういう世界ですよ。

鹿島 ヨーロッパには伝統的にそういう手法があるんです。たとえばいたずら好きの小悪魔がそれぞれの家の屋根をめくって、家々の私生活をあばいていく『びっこの悪魔』という小説があったんです。それをバルザックはだいぶ意識してるわけです。

高村 読んでいると、観察してるバルザックの目が上にあるのがわかります。パリという街を彼は上から眺めている。あそこの家、ここの家、この通りと。たとえばセザール・ビロトーがあっちへ行き、こっちへ行きする姿を、彼の目が上からずっと追いかけていく、そういう描き方です。

鹿島 大俯瞰ですね。『十三人組物語』の「金色の眼の娘」という中篇の冒頭に、バルザックのそうした方法論が延々と繰り広げられているんです。パリを大俯瞰で見て、パリというのは、いってみれば一つの横たわっている巨人、眠ってる巨人なんだと。で、眠ってるその巨人には腹の部分があるし、内臓の部分もあれば、頭脳の部分もある。で、私はそのパリという巨人のすべてを内臓も頭脳も全部描くんだと。これはパリ論であり、なおかつ都市論であり、小説論でもあるという奇妙なマニフェストで、バルザックの書きたかったことはこういうことなんだ、とすごくおもしろいものです。

また同じ『十三人組物語』ですけれど、「フェラギュス」には観察家というか、町をぶらつくフラヌールというのが出てきて、それが非常にきたない裏町に行って、そこに密かに止まってる乗合馬車をじっと見つめて、そこから降りたであろう人間が入っている窓の灯を見て想像をめぐらす。こういう状況で、こういうことからだったら、こういうドラマがありえるのじゃないかなんて勝手に想像してみるところから小説が始まる。語り手とは別の感じの人物の視点が採用されている。都市を徘徊しながらすべてを見抜く。建物の裏側まで全部見ちゃう。これもまたバルザックその人なんです。こういうふうに大俯瞰からフラットな視点への切り替えというのもすごくおもしろいですね。

高村　いくつかその手法を組み合わせてるわけですね。

●ミクロでもすごいバルザック

鹿島　『ペール・ゴリオ』を今回訳してみて、バルザックの文章ってやっぱりすごいということがわかったんです。というのは、他の人の翻訳で読んだときには、顔なり服の描写とかが非常に退屈に思えて、平板な感じに思っていたんだけれども、そうじゃないんです。描写それ自体も、訳していくと、箱の中に箱が入ってて、さらに箱が入ってるというはめ込み細工というような形になっている。一つの単語があって、それに形容詞がくっついて、動詞がついて、副詞がついて、それがさらに列挙されてるんだけれども、その列挙がしかも列挙じゃないということがだんだんわかってくる。たとえば、バルザックが形容詞をいくつか並べてますよね。その並べ方というのは非常に分析的なんです。前の形容詞がいったん出ると、その形容詞をさらに受けて掘り下げて、またもう一回掘り下げた形容詞が次に出てくる。だから三段締めみたいな形で、形容詞が三つつながっている。だから訳す場合には語彙に困るんですよ。日本語を字面で三つ並べるんじゃなくて、その出し方が三段階違う形容詞で、その深度とか、そこまで考えているんだなということがようやくわかった。そこへいくと、もう訳していながら、これはかなわないなと。

高村 私なんか頭が痛いというか、そんな芸当できませんよ（笑）。

鹿島 バルザックというのは全体像でもものすごいけれども、本当にミクロのところでもすげえやつだなと。切り取って、細胞を分析してみると、そこでもすごい。そこでもちゃんと宇宙があるというのがわかってる。だから本当にそれは大ショックだった。

高村 へえー。

鹿島 なおかつ一筆書きで一挙にいっちゃうというのもね。ありとあらゆる描写のレトリックが使われてるんだということがわかりましたね。だからぼくは『ペール・ゴリオ』の「解説」でも書いたけれども、バルザックの描写を飛ばして読んじゃいけない、つらくても読んでくださいと。でも『セザール・ビロトー』は、脂ののりきったときの小説で、初めは新聞小説にするつもりで書かれているから、冒頭で延々と描写するのはやめてるでしょう。

高村 いきなり……。

鹿島 夢からはじまってる。これはバルザックにすると非常にめずらしい手法なんです。

高村 たしかに、かなり読みやすいと思いました。

鹿島 バルザックで最も新聞小説的な小説は『従妹ベット』ですが、『セザール・ビロトー』もきわめて新聞小説的な書き方です。バルザックが最初に『老嬢』という新聞小説を書いたときに、読者からつまらないという声がきて、おまえと比べるとウジェーヌ・シューは新聞小説の書き手として上だぞとジラルダンにいわれたので、俺の方が新聞小説家としても一流なんだというところを見せてやるといって書いた小説なんです。

高村 そういわれるとそうですね。『ゴリオ』では下宿屋の話が延々と続きますから。

●「これ、はまりそうですよ」

鹿島 バルザックの世界は多元的に楽しめて、本当におもしろいと思うんです。一つ読むよりも二つ、三つ読むと、本当に最初に読んだ一つがもっとおもしろくなるという小説ですね。『セザール・ビロトー』にはゴディサールというのが出てきますが、これは『金融小説名篇集』の『名うてのゴディサール』というのに主人公になって出てきます。それからゴプセックも『ゴプセック』という短篇の主人公になっている。それからニュシンゲンが、『セザール・ビロトー』と似たような感じで偽装倒産する小説もあります。土地造成に絡んで、裏でダミーを立てて、ダミーに倒産させて、自分は丸儲け。あとで買いなおすという、偽装倒産物語の『ニュシンゲン銀行』で出てきます。だからこれから派生して、それぞれすごくおもしろいものを紹介できますので、期待してください。

高村 これ、はまりそうですよ（笑）。

鹿島 時間かかりますよ。

高村 『人間喜劇』の巨大な世界に一度はまった読者の方は、ずっと次々に読まざるをえないんじゃないですか。

鹿島 たとえば単独で読んでおもしろくなかった小説ももう一度読みたくなっちゃう。

高村 どこまでいっても終わらないジグソーパズル。次々に人間がはまっていくんですよね、ストーリーのなかに。

鹿島 だからどんなつまらないものも読みたくなるんですよ。

高村 一つ欠けてると気になりますものね（笑）。

鹿島 ああ、そうそう、そうか。あいつこんなところに出てきてたとかね。

高村 そういう興味でも読んでもらえるような作品を書くのは、私は百年早いですよ（笑）。

鹿島 われわれはいくら王政復古と七月王政の時代を歴史の時間に勉強しても、その歴史を思い浮かべることはできない。おのずと限度がありますね。でもバルザックの小説は歴史小説じゃないけれども、歴史よりもはるかに現実的です。バルザックの『人間喜劇』をぼくはパラレル・ワールドと名付けたんです。現実とそっくり同じ人間がいて、しかも現実と同じぐらいのリアリティを持ってる。というか、われわれは歴史の現実を思い浮かべることはできないけれども、パラレル・ワールドのバルザックだけはわかる。しかもたぶんそのリアリティは現実のリアリティとほぼ等価だろう、というか、それ以上だろう。だからバルザックが戸籍簿と張りあうといったのは、そのリアリティの等価性ということなんです。いっぱい人間をだせばいいというものじゃないですからね、それは。

高村 いまおっしゃった、パラレル・ワールドのバルザックの人物というのは、みんな本当にクリアです。私の次元でも小説を書くときに人物にリアリティがあるとか、そういう表現をするわけですけれども、私のような次元でいうリアリティと、バルザックのリアリティというのはまったく違う。

向こうは本当にパラレル・ワールドで、現実とたぶん本当に重なるような、いや、現実以上にクリアですね。それと比べると、私の書いた小説が持っているリアリティというのは、まだまだ湿っぽい。湿ってるし、曇ってる。曇ってるからいけないとは思いませんけれども、その曇ってるところ、湿ってるところは、先ほど申した情緒なんです。情緒に引っぱられているところがあるからだと思う。

鹿島　なるほどね。やっぱりそれは国民性とか、そういうものに還元されることなんでしょうね。

高村　そうですね。国民性ですね、たぶん。私が日本人だからこうなる。

鹿島　これは方々でくり返しいってるんだけれども、今までの日本的な世界には、バルザックというのを理解する基盤がなかったんじゃないでしょうか。でもようやく、バブルとかその崩壊を経て、ひとつの禁欲的な、儒教的な倫理にしばられた世界が崩壊しつつある。なんといったらいいのか、金とまともに向き合ったことのなかった日本人が、ようやく金というものの厳しさを学んだ。だからバルザックを出す意義があると判断したわけです。

●芸術家らしくないバルザックの迫力

高村　日本人で、ものでも書こうかというのは、男でも女でもやっぱり多少湿っぽいという人間が多いと思いますからね。やっぱりこういうのは最初から太刀打ちできないと思います。

それと日本人の作家には多少、自分が芸術的、芸術家というような意識が伝統的にありますけれども、バルザックの『人間喜劇』を読みますと、ものを書くというのは、貪欲な書きたいという欲望と、あとはエネルギーだということがよくわかります。そんな別に芸術的なものじゃないですよ。

鹿島　いや、バルザックはものすごい俗物ですからね。バルザックが死んだあとに書簡集が出て、フローベールがその書簡集を見て、「バルザックの書簡集をたった今読んだところです。バルザックには本当にあきれかえった。芸術という言葉が一言もない。あるのは金、金、金だ、金のことしか書いていない、金と名誉のことしかいってない。あの偉大な芸術家がこんな人間だったのか、私はショックを受けた」ということを書いてるんだけれども、だからこそ書けたんでしょうね、これだけのものを。ぼくがなんでバルザックへいっちゃったかというと、一人の作家を研究しているとどうも閉塞感がでてきちゃう。つまり小説家にせまっていくと、狭いところへ狭いところへどんどん攻めていって、焦点をどんどん絞りこんでいって、終わったときに、ひとつの推論を組み立ててそれを解明したという喜びはあるんだけれども、なんとなく解放感がないんですよ。それに比べたら、バルザックというのは、ある意味ですごく論文を書きにくい作家なんですが、その代わり読んだときの解放感たるや全然違う。それは芸術を狙わなかったからだと思います。

高村　とにかく日本のもの書きは、芸術云々という思いが少しでも頭のなかにあるかぎり、太刀打ちできないと思います。私自身は芸術なんてこと、これっぽっちも考えたことないですけれど、ほんのちょびっと情緒はあるんです。それがじゃまをする。これでも情緒あるんですよ、少しは（笑）。

鹿島　高村さんですら、そうおっしゃるんだから、日本人の小説家でバルザックをまともに読んでたという人はどれぐらいいるのかなという気がしますね。

高村　でも大人になればみんなこの世界好きなはずですよ。普通の生活をしているなら（笑）。思い当たるところがいっぱいあるでしょう。

●大物になりたかったらぜひバルザックを

鹿島 髙村さんの『地を這う虫』に収録されてる「父が来た道」という短篇の中で、佐多という金丸信を思わせるような怪物の政治家が出てくるんだけれども、この政治家が疑獄で警察の手がおよびそうになって、病院に緊急入院するときに、運転手をやっている主人公に向かって、『ついては、せっかくの休暇に酒がないのは寂しい。君、明日はブランデーのボトルとグラス、それから自宅の本棚からバルザックの『従兄ポンス』と『あら皮』を持って来てくれ。こういうときでもないと、読み返せないから』と付け加えた。『そうそう君、バルザックはいいよ。この佐多も顔色を失う人間という怪物のオンパレードだ。ひまがあったら読みなさい』という箇所があって、なるほどそうかと……(笑)。

髙村 いや、もうお恥ずかしい。

鹿島 日本の政治家にも、こういうのが本当にいたらすごい。

髙村 いや、中央政治の中心にいるような人たちに通用する話ってバルザックしかないでしょう。鉄面皮の彼らをして読ませるのは。

鹿島 そうですね。人生、生きてきて、多少インテリジェンスがある人間だったら、バルザックがわからないはずはない。金丸信じゃだめだけれど、岸信介ぐらいだったらバルザックを読んでいたかもしれないですね。

髙村 ああ、そうですね。

鹿島 『暗黒事件』という政治小説があって、これは本当に政治小説の最高傑作なんです。政治の暗部というものと人間の深さというものがとことん描かれていて、これだけはバルザックを読まないとわからないという、まさに髙村さんが予感したとおりの小説なんです。とにかくないものはないですね、バルザックには。どんな人間に会っても、これはバルザックの中でこういうところで出てきたあいつだとつい思ってしまう。でも現実の人間よりもバルザックに出てくる人間の方がやっぱりすごいなという感じで、それに比べると現実というのはなんて貧相だろうと思ったりすることがあるんです。

だから、この佐多じゃないけれども、バルザックを読んだ政治家というのは、本当の大物の政治家になれるだろうなと（笑）。バルザックを読んでないやつは、小説家も含めて、すべての職業のジャンルで一流に、大物にはなれない。

髙村　いまの先生のお言葉をとどめにしておきましょう。

（一九九九年六月十二日）

髙村　薫（たかむら・かおる）　一九五三年、大阪市生。作家。九十年『黄金を抱いて翔べ』。九三年『リヴィエラを撃て』（日本推理作家協会賞）、『マークスの山』（直木賞）。九七年『レディ・ジョーカー』（毎日出版文化賞）。ほかに『神の火』、『照柿』、『李歐』『地を這う虫』、『晴子情歌』など。

コレクター小説を超える『従兄ポンス』

福田和也
鹿島　茂

コレクション事態が大きな幻影を生みだして、欲望のドラマが動き出す。しかもバルザックはその構造を見てとれるように書いている。

——福田和也

それはスタンダール好きとバルザック好きの分かれるところでもある。バルザック好きは、構造が見えるからおもしろいんだ、と。

——鹿島　茂

ポンスには成功する三つの要素がそなわっていた。
鹿のような健脚、暇にまかせて歩ける時間、
そしてイスラエルの民の忍耐である。

オノレ・ド・バルザック

収集について――コレクター小説『従兄《いとこ》ポンス』

●物の手ざわり

鹿島　福田さんは気鋭の保守派論客ということになっているんですけれども、実際には快楽主義的な人間で、察するところ大変グルメであると。しかもおまけに収集家でもあるというわさを聞きおよんだんですが、グルメと収集家の両方を兼ね備えた方は日本になかなかいないので、今回はぜひお話をうかがいたいと思ったんです。

福田　確かに『従兄《いとこ》ポンス』というのは、グルメというか、グルマンディーズとコレクションの両立のしがたさをめぐる小説ですよね。ふつうこれは両立しないですね。ぼくの場合は収集よりもグルマンディーズの方が勝っているのでポンスの苦衷は解りつつも、はじめから、食欲に屈服してしまっているんです。ところが、私とは異なってポンスは非常にストイックな収集家ですよね。ちゃんと購入価格の上限を決めて、足と目で探すというタイプのコレクターなんですが、ぼくは集めてるとかいいながらかなりとっちらかっているんです。だから、本はたくさん買いますけれども、正直いってビブリオフィールじゃないんです。鹿島さんみたいに、状態とか装幀とかにはほとんどこだわらないし、物がほしいだけなんです。今日はせっかくの機会なので持ってきたんですけれども、というか、こんな物はだれにも自慢できないので、鹿島さんなら、少しはうらやましがってくれるだろうということなんですが。これはシャルル・モーラスの詩の草稿を全部集めたものです。

鹿島 それはすごいですね。

福田 モーラスなんていっても、日本でもフランスでもほとんど研究する人がいないんですけれども、T・S・エリオットとエズラ・パウンドに絶対的な影響を与えた人で、ある意味ではヴァレリーの次に二十世紀のフランス詩人で一番海外への影響の大きかった人だと思うんです。それが、戦中の対独協力と、戦後のヒューマニズム全盛の時代で忘れさられてしまった。たぶんいま二十世紀のフランス詩をやっている人で、モーラスの詩を読んだことのある人は〇・〇一パーセントぐらいしかいないと思うんですけれども、そういう意味では逆に安くて集めやすいし、ぼくは草稿を全部集めているんです。モーラス自身が作った全集もあるけれども、これには全体の十分の一ぐらいしか入ってない。そのままで放っておかれているので、ぼくが草稿を全部集めて、そのうち日本でフランス語版の全集を出してやろうと思っているんです。学術論文を書くつもりは全然ないんですけれど、日本でフランス語版の全集を出しておくと、やはりフランス人も馬鹿じゃないんで、百年か二百年ぐらいすると、モーラスみたいな人を政治的な理由で放っておいたということがいかに愚かしいことかがわかって、そうすると二百年前に日本人がエディションを出していたというと、彼らは非常に恥じると思うんです。その期待をこめて草稿を細々と集めているんですけれどね。

鹿島 モーラスは島崎藤村なんかもそうとう評価していたみたいですが、日本から逆輸出して、ざまあみろという感じになるとおもしろいですね。それこそ収集家の夢ですよね（笑）。

福田 ええ。こっちにあるのは、ハイデガーのコレスポンダンスです。自慢すると、応答相手の下書きもあるので、両方そろっているのはなかなかないんですが、ナチス時代のオーストリアの人類学者との間の四年位の行き来なんです。これをネタに論文を書こうという気は全然ないんですが、ハイデガーを考えるときにハイデガーのオートグラフがほしいというのがあって、手元にもっていたいんです。研究者が見せてくれといってもたぶん見せないんですけれども。死んだら慶応に寄付しようというような、そういう意地の悪いというか……（笑）。

鹿島 それがコレクターのひとつのひそかなる楽しみですね。ぼくも、ヴェルレーヌが写したランボーの「びっくりした子供たち」という詩がオークションに出てきたことがあって、これに入札したことがあるんです。

福田 それはすごいですね。

鹿島 それは全集に入ってなくてヴァリアントです。ぼくは草稿集めの趣味はないんだけれども、その時はほしくなって、入れたけれど落ちなかったんです。評価額より三倍ぐらいいってしまって。でもああいうのを見ていると、ランボーなんかも全集に入ってないのがまだまだあるんじゃないかという気がしますね。

福田 まだまだありますよ。

鹿島 まあ、コレクターというのはだれでも、プレイアード版と対抗するという意識があって、プレイアード版何するものぞ、それと戦うんだと。ぼくはパリ関係を集めているから、パリのカルナヴァレ美術館に行くと、うーん、負けてられないと（笑）。

福田 個人の財力で抵抗してどうするんだ、というのはありますけれどね（笑）。

鹿島 カルナヴァレは無理でも、バルザック記念館ぐらいだったら対抗できるかなという感じでね。

だからカルナヴァレに女房といっしょに行ったら、なんでそんな不愉快そうな顔をしてるんだっていわれました（笑）。なんか不愉快になるんですよ。なんで、これを俺が持っていないんだって。それがコレクターのしょうもないところですね。

福田 こういうものを買うやつがいると、ぼくはけっこうモーラス筋というか、そういうのにマークされていて、このごろはもう……。ぼくは十八、九からやりだしたんですが、そのころはまだ平和だったんです。ドーデとか、コラボ関係は。でも十五年ぐらいしてから、コラボ関係もけっこう値がつくようになって。

鹿島 ちょっと上がりましたね、ここのところに来て。

福田 それでもモーラスはまだまだ安いし、レオン・ドーデという、アルフォンス・ドーデの息子ですけれども、彼はまだまだ二束三文ですね。五年前に七十五冊が全部で千五百フランぐらいで出ていて、この量では自分で持つのはけっこうつらいので、慶応大学に買ってもらったんですけれども、買う金は安くても入れるのに結局、金がかかってしまうんです。入力したり云々で。いま慶応では一冊当たり二千五百円ぐらいかかるらしいので、そっちの方が全然高くなってしまって、しかもいつだれが読むのかと。

鹿島 本当にいつだれが読むのかと思っても、そういうものは絶対に入れておくべきですね。僕も田村書店でフランシス・カルコが三十冊ほど出たことがあったんです。だれが出したか知らないけれど。田村書店の主が、こんなものどうしましょうなんていうから、しょうがないから、うちで買うよと。だれが使うのかわからないけれども。

福田 カルコをやるときは共立女子大に行けばいいんですね。

鹿島 そうしたら、このあいだ自分が使ったんです。講談社学芸文庫にカルコが入って、ぼくがその解説とビブリオグラフィーを書いたんです。ところがカルコぐらいのマイナーになると、どこにもビブリオグラフィーがない。カルコ自身が出した小説の表表紙の裏に、何年に出たと書いてあるんだけれども、それは本当に出たか出ないかわからないんです。年代も明らかでない。第一それがはたして詩なのか、ルポルタージュなのかもわからない。

福田 確かに物がわからないところがありますね。

鹿島 やはり現物を見ないとだめなんです。だからぼくは買っておいてよかったと思いました。

福田 ぼくは学者じゃないから、そういう使い方をしているわけじゃないけれども、でもやっぱり、物自体の手ざわりってあるじゃないですか。

鹿島 それが重要なんですね。

福田 でもそれをやっていると金がかかっちゃって。最近だと、『日本人の目玉』というので西田幾多郎をやっていて書けなかったんです。わからないなと思っていたら、原田熊雄という、例の『西園寺公と政局』を書いた人で、西園寺の政治秘書みたいなことをやっていた人ですが、原田宛に西田が書いた最晩年の手紙が出てきて、原稿料の四倍ぐらいなんですが、いいや、買っちゃえとかいって買ってしまって……。でもいいものですけれどね。西田の字も、ちょっと説教じみた揮毫の字よりいい字で、素直です。

鹿島 でもそれをやっていると、もう悪循環もいいところですね(笑)。金がないから書く、書くとまた原稿料の何倍かで買ってしまう。だから本になって、最終的に回収率でいうと、ぼくなんかのときは五分の一回収できればよかったぐらいで、一番ひどいときは十分の一なんていうときがありましたよ。

福田 いや、ぼくは最初の『奇妙な廃墟』なんて百分の一ぐらいしか回収してないですよ（笑）。執筆に捧げた年月を考えれば、もっとですね。もちろん、あれをやって土台ができましたからいいんですけれど。だけどあれはいまから思うとおもしろかったです。

鹿島 ああいう仕事はやっているときが楽しいんですね。

福田 パリのブッキニスト（セーヌ河岸の露店形式の古書商）なんかには、掘り出し物なんかないとか言われているんですけれども、ぼくのジャンルだといっぱいあるんです。ペタン時代の公報の束とか、ゾッキ本の山の中から無価値とされている、対独協力本を探し歩いて、二束三文で買っていくという楽しさを味わわせてもらったので、幸せだったですけれどね。おかげでこういう人間になってしまったというところもありますが。

鹿島 ポンスも、収集というのは年月がかかって、予感と未来予測でどのジャンルに目をつけて安く買うかということをいってますね。フランス人にとっては、対独協力派というのは、やはりここは触れられたくないところだから、ずっと安かったのでしょうか。

福田 そもそも研究する人とかいませんでしたからね。

鹿島 セリーヌぐらい。

福田 セリーヌは、いまもそうですけれども、エコール・カダーブル（『死体派』）とか反ユダヤ主義パンフレットは、フランスじゃあ活字にできないじゃないですか。

鹿島 セリーヌはいまおそろしく高いでしょう。

福田 そうですね。ぼくが二十年ぐらい前にエコール・カダーブルを買ったときでも、やはり一万何千フランぐらいしましたから。いまのように為替が安い時ではなかったですから、死にました。やはりセリーヌの活字になってないのとか、ジュアンドーとかは変に高いんですね。部数がないからでしょうけれど。ジュアンドーはそれこそカルコではないですけれど、文献リストがないので、題名だけ見て、小説だと思って買ったら変なパンフレットだったりね。それはそれで楽しいんですけれど。

●コレクションが成立した社会的背景

福田 『従兄ポンス』を読み返して思ったんですけれど、当時はこんなコレクションは成り立ったんですか。デューラーの油絵を、掘りだすような。あるいはバルザックは荒唐無稽気味に書いているんですか。

鹿島 いや、必ずしもそうとはいいきれない。たとえば、ぼくがよく扱っているようなフィジオロジー物（「生理学もの」と呼ばれる風俗観察集）があるでしょう。その中にコレクショヌール（コレクター）という項目が、よく出てくるんです。それがベンヤミンのいっていることとまさに重なるんですね。パンシオネールというか、ランティエというか、年金生活者の成立とコレクショヌールの成立というのは軌を一にしているということがあって。例えばバルザックは『フランセ・パン・パル・ウ＝メーム（フランス人の自画像）』という生理学もので、ランティエ（年金生活者）の項目を担当しているんです。その中で分類をして、何段階かに分けて、その第三段階ぐらいにコレクションをする人を入れています。だからたぶんコレクションをする人間というのが本格的に現れてきたのは、やはり十九世紀のバルザックの時代あたりじゃないか。とくに七月王政のあたりだと思います。というのは、やはり貴族の財産没収と、成り上がったブルジョワが貴族の物をいろいろ集めたがるという、その二つの要素があったからだと思うんです。

福田　確かにそういうふうに考えてみると、イギリスでもディケンズも似たものですし、あと『バニティ・フェア』(『虚栄の市』)もオークションがありますね。あれはワーテルローの会戦にかかわる投機の失敗かなんかだったと思いますが、やはりつぶれた人間が調度を放出して、成り上がった人間がそれを買って体裁をつけていく、というような移り変わりからあふれた物が、コレクターの方に還流していくみたいな構造がそのころできたんでしょうね。

鹿島　その階級交代は最初に、土地投機という形で起こったんでしょう。『セザール・ビロトー』なんかが典型的なんだけれども、貴族の財産没収とブルジョワによる土地投機。その次の段階でコレクションの要素というのはでてきます。バルザックも晩年にコレクションに本当に入れこんで、ハンスカ夫人との新居のためにいろいろ買いあさっていたんです。まさにこの小説を書いていた同時代のことで、だからここでポンスが買ったのはバルザック自身が買った物、あるいは買いたかった物だと思いますね(笑)。

福田　デューラーなんか買えたんでしょうか。

鹿島　いや、本当に買ったつもりだったみたいです。

福田　ああ、デューラーだと思っていた。それはそれでハッピーでいいですよね（笑）。

鹿島　ハンスカ夫人の手紙に逐一報告しているんです。これだけのものをいくらで買って、私の財産はこれだけあって、だから潜在的には億万長者だ、ということを報告しているんです。ハンスカ夫人は話半分に聞いていたんだけれども、実際にバルザックが死んでしまって、ハンスカ夫人がシャンフルーリと愛人関係になってから、シャンフルーリを介して、どれぐらいの物かと打診したら、もう悲惨な、破滅的なものだったと（笑）。

福田　バルザックはちょっと向いてなさそうですよね。じつはぼくもあんまり向いてないんです、勢いで買ってしまうから。絶対にポンスみたいにストイックな買い方は出来ないですよ。いくらまでなんていうことは考えても守れない。

●日本の文学者で一番いい物を買ったのは

福田　ただ、言ったことと逆になってしまうんですけれど、本当にいい物を買おうとしたら、ポンス式じゃなくてめちゃくちゃ買ったほうがいいんですよね。近代日本文学者でだれが一番いい物を買ったかというと、川端康成ですよ。川端はもう格別にいい物を買っていたし、あの人は金をほとんど払わなかった。なにしろノーベル賞の賞金が三千万入ると聞いた途端に、三億円分の買物をしたという人ですからね（笑）。

鹿島　それはコレクターとか借金体質の人間の典型的反応ですね。バルザックがそうだけれど、金が払えるとなると、その前段階で買ってしまう。

福田 もう受賞と聞いた時に、賞金を聞く前に、あのセザンヌと、あの村上華岳……と電話してね。ただ、川端さんが偉いのは借金取りが来ても平気だったらしいですね。

鹿島 そこが大物だったんだ。

福田 紫檀の机かなんか使っていると、道具屋が来て、先生ちょっとこの机はもうそろそろとかいうと、あ、そうっていって、こうやって灰皿を手に持って、どうぞって（笑）。そのまま持っていって、それで平気だから。このごろはあまりやらないんですけれども、昔、骨董屋廻りをしていた時に、どんな骨董屋の親爺も乗ってくるのは、岡倉天心が海外に美術品を輸出させようとするのを止めた自慢話と、川端康成に踏み倒されて困った話で、この二つは一流というほどの店には絶対にあるんです（笑）。どこの骨董屋も、川端さんには困ったと。しかも死んでしまった後に、遺族が川端記念館を作って国宝でございと展示してしまったので、ほとんど金が取れないで泣き寝入りしているんです。白洲正子さんに言わせると、川端さんは全然見る目はなかったというけれど、やはりいい物を買っているんです。浦上玉堂とか。

鹿島 それはやはり網をかける範囲が広かったりすれば、当然ながら確率の問題になりますね。反対にバルザックみたいに思いこみの激しい人は、傑作だと思ってがらくたをつかむことが非常に多かったでしょうね。コレクターは高い物を買えば確率的にはいい物が買えますよ。絶対的に。だからこのポンスの、これは現実ではなくて小説だからいいようなものだけれど、この調子でやっていたら、やはり破滅的なものだろうなということはわかりますね。

●自己主張の新しい形

鹿島　ただ、ポンスのコレクションの仕方というのはどうなんでしょうか。コレクターには何種類かあって、福田さんみたいに、あれもこれもというふうにだんだん広がって全部ほしくなってしまう、開かれたコレクターというのと、それからひとつのジャンルに専念して、閉じるタイプのコレクターがあるでしょう。

福田　本当はそうじゃないとだめなんです。

鹿島　そうですね。だけれどポンスはどのタイプかは、はっきり書いてないでしょう。

福田　ある範囲の骨董屋とかを歩くのが好きなタイプなんではないでしょうか。流行に先んじるという感覚は、やはりマーケットを歩いてないともてないと思うんです。マーケットが動きだすちょっと前をつかんでいくという感じで、それがやっぱりポンスの喜びの中心にあると思いますね。

鹿島　「ポンスには成功する三つの要素がそなわっていた。鹿のような健脚、暇にまかせて歩ける時間、そしてイスラエルの民の忍耐である」と書いてありますね。だから金がない人間は時間を使って集めるしかない。この意味で『従兄ポンス』は、そういうコレクター哲学の成立と同時に暇だけはいくらでもあるという、そういう年金生活者型の人間が発生したということを表している。

福田　それとおそらく通じるんですけれども、偉大な音楽作品を書くのとは違った形での自己主張の可能性というんですか、ディレッタンティズムが、美学というか、倫理として成り立つ時代環境が芽生え出した頃なんでしょうね。

鹿島 そうですね。小説にローマ賞の受賞者にろくなやつがいないという言葉が出てくるけれど、若い時に有望でも、その後少しも芽が出ない芸術家というものがいる時、そうした芸術家がコレクターとして生きるという道が出てくる。その生き方というのは、きわめて近代的なものですね。コレクションに情熱を燃やす。自分の生きがいを見つける、そういう類いの人間が現れた。

福田 あと、価値の偏りというか、ワットーの扇子が出来、本当はワットーの描いた扇子なんてないと思うんですけれども、小説内では存在していて、それを持っていくと、その価値は判事長、裁判長の家族にはまったくわからないのに、じつはすごいというような形で、価値観の逆転というか、零細な人間のところにじつは莫大な富があったりする。そういうのがバルザックの好みですよね。表からはわからないけれども、そこに社会的なダイナミズムがじつはあって、なかったはずのものが発見された途端、人も何人も死ぬというような騒ぎに発展していく。

鹿島 そうした表と裏の落差ということだったら、フラヌールという散策者についても同じことがいえる。フラヌールは、町を歩いて、観察をして、鋭く見て、外見だけで、その奥にある本質を見抜く人間で、それこそが小説家なんだ、というバルザックの信念と結びついていますね。

福田 そうですね。鉄道を造ったり工場を造ったりするのとは別の富のつくり方というか、それが結局、フラヌールの文化というものですね。観察するなかから逆に価値が生まれてくる。そういうものの先駆なんでしょうね。

鹿島 それからあとおもしろいのは、カミュゾの上さんと娘が……。

福田 ワットーを知らなかったという（笑）。

鹿島　何、それって。きたない扇子って。これはいかにも女の人が骨董品に際して示しそうな反応であって、とくに古本なんかだったらそうだろうな。

福田　まあ、どうしようもないですね。

鹿島　荒俣さんが、母親を絶対に許さなかったのは、自分が集めていた本を、何、このきたない本って、全部捨てられてしまったからだって（笑）。

福田　まあ、気持ちはわかりますけれどね。

●美術館という思想の出現

福田　ただ、ぼくはこの小説は、この結末でいいと思うんです。いいんですけれど気にくわないのは、別に小説云々ではなくて、美術館の思想というのが出てくるじゃないですか。コレクターが遺品を美術館に寄付するというのが、ぼくは一番嫌いなんです。

というのは、美術館に入れてしまえば、マーケットに流通しなくなる。そうすると買うことができなくなってしまう。ちょっと絵画とは違うんですけれど、日本の書画骨董の世界で、何がいまの状況をつまらなくしているかというと、みんな美術館を作ってしまうからですね。吉兆とか料理人のくせに美術館なんか作りやがってと。放っておけば、どうせ子孫はばかだからつぶれて、彼が買い集めた物は市場に出るわけです。だからその意味では、益田鈍翁は偉いですよね。ちゃんとつぶれて、全部回っているじゃないですか（笑）。本当に二束三文で益田鈍翁の箱書きした振出しとかが出ることがあるんです。箱を見ると鈍翁だったりするとうれしいじゃないですか。でも鈍翁美術館なんか作られていたら、そういう楽しみがありえないわけです。

鹿島 フランスの古本屋に行くと、つくづく日本の古本屋は困るっていうんです。なぜかというと、古本屋に売ったつもりが、行く先は図書館だった。だからもう一回うまい汁を吸うことができない。古本屋というのは、例えば十で売るでしょう、それを六で引き取って、もう一回十で売るという、その四割を何回も回すということにうま味があるんだから、それがもう出てこなくなってしまう。そうするとネタがなくなるので、日本人にはもう高いものは売らない、なんていっていました。

ルーブルができたのもちょうどバルザックのころですね。ルーブルもほとんど個人の収集家の物を集めてできている。ただフランスはアメリカほどではないですね。アメリカだと全部個人のコレクションから美術館ができていて、寄付した人が地域の名士になる。でもあれは嫌な思想ですね。

福田 ただアメリカが聡いのは美術館に寄付するときに年限を決めて売れるようになっているんです。だからグーテンベルクの本を持っている人が、ニュージャージーかどこかの女子大に寄付するんだけれど、百年間は持っていろとか、二百年間は持っていてくれという条件をつけるんです。時期が来ると売っていいんです。それを慶応が買ったんですが。それもそのうち売ることに……なんて云うとまた怒られるだろうけど。だから一応、循環するし、美術館なんかがけっこうドラスティックに方針を変えたりするんです。

鹿島 確かに突然市場に出ることがありますね。ぼくも美術館から出たのを何回か買ったことがあります。美術館から出るなんて日本では発想すらできないけれども。

福田 八九年ぐらいだと思うんですけれども、オールドマスターのほうでおもしろかったのは、スープで有名なキャンベル家の美術館が大方向転換して、ずっとカソリック美術ばかり集めていたのを現代美術に変えて、それをダーッと売り出した。カタログを見るだけでしあわせというような感じで、ムリーリョとかスルバランとかの小品がバーッと出ていて、ぼくも入れましたけれども、とてもだめでした。でもあれは入れるだけでも楽しいじゃないですか。当日までは。自分のものになったかのような幻想を楽しめる。恋愛関係で云えば、片想いから一歩進んだかな、という位の、非常に楽しい、浮きたつような気持ちで。まぁ結局フラれるのですが。そういう楽しみを味わわせてくれるだけでもね。日本はそういう権限がほとんどキュレーターに与えられてないので、本当に美術館に入れたら死蔵なんです、寄付してしまったら。

鹿島　本当にそうですね。日本の図書館はどういうことをやるかというと、高級な稀覯本を入れる。そうすると稀覯本室というのを作る。そして二重三重にガラスで覆ってしまって、絶対に入れない。

福田　ぼくも学部の時に慶応が、ヴァレリーの草稿をバンと買ったんです。カイエだと称していて、じつはちょっと違ったらしいんですけれど。ところがそれを読むのは仏文の偉い先生だけで、学生にさわらせないんです。本当は学生の方がいじってためになるんです。肉筆の草稿をいじって、ヴァレリーはこんな字を書くんだとかいって読解していくようなことをやっていくのが筋なのに、それこそカギをかけて。学校の金で買っておいてね。

鹿島　何のために買うのかわからないですね。あと、日本の図書館とかは維持費に金をかけることを嫌うでしょう。いい本を買ったら維持費が大変なんです。そこまで考えないで買ったりしてる。けれどもどこの大学図書館も、ついに不景気が大学まできて貧乏になってしまったらしく、ほとんど買わなくなってきましたね。

●美しい物は所有してこそ

福田 でも逆に、だからこそここしばらくはちょっとおもしろいでしょう。どんどん美術館とかがつぶれてくれれば……。本なんかはちゃんと入れてくれれば見られるからまだいいですけれど、本当は所有しなければだめだと思うんです。美術品なんかはガラスケースの中に入っているのと、手でさわったり、生活のなかで見るのは全然違うでしょう。やはり触らないと生きないんです。ガラスの中に楽の茶碗なんか入れておいてどうするの、と。

鹿島 例えば、香水瓶のコレクションを展覧会でガラスケースの中で見せられても、全然楽しくないですね。手に取れるものは手に取って、手ざわりを楽しまないと。

福田 骨董屋で、しかも買うものとして見ると、買わなくても自然と緊張は違いますからね。もしかしたら血迷って買うかもしれないと思いながら見てたり、これ本当かよとかね。スリルが違う。

鹿島 やはり美術品というのは、個人に所有されてこそ価値がでる。美術館に入ってしまったらおしまいです。

福田 八年前くらいのことですが、ウィーンに行くとロシア人がいっぱい来ていて、ロシアの未来派なんかの絵がたくさん出ていて、一枚だけ買いました。大学の研究室にかけてあるやつなんだけれど。

鹿島 ぼくも九〇年ぐらいに、ドゥルオーの会報を毎週買っていたんだけれども、あの時に出たロシア絵画の点数はものすごかったでしょう。レニングラード派というのかな、いい絵があった。ロシアのマフィアの内幕ものを読んだら、イコンをみんな教会から切って持って来てるって。

福田　イコンはいいのがいっぱい出てたけれど、イコンはけっこうこわいからやめたほうがいいと言われたのは、あれは買うと体をこわしたり、火事が起こったり、絶対するらしいですよ（笑）。

鹿島　やっぱり悪い因縁があるわけですね。

福田　一番びびったのは、目黒の区立美術館でイコンの展覧会をやった時に、館長が心臓発作を起こしたと聞いて。

鹿島　たたりがあるんだ。

福田　だめだ、イコンは、と思いましたよ。でもいいものがあると、本当にルネサンス・クラスのものがイコンだと買えるような値段で出ますからね。すごいなと思ったけれど、ちょっと度胸がなかったですね。宗教系はなんかあるんですね。仏教美術もやっぱりあるし、そこが魅力なんですけれど。

でもやはり、さわれるというのがいいですよね。小林秀雄とか、青山二郎とか、北大路魯山人が幸福だったのは、彼らは二回、瓦解のシーズンを経験していて、昭和の大恐慌で華族とか財閥がみなつぶれるんです。そうするとみんな東京美術倶楽部で売り出しをやるわけです。売り出しをやるときは、商人でないと入れないことになっているんだけれど、あんなものは簡単ですから入ると、売るものがみんな置いてあるわけです、平場に。そうするとそれまで話でしか聞いてなかったり、写真でしか見られないものがみんな手にとってさわれるんです。で、魯山人とか、青山二郎とか、ああいう連中はそこで目を鍛えて、そうするとわかるわけです。ガラスケースの中と違って。昭和大恐慌とあと第二次大戦後に大流出の時代があって、そこで売り立てとか、骨董屋の店頭で見てる、さわっているんです。それが彼らにはすごくアドバンテージだった。いまはまずありえないですからね。オークションといっても、白い手袋をしたおねえちゃんかなんかがいて、一生懸命頼んでやっと出してくれても、時計、指輪をおはずしくださいとか言われてね。

鹿島　『ポンス』でも、やはり恐慌だとか、革命騒ぎみたいなのがあって、金持ちの物が循環することが、骨董マーケットが成立する前提になっている。革命が一七八九年から起こって、ナポレオン帝政、それから一八三〇年の七月革命、その後、一八四〇年代に銀行と鉄道株の大崩壊。こういう社会の大変動が、骨董の小説に結びついているんでしょうね。

近代小説成立の条件――コレクター小説を超える『従兄ポンス』

●日本の骨董小説

鹿島　日本の骨董小説に、こういうふうなダイミックなものがありますか。

福田　ぼくも考えたんですけれども、骨董の小説でいいのはないんです。露伴が書いているような、いわゆる考証的な骨董小説はありますけれども、やはり骨董狂を主人公にしたのはないんじゃないですか。表面的なものは白崎秀雄さんがわりと書いていて、彼の松永安左ヱ門とか、あと原三渓のは読んでいておもしろいけれど、ちょっと小説とは違いますね。原三渓なんか小説にしたらバルザック的なおもしろい小説になると思うんですけれどね。生糸をやる一方で仏教美術の大コレクター。横浜の三渓園がそうですけれども、あのころの人たちは、物だけでなくて建物を集めていますからね。

鹿島　同じ原でよくまちがえられるんだけれども原六郎という人がいて、こちらは三井寺の一角をまるごと買っちゃったわけでしょう。

福田　建物をコレクションして、その中に買ったものを入れるみたいなことを同時にやっている。しかも三渓はパトロンでもあるんです。小林古径とか、安田靫彦とか、あのへんの日本画家を育てているし、息子は洋画家のパトロンですね。岸田劉生とか、あのへんの後援をしていたりする。でも日本の近代小説はああいう層は絶対にターゲットにしないでしょう。

鹿島　そうですね。あったためしがない。

福田　清張さんの安宅産業を書いたやつがありますね。あれが唯一かな。安宅はいい物を買ってます。質からいえば世界一でしょう、たぶん。

鹿島　あれはつぶれたときに、会長が会社はどうなってもいいけどって……（笑）。

福田　あれを散逸させなかったというか、国外へ流出させなかっただけでも住友は許すという感じです、私は、何をしても。あのコレクションは本当にいいもので、よくあれだけのものを買ったなと。しかも彼がスタートするのは戦後でしょう。戦前からやっているとあれくらいのものが入るとかというのもわかるんですけれど、戦後、しかもヨーロッパの市場でも買っているんですね、日本ではなくて。それであれだけのものをそろえるというのは、やはり大変ですよ。逆にいうと、スロースタートというか、審美眼ができてからはじめたというのがよかったんでしょう。いまだったら福富さんなんかを主人公にすれば、いい小説が書けるんでしょう。

鹿島　福富太郎はぼくも伝記をひとつ書いたとき話を聞いたことがあるけれども、とにかく勉強家ですね。

福田　『芸術新潮』でお書きになっているやつは読んでますけれど、こっちも一応コレクターだから、読んでると不愉快になる（笑）。

鹿島　福富さんはいまだに靴下を買うのにさんざん逡巡するんですって。背広なんかもそこらへんのつるしで、それでもなかなか買えない。でもコレクションを買うときには、一晩でオークション・プライスを三度か四度変更するっていってましたね。

福田　ポンスではないですけれど、金がなくてもいいのを集めている人はいますよね。代表は洲之内徹とかでしょうけれど、彼なんかは本当に金がなかったみたいですからね。聞いたら、よく手形が落とせなくて金融業者に監禁されたりしてたらしい。大森のアパートに絵を放っといたとか、置いていたとか、美談みたいにいわれてますけれども、あれは要するに債権者から守るためにずっと借りっぱなしにして、あのゴミの中に隠していたんです。

●コレクションとグルメが結びついて……

福田　それでポンスの場合はおいしいものも食べたいんでしょう。

鹿島　そう。だからこれが絶対矛盾なんです。

福田　絶対無理ですね。

鹿島　コレクターというのは、食費は切り詰める。ぼくも古本屋回りをやっているときは、本当にマクドナルドしか食わないもの。食う金がなくなってしまうんです（笑）。

福田 そこがよくないんですね、生活破綻の原因で。ただぼくは自分のことをあまりコレクターだと思ってないんです。ただ手がかりとして物がいるだけで、別にその一ジャンルをしっかり集めようという気はないんです。だから絵も買いますけれど、そんなにまとめて、このジャンルだけというのではなくて、とっちらかった買い方をしてるので、このごろは美術だと日本の新しい人たち、大竹伸朗さんという人がいて、彼のはわりと気に入っているんですが、なかなか高いことをいうんです（笑）。

鹿島 いや、こっちがいいなと言いだすと高くなるんです。そういう法則は絶対にありますね。

福田 でもやはり生活優先ですね、ぼくは。ポンスじゃないですけれど、悪いワインを飲むと悲しくなってくる（笑）。あの気持ちは本当によくわかりますよ。ポンスが寄食ができなくなってしばらくすると、心に覚えた屈辱よりも食事のほうが恋しくなるという……。

鹿島 胃袋というのは絶対にがまんさせることはできないっていいますね。しかしこの二つを結びつけたということで、この小説がとんでもない小説になったんですね。普通コレクター小説というと、本当にすべてを犠牲にして、ストイックのみという類いの小説になってしまうけれど、グルメ小説とコレクター小説を二つ合わせてしまったというのがすごいですね。それでグルメのほうも、この時代特有のものですね。なぜかというと、貴族のお抱えの人間が町に放り出されて、レストランを作ったわけでしょう。でもポンスは金をレストランでは使いたくない。とすると、寄食者になってただ飯を食うしかない。ということで屈辱というものが出てくる。そこのところはうまく循環していますね。これがグルメでレストランでひたすら食ってしまうというのは、絶対に無理ですよ。

福田　無理だし、小説的に発展しないですね。

●膨大な情報が詰まった『従兄ポンス』

福田　ぼくはあらためて読んで驚いたんですけれども、小説の異常な情報量ですね。葬儀屋から占い師まで、本当にいろいろ入っています。いまだったら、これひとつで長篇を書いてしまえるような話が十から十二ぐらいある。これには本当に驚きました。

鹿島　それから、欲深いやつが一人、二人じゃなく連鎖して、次から次へと出てくる。

福田　いい人が一人も出てこない。ポンスの友人のドイツ人はちょっとちがいますけど、あとは全部ね。

鹿島　『セザール・ビロトー』ですっかりいい者をやっていたポピノだって、かなり悪いやつで出てきますね。ゴディサールだって、いい役で出てくるのかと思ったら、最後のほうでぐるになってる。

福田　あと、あの法律家はひどい。だけど、本当にいろんな人が出てきますね。葬儀屋のところなんかおもしろい（笑）。もう葬儀屋ってこういうふうに産業になっていたんだとか、門番もね。

鹿島　門番のことはぼくもいろいろ調べたんですが、このシボのかみさんは、牡蠣剥き女でなかなか昔はいい女だったといってるでしょう。門番女というのは必ず、昔、自分がならしたんだけれども、いまはこんな境遇に甘んじているという、そんな女ばっかりだったんです。

福田　おもしろいのは召使いに対する嫉妬というのが、ひとつの大きなモティーフになっているじゃないですか。召使いは遺言書で年金をもらえるのに、なんで門番はもらえないんだと。やはり召使い兼妾みたいな形をしていますけれど、そういうのに対する横の嫉妬みたいな軸というのは、すごくおもしろかったですね。これはやはりバルザックにしか書けないです。

鹿島　嫉妬のものすごさというのはね。それと、門番というのは、完全な警察の手先、スパイです。いまもそうなんだろうけれども、警察の、例えば密偵みたいなところと結びついている。門番がそれぞれのアパルトマンにいる下女を味方にして情報収集をしてるというのも出てきます。

あと、門番でおもしろいのは、このころ、まだコンシェールジュなんて高級な言葉は使わず、ポルティエといったんですが、ポルティエというのは門番ということで、ポルティエールというのが門番女でしょう。ところが、門番の女房が門番女なんじゃなくて、門番女の亭主が門番だって、「生理学」ものには書いてある。要するに門番の亭主のほうがあくまで付属品であって、何もできないやつがなって、家の中で仕立屋をやっている。しかも仕立屋として大成しなかったようなやつが門番になる。門番女のほうは、たいてい昔はならした女なんだけれども、やがて金持ちの妾になって、それから捨てられるんだけれども、そのとき落ちつく先を旦那が探してくれて、門番の女房に押し込まれたという、こういうケースが非常に多い。

福田　そこにどうしようもない役に立たない男がくっつくということですね。

鹿島　それでもうひとつ重要なことがあって、ここには出てこないんだけれども、門番女は、必ず自分の娘を女優かコンセルヴァトワール（パリ音楽院）に入れて歌手か踊り子にしようとするんです。で、娘のあとにくっついていって、絶対に悪い虫がつかないように監視する。だから、女優の卵のおふくろさんの三分の一は門番女だと当時の風俗物にも書いてあります。ベルタルという画家が描いたパリのアパルトマンの断面図があるんですが、よく見ると、一階の門番女の部屋で娘がピアノを弾いているんです。なんでピアノを弾いているのか前にはわからなかったんですけれども、それがやっとわかった。要するに自分の挫折した夢を娘に託して、ピアノをおけいこさせて、コンセルヴァトワールに押し込んで、そしていい旦那を見つけて楽な暮しにありつこう、ということなんです。だから門番女というのはエロティシズムという面で変な役割を果たしていたということがありますね。

福田 逆にいうと、そういうエロチックな不平不満みたいなのが充満している階層なんですね。そういうふうに見ると、シボの上さんもわかりやすいですね。

鹿島 読んでいるととても色気を感じるような年齢の女には思えないんだけれども、じつはけっこう色気が残っていて、レモナンクが惚れ込んで、最後にはシボの亭主まで殺しちゃう。

福田 フランスのことはわからないですけれども、日本では骨董屋というのもだいたい色っぽい話が多いですよね。立原正秋がけっこう書いているけれども、女を使って旦那の道具を手に入れるというような手口がわりと古典的にあるらしい。茶道具屋とか何軒か知っているんですが、そこへ行くと悪そうな親爺が必ずきれいな女の子にお茶かなんか出させているんです（笑）。

鹿島 フランスでも、骨董屋、パリのマルシェ・クリニャンクールを歩くと、これはどう見ても娼婦街のサン=ドニを流していたのが少し金を溜めて店を持ったとしか思えないのが多い。両者には共通点がある。吹きっさらしでの客待ちに慣れている（笑）。客が来るまでずっと待っている。コートの着方とか、これはどうもそうとしか思えない。それで事情通に聞いたことがあるんです。やっぱりそうなんですって。サン=ドニで少し金を貯めて、クリニャンクールの小さな一角を買うというのはずいぶんあるんだそうです。最終的にルーブルのところで店を出す。それが出世みたいですね。

福田　ああ、ルーブルの横らへんでぶいぶい言わせているおばさんたちは、サン＝ドニからここまでがんばってきたという偉い人たちなんですね。ろくなものを売ってないけれど。

鹿島　日本だと風俗の上がりというのは、銀座で働いて、銀座の近くのホステス用のブティックのママにおさまるというケースがそうでしょう。

福田　銀座上がりのわけのわからない画商とかはたくさんいるじゃないですか。特にバブルの頃は、ウィンドウに何故か東山魁夷とシャガールが並べてあるなんていうギャラリーが沢山ありました。

鹿島　ああ、画商はね。八重洲のあたりに行くとね。

福田　一番下のランクは、道を歩いてるとラッセンを買いませんかなんて言ってるおねえちゃんで、キャバクラの成れの果てなんだろうなと。そういう美術との通低関係がありますね。

●「土地相続だけで文学を書いている」

福田　それと、おもしろかったのは、ドイツ人の書き方ですね。ホフマンとかの悪口がたくさん書いてあるけれど、出てくるドイツ人はなんだかすごくイノセントでね。あと、一人娘だからだめだとか、わけのわからないとっぴなことをいう。ちょっとフォースターの『ハワーズ・エンド』を思いだしました。

鹿島　『従妹《いとこ》ベット』でも売れ残りの娘を押しこもうとする相手は外国人でしょう。こちらはポーランド人だけれど。売れ残りの娘を押し込むのは外国人、という手はけっこうあったんだなということですね。亡命している外国貴族に。

福田 些少な持参金で満足してくれて、外国がいいと。

鹿島 外国人だと、持参金を低くできるということなんでしょうね。そしてこれはやはり「貧しき縁者」というタイトルにもある通り、貧しい縁者が縁談の口を持ってくる。

福田 寄食者の文化というのは、『ラモーの甥』のころから、この時期はもうかなり変化してるんですか、寄食者をめぐる環境というのは。

鹿島 大家族的な制度は、革命でだいぶ崩れたんでしょう。寄食者というのは、何等親になるのか、遠い姻戚関係の人間がころがりこんでくるものなんですが、この時代にはそれが徐々に崩れつつあった。この意味で『従兄ポンス』と『従妹ベット』は本当に最後の消えかかった寄食者の文化という感じで描かれていますね。

福田 ちゃんと何年から何年はきびしい時代だよって、几帳面に追ってますよね、バルザックらしく。

鹿島 ナポレオン法典ができて、長子相続制が半分消えたことが大きかったのかな。それまでだったら、それこそサリカ法の名残りとかで、ずいぶんとんでもないところまで遺産相続は遡っていくわけでしょう。それが遺言書があるために、何等親か以上は請求権がないというようなことになる。ちょうど端境期というか、遺産をめぐる社会制度の変化が背景にあって、このドラマが成立している。このフランスの遺産相続の文化はヌーヴェルヴァーグまで続いていますね。

福田 それでも、ヨーロッパの小説は相続というのが大きいですね。ぼくはイギリスの小説をたくさん必要があって院生と読んだことがあったんですが、その時、はたと気づいたんです。トム・ジョーンズから、フィールディング、カズオ・イシグロまで全部土地相続の話なんです。限定相続ですから、ごちゃごちゃしているけれども、どれも結局、この領地の正当な所有者はだれかという話なんですね。『嵐が丘』も、土地のやりとりだし、『高慢と偏見』もそうなんです。『ハワード・エンド』もそうだし、『イーブリン・ウォー』もそうですね。『ブライドヘッドふたたび』という、あれも領地をだれが相続するかという感じで。結局アメリカ人に相続されてしまうという話だけれど、カズオ・イシグロの『日の名残り』もそうです。だからイギリス人は本当に土地相続だけで文学を書いているんだなと思って。

鹿島 本当にそうですね。その意味では日本ではこのドラマが成り立たない、とくに戦後は成り立たない。相続税が七五パーセントも取られてしまって、成立しなくなる。

福田 そういう意味では、本当に近代日本というのは小説を成り立たせる条件というのがないんだなというのが、いやというほどわかりますね。結局、日本で書くと、コレクター小説といってもせいぜいコレクターの生態なんです。コレクターの孤独の生活と、収集したものを対比してという。ところが『ポンス』には、グルマンディーズもあって、しかも落ちぶれた音楽家で、アカデミー批判まであるじゃないですか。アカデミーをとったらろくなものにならないという。

鹿島 ローマ賞をとったやつは全部だめと。

福田 それがしかも寄食者で、相続云々が発生すると、法律問題ということにまでなってしまうわけですね。コレクション自体が一種のすごく大きな幻影か何かを生み出して、欲望のドラマを動きださせるという構造になっていく。しかもバルザックの場合はその構造がきちんと見てとれるように書かれているから、すごいですね。

鹿島 この描き方がすごいですね。下手なやつが書くと、何がなんだかわからなくなってしまうけれども、バルザックは筋道がはっきりわかって、それがドラマを駆動させている。日本ではじめてこれがやれたのは、『ナニワ金融道』ですね。『ナニワ金融道』が出るまで日本にはこういうバルザック的な小説というのはなかった。

●「見えるように書いている」バルザック

福田　日本でも私小説のしょうもないのが、例えば、近松秋江なんかが、よく女が出入りしてて、爪に火をともして貯めた家一軒分の金、何百何十円を女にだまされて取られちゃったみたいなこと書いてますけど、これにはとてもおよばない。ぼくは古屋健三というスタンダリアンの弟子だったので、スタンダールから入ったんですが、スタンダールの場合はわりとその構造が見えにくい。『赤と黒』もわかりにくいし、『リュシアン・ルーヴェン』なんかはなおさらわからない。『パルムの僧院』にいたってはまったく書いてない。その点バルザックはちゃんと見えるように書いている。

鹿島　そこが違いですね。それはスタンダール好きとバルザック好きの分かれるところでもある。それが見えるのが嫌だってスタンダール好きはいいますが、バルザック好きは、それだからおもしろいんだ、と。

福田　前に誰かから聞いておもしろかったのは、蓮實さんがフランスから帰ってきて、中村光夫と会ったときに、中村光夫が終始聞いたのは一点だけで、マダム・ボヴァリーの借金の増え方、これがどうしても計算が合わないって。だんだん増えていくでしょう。これは利率がどこかで変化したか何かで合わないんで、これはどうなっているのかときかれて、蓮實さんは絶句したというんです。中村さんというのはけっこうバルザック的な感覚を持っていたのかなと思って、これはおもしろかった。

鹿島 フロベールは一生懸命勉強したらしいけれども、実感はいまひとつ摑めなかったのかもしれない。でもバルザックはわざわざ勉強したとは思えない。勉強する前に全部知っていたんですね。

福田 バルザックもわかって手を出しながら、結局、借金を増やしている。ぼくもわりと量を書くからわかるんですけれども、ちょっと多めに書けばいいや、それで返せばいい、という量を書ける人間の陥りがちなワナですね。

鹿島 バルザックの借金が絶対的に増えたのは、最初に全集を出したときに、自分はこれぐらい書けるんだと予想できてしまって、それを担保に金を借りたからです。金を借りたというのは、出版社に前借りですが。

福田 ぼくも、出版不況で出版社がつぶれるとかいう噂を聞いても、全然怖くないんです。みんなに借金してるから。あらかじめ取っていているから、印税未払いの心配がない（笑）。

（一九九九年七月三十日）

福田和也（ふくだ・かずや） 一九六〇年、東京都生。九三年『日本の家郷』（新潮社）で三島由紀夫賞を、九六年『甘美な人生』（新潮社）で平林たい子文学賞を受賞。著書に『奇妙な廃墟』（八九年、国書刊行会）、『保田與重郎と昭和の御代』（九六年、文藝春秋）ほか多数。

ANCE
EPIDOPTE

いまの時代は、日本の経済がバルザック的になってきたといえますね。

——青木雄二

『ゴプセック』で描かれた強欲な高利貸しなどは、近代的な意識を持った元祖金融屋だと思います。

——鹿島　茂

『ナニワ金融道』とバルザック

青木雄二
鹿島　茂

金銭しか頭にない人間の頓馬さ加減は誰しも知るところだが、
それも結局は相対的なものにすぎない。

オノレ・ド・バルザック

借金で鍛えられたバルザック

●『ナニワ金融道』がおもしろいなら、バルザックだって……

鹿島　今回、青木雄二さんにいらしていただいたのは、この『金融小説名篇集』の対談のお相手としてもっともふさわしい人選だという気がしたからです。そして青木さんと青木さんの読者の方にぜひともバルザックを知ってもらい、バルザックにはまっていただきたいと思っているのですが、バルザックというのは日本ではこれまで受け入れられてこなかった作家です。というのも、バルザックはいわば唯物論を徹底的に追求した作家なのですが、ここまで情け容赦のない唯物論の作家というのは、日本の儒教的な風土にそぐわなかった。ところで『ナニワ金融道』が出て、いま大いに受けているんですが、『ナニワ金融道』がおもしろいと思う読者なら絶対にバルザックもおもしろいと思ってくれるはずなんです。というのも『ナニワ金融道』は、いわばバルザックの作品をマンガで絵解きしているようなもので、バルザックの金融小説のマンガ版といってもさしつかえないものだからです。そうしたわけで今回は青木雄二さんにバルザックのおもしろさを知っていただき、プロの金融屋の側からのご意見をうかがいたいと思っています。

青木　高橋源一郎という人も何だかバルザックとぼくの『ナニワ金融道』が似ている、といってくれているみたいですね（『週刊朝日』、一九九九年九月十日号）。ただぼく自身は、友だちにバルザックファンはおるんですが、ずっとドストエフスキーばかり読んできましたので……。バルザックは名前だけは知っとったんですが全然読んだことがなかったんです。

鹿島 まさにそのドストエフスキーの先生がバルザックなんですよ。ドストエフスキーは一から十までバルザックに学んで、トルストイもまた先生はバルザックなんです。青木さんはマルクスにも関心をお持ちですが、そのマルクスの先生もバルザックといってもいいくらいです。

青木 そうやったんですか。ドストエフスキーも読んだ、マルクスも読んだというたら、すごいですね。

確かに『骨董室』では、擡頭するブルジョワジーに対して没落せざるを得ない貴族デグリニョン家が描かれていますし、パリでは、大貴族は大ブルジョワジーとの政略結婚をするなど、没落に対して敏感ですけど、地方では、かたくなに社会的には個別の存在であり続けるという保守的な考えが描かれておりますからマルクスはこの事実を自分の学説にとり入れたのでしょう。また「封建的な名誉の精髄を体現している、この気の毒な父親は、幻想を抱いたまま死なせてやる必要があるのだ」などというところは、没落するデグリニョン家を決してコキ下ろしているわけではありませんよね。例えば、ゴーリキーが徹底的に役人をコキ下ろすのに対して、ドストエフスキーは、ユーモアを持ってコキ下ろしていますが、これなんかはバルザックの影響ではないかと思います。

●『人間喜劇』の名脇役たち

鹿島 今回の『金融小説名篇集』についてちょっと説明させていただきますと、バルザックの『人間喜劇』のなかのいわば名脇役たちが主人公になっている小説を集めているんです。例えばゴプセックというのは高利貸しですから、金が絡んでくるといろんなところに出てきます。その脇役を主役にしてどういう感じの人間だったかを描いたのが、『ゴプセック』です。それからニュシンゲンも銀行屋ですから、いろんなところに出てくる。もう一人は、セールスマンのゴディサール。『骨董室』を除くと、端役が全員集合の巻となるわけです。

まず『ゴプセック』でバルザックは強欲な高利貸しを描いていますが、これなんか読まれていかがですか。これこそ元祖金融屋だと思いますけど。

青木　ドストエフスキーの『罪と罰』で、高利貸しの婆さんの強欲さが描かれていますね。あれなんかと重なるところはあるんでしょうか。主人公のラスコーリニコフが親父の懐中時計なんかを入れるにしても必ず値切られてしまうんですが。

鹿島　バルザックの中に『ウジェニー・グランデ』という小説があるんですが、そこで金貨それ自体をありがたがるという、物神性《フェティシズム》が描かれています。マルクス的に言うと、金貨それ自体がアウラを放っていることになります。ドストエフスキーの高利貸しの婆さんは、むしろそっちに近いと思いますね。でもゴプセックなんかはもっと近代的な意識を持った高利貸しです。というのも、ウジェニー・グランデの爺さんは、むやみに金を貯めて、金貨自体をありがたがる。金貨を眺めるだけで恍惚とするわけですが、そういう感じはゴプセックにはないでしょう。もっと徹底的な唯物論者といったらいいのかな。このゴプセックは『ナニワ金融道』の主人公の灰原が勤めている帝国金融の人たちとほぼ同じようなことを、いたるところで言ってるような気がします。

青木　なるほど。

鹿島　例えば、『ほかの場所でならほんの一言で腹を立てたり剣を抜いたりするような、恋に狂った血気盛んな男が、両手をあわせて拝むのだ！　ここではもっとも誇り高い商人が、もっとも美しさを鼻にかけている女が、もっとも自信に満ちた軍人が、目に怒りや苦しみの涙をためて、ひとり残らず拝むのだ。ここではもっとも有名な芸術家が、その名が後世に残ること間違いなしの作家が、拝むのだ。ここにはまた』と、彼は自分の額に手を当てながらつけ加えました。『パリ中の相続や利害が、秤にかけられる天秤があるのだ。さあ、これでもまだ、この白い顔の下に喜びがないと思うかね。この顔が無表情なことにあんたはしばしば驚いていたようだが」というところにむしろゴプセックの本質は現われていて、同時にこれが『ナニワ金融道』の本質であるという感じもするんですが。

●借金について

鹿島　ゴプセックに関して青木さんにお聞きしたいのは、デルヴィルという代訴人が自分の事務所を持つときに金がないので、ゴプセックに金を借りにいきますね。そのときにゴプセックは、最初は一割三分でいいといってたんだけど、最終的には一割五分にして金を貸すわけです。それでデルヴィルが全部返したあとで、なんでぼくのことを信用していながら一割五分なんて高利を取ったんですか、と聞く。すると金利を取っておけば、あんたが私に恩義を負わなくていいだろう、とゴプセックは答える。恩義を感じないようにするために金を取ってやったんだ、となかなかえらいことをいう。こういうところはおもしろいですよね。

青木　そうでないと弱みを負うね。そういう意味では、身内や親戚に借りずに、返済できるなら金貸しに借りて利息を含めて返す方がすっきりする。

鹿島　そうですね。一番いけないのは身内に借りることですね。

青木　いやあ、でもうちとこの親戚はよう親父に金借りに来とったですよ。それで返さんのです。で、おふくろが親父を責めたりすることがあったですよ。返してもらえん親父はつらかったかもわからんけど、でもいまみたいな悲惨な社会じゃなかったですね、当時は。身内は涙のんで泣いたんですけど、それほどえげつないことは親戚同士だとやりませんでしたよ。これがプロになるとそうはいかんです。

鹿島　それからあと、金貸し業者が一種の裏本を持ってて、それを見れば、金を借りているやつのことが全部わかっちゃうというのがありますよね。青木さんのマンガだと、どれくらいつまんでいる（借金している）かを調べるための「ピピピピッ　ツーツー　ピリッ」っていう信用情報装置ですね。

青木　当時すでにあれをやってたというわけですね。

鹿島　金融業者だけで集まって、あいつがあぶないとか、こいつがあぶないと。

青木　金を借りているやつの情報を仕入れて、こいつには貸さんとこ、というような予防線を張らないと、やっぱりいかれてしまうから。

鹿島　必ずやるものなんですかね。

青木　いや、いまの不況だったら、おまえここだけしか借りてへんか、というても、はい、いいますやろ、借りたいやつは。でもほかでも借りとるんです、やっぱり。

鹿島　それは絶対にそういいますよ。でも全部バレているみたいですね。それと非常にせこい話になりますが、金を借りる場合には返済の日が違うようにしなきゃだめですね。

青木 そうですよ。重なると大変ですよ。そやけど、もっとこわいのは、最初に高利貸しに借りた一回目が、「最後の一線を踏み越えてしまった」ことになりあとは馴れになる。このことが一番怖いということです。これでわしは信用売ったというて、ちょっと足らんとまた行くことになんです。

鹿島 要するに、借りなれてしまうわけですね。

青木 ちょっと安堵感ができて、あそこに行ったら必ず貸してくれる、ともう頭にある。

鹿島 そういえば青木さんと対談した岸辺四郎さんも、こんな簡単に金貸してくれるのが一番いけなかった、って言っていますね。

青木 くせになるんです、あれは。

鹿島 当然のことだけど、百万円借りるのは、じつに簡単だけど、百万返すのは本当に大変。

青木 大変です。それと悪いのは、借りたやつだと、自分の汗水垂らした労働がともなっていないから、必ず飲みに行っても、ついつい大きくなって、ボトルでもええのをおろしたろ、となるんですよ。ほんで後からほんとしんどなります。わしもいっぺん、サラリーマンの時、二十一ぐらいの時やったかな、給料一万六千円ぐらいです。ほんでこれぐらいな給料もろてもしゃあないなというて、一晩で全部使うたことがあるんです、寮費も払わんと。その月のしんどかったこと、しんどかったこと。ほんで組合から借りて。そのしんどさはざっと一年続くね。働いても働いても組合に返済していかんならんから、なんぼも残らんわけですから。

ど。

●手形が落ちる恐怖を経験したバルザックは……

青木 それでこのバルザックも実際生活の上でも借金をしとるわけでしょう。

鹿島 借金は猛烈ですね。実際には彼の家は金持ちだったんですね、息子には内緒にしていたけれど。

青木 何屋さんだったんですか。

鹿島 お父さんは革命時代の役人ですが、しこたま悪いことをして儲けたふしがある。軍隊の食糧に関係する役人で、闇で金をためこむことはできたみたいですね。ただ、おふくろさんは非常にしまり屋で、金があることを息子に言わないから、息子は自分を貧乏人だと思っていた。実際にほとんど金も渡さなかった。というのは、息子が作家になりたいといいだすんですが、金を渡さなければ、根をあげて、公証人とか弁護士とか全うな職業に戻ってくるだろうと。でもバルザックは絶対に公証人とかになりたくなかった。

ところが作家としての才能はまったくない。それでもなんとか筆で稼げないかと思っていたら、出版ブローカーみたいな悪辣なやつが三文小説の下書きをやらないかといってきた。で、三文小説を山のように書いた。ですがだんだん全然儲かっていないことに気づく。自分は出版社に搾取されているんじゃないかと。逆に言えば、出版社なら絶対に儲けているに違いないと考えて、出版屋になっちゃうんです。でも出版屋になっても、どうも儲からない。というので、今度は印刷屋が搾取しているからだと、印刷屋になる。で、印刷屋になっても儲からないんで、しょうがない、これは元がいけないと、ついに活字鋳造屋になっちゃう。そこまでやってできた借金がだいたい一億五千万から二億円近くです。

青木 ずいぶん激しい人ですね。でもそれを返済していくんでしょう。

鹿島 出発時点でほぼ一億円。作家になって儲かるかと思えば、いろいろあって最終的に借金が二億円に膨らむ。でも相当稼いでいたことも確かです。

青木 なるほど。そうすると、最初から才能はあったのに、それが評価されていなかっただけなんでしょうか。だって人気はあったんでしょう。

鹿島 全然。まったくの無名です。おまけに最初は才能も発揮されない。その結果いまいったように実業家になります。版下会社をやっていた時代の青木さんと同じように、従業員抱えて、明日の給料の払いと、それから手形が落ちる恐怖を経験していくんですが、そのうちにだんだん強くなってきちゃった。それでもう一回作家をやりだしたら、今度はすばらしい作品が次々に書けたということです。青木さんとよく似てますよ。青木さんもいかがでしたか。最初にマンガを描いたときに、いきなり有名になりましたか。

青木 なりまへん（笑）。

鹿島 だから最初はヘボだったのが、十年間借金抱えて転げ回っているうちに強くなっちゃった。人間がわかってきちゃったんでしょうね。バルザックも最初は、非常にロマン主義的な、あまっちょろいものを書いていたんです。

青木 そうやったんですか。借金で苦しんだことで、作品が変わったんですね。ドストエフスキーもやっぱり初期のころは、ヒューマニズム的なことを書いていて、それから辛辣なものを書くようになった。

●金を貸したやつと借りているやつ、どっちが偉い

鹿島 ところで『ニュシンゲン銀行』の中で、金を貸したやつと借りているやつと、どっちが偉いかといったら、借りている方が強いんだということが出てきますよね。これは実感としてどう思われますか。

青木 例えば、商工ローンというのがあるでしょう。あれは絶対に行き詰まるんです。というのも、保証人をばっちりとっといても、一千万円まで融資して、一回目の百万を返済してもらって、まだ残りが九百万あったときに、こういう不況で債務者も保証人もバンザイすれば破産宣告になりますよね。そしたら九百万の借金が残ってしまうわけです。ところがそういうことになりますと、商工ローンも銀行から借りてますから苦しくなってきとるんです。金貸しくらいよく儲かる商売はないと思ったのが、逆になってきてる。だからいまだったら借りているものが強いですよ。

鹿島 ニュシンゲンも、金をみんなから預かってるわけで、だからみんなから金を借りてるようなものです。でも、この借りてる方が強い。少し借りると弱いけど、いっぱい借りると強くなる。

青木 それはダイエーそのものですね。結局のところ、正常な資本主義社会の時代では金貸しが一番いい商売やと思ったんでしょうが今のような異常な資本主義社会では全く逆な現象になっております。でもマルクスを読んでもわかるけど、基本は労働ということになると思う。労働がなかったら金

貸しは成り立たん。そこにぼくは気がついたんです。労働をおろそかにすると、銀行といえども街金といえども成り立たない。単純に考えてもみんなが金貸しやったら一体誰が借りに来るのですか。だからいまサラリーローンでも無人機を減らしていっているんです。不景気になるから慎重に審査をやらないと、貸倒ればかりになってくる。土台になる経済がへたってくると、貸した方も痛くなる。百万貸して利益が三〇万あっても、その種銭の百万円がとんでしまったら、今度はそれを取り返すための種銭はむちゃくちゃ多くなるわけですから。回収できんと貸した方が弱い、とぼくはわかったんです。

ところで今回読んで最初におもしろいと感じたのは、『名うてのゴディサール』ですね。狂人がわけのわからんことを言っているのを、新聞の勧誘に来たゴディサールが真に受けてしまって。あれはとてもおもしろい。

鹿島　だますやつがだまされちゃってる。

青木　でもさすがに最後はしっかりと奥さんから金を回収して終わってましたけど。

鹿島　あれでおもしろいと思うのは、サン=シモン主義の新聞なんて全然信じてないけど、とにかくおれは売るプロだから何でも売ると。売る技術さえあれば何でも売れるという。例えば、新興宗教のやってる壺とか、あれなんかでも売るのがうまいやつなら売っちゃえる。ひどい話では、エッフェル塔だとか、エンパイアステートビルだって売っちゃう詐欺師がいるとか（笑）。

青木　それはすごいですね（笑）。

●日本人にはわかりにくい貴族の存在

青木 ただ舞台が昔のヨーロッパなもんで、この新聞勧誘もそうですけど、出てくるものが、具体的に当時どういうものだったのか、いくつかピンとこんものもありまして。

鹿島 そうですか。ぼくはまさにそういうところを専門にいろいろ本を書いてるんですよ（笑）。

青木 そうなんですか。例えば、伯爵とか侯爵とか、貴族のことがやたら書かれてますね。ドストエフスキーもそのことをしきりに書いておりますけど、侯爵とか子爵というのは、日本でもぼくら子供の時に聞いた言葉ですが、あれは向こうから入ってきたんですよね。でも日本人としては、それがどのぐらいの位の高さなのか、よくわからんです。士農工商はわかるんですが。

鹿島 ええ。日本のは直輸入したものです。公侯伯子男といって、一番偉いのは公爵で、次が侯爵、次が伯爵、それで子爵、男爵、と、そういう訳語をあてました。向こうの貴族階級を一応説明しますと、公爵が王様の王子とか、皇帝の王子とか、要するにプリンスに相当する。それから侯爵は、地方の殿様です。王様の家来になる前には自分で領地を支配していた。その次の伯爵というのもだいたい同じ。それで、原則的にこの三つが封建貴族と呼ばれる。自分の土地があって、領土があって、そして貴族になるという。フランス語でいうと、「ド」がつくやつです。その次の、子爵、男爵は、いってみれば金で買った貴族のようなものです。十九世紀になるといろんな貴族が入り乱れてきますが、まあそれでも貴族であればそれほどの違いはない。

青木 日本ではなんでそういうのを取り入れたんですかね。

鹿島　日清、日露戦争の論功ですね。戦争で功績を上げた軍人に何らかの褒美をあげなければいけない。それからもう一つは、日本人がヨーロッパ視察に行ったら、選挙で選ばれる衆議院と、代々の貴族階級からなる貴族院という二つの議会がどこにもある。それなら日本にも貴族院をつくらなければいけない、ということで、そして貴族院をつくるには貴族が必要じゃないか、ということで、貴族制度をつくったわけです。むちゃくちゃな話ですが。

日本の場合、公爵は、だいたい宮様か雄藩の殿様です。侯爵は格下の殿様か伊藤博文など維新の功労者。伯爵もだいたいそんなところです。それで子爵、男爵は、軍人と実業家。実業家というのは一番下で、渋沢栄一とか、そういう人も最終的に男爵になる。だから日本の貴族制度というのはもともと変なんです。貴族というのは、本来土地に根ざすはずのものですから。

青木　そういう貴族の存在というのは、日本人にとって一番理解しにくいところなんでしょうね。何も知らずにバルザックを読んでも、確かにそこらへんはピンとこんですね。でもそうしますと、上流階級が下の者を蔑視するようなことが小説のなかに山とでてきますね。

●階級の違いの現われ方

鹿島　例えば、階級の違いというものがどういうふうに現われるかと言いますと、女の人が着替えをしてるのに、周りに男がいても階級が違うと、本当にイヌやネコに対するのとまったく同じように全然恥ずかしがらない。『骨董室』にも、公証人が急いで駆けつけて三〇万フランを捜しに行ったら、モーフリニューズ公爵夫人はベッドで寝てたのに、平気で飛び起きて、「彼女は女としてのたしなみを忘れてしまった。というか、公証人のことを男に数えていなかった」という場面が出てきますね。この場合は、その後我にかえって夫人はちょっと恥ずかしがりはするのですが。

青木 ああ、ぼくも似たような話を聞いたことがありますよ。太平洋戦争に負けて、野外のキャンプ地で、進駐軍のでかいやつが用を足しているんですが、日本人が見とっても別に恥ずかしがらない。それほどバカにされてたらしいです、日本人も。

鹿島 会田雄次さんの『アーロン収容所』でも、会田雄次さんが白人のイギリス女の将校の下男になって行くと、平気で自分の前で着替えをする。下の人間に対しては羞恥心は働かないということですね。だから常に相手が自分よりも上か下かということを年がら年中考えることになる。

青木 そういうところをきちんと読みとれたら、バルザックももっとおもしろくなるでしょうね。

●手形について知ってなければならないこと

青木 それと手形の話もいろいろ出てきますが、手形の不条理というか、手形取引はむちゃやいうことはぼくも感じたんですけれども、でもそういう経験から結局、マルクスも読まなあかんようにぼくはなったんです。資本主義はおかしいじゃないかということで。

鹿島 例えば、青木さんのに善意の第三者っていうのがよく出てきますね。そこに悪意があろうがなかろうが、善意の第三者として法律が解釈してしまえば、それで終わりだというように。

青木 はい。「最高裁の判事でも支払えと言いまっせ」と。

鹿島 裏書きの問題については、『ゴプセック』でもけっこう出てきます。旦那が大貴族で、奥さんに愛人がいて、その愛人が奥さんから金をしぼり取って、奥さん名義でさんざん手形を振りだして、その手形がぐるぐる回って、このゴプセックという金融屋、一番手ごわい金融屋のところへ回ってくる。それでその奥さんは最終的に旦那の持っていたダイヤを持ちこんで、それを金に換えようと、手形の代わりに持ってくる。手形のレトリックだとか、そういうものが解説されていて、まさに『ナニワ金融道』そのものといっていい。

青木　ぼくが描いているのは、手形といえば、だいたい銀行から出される統一手形用紙ですね。でも本当は、手形法では私製手形といって、文房具屋で買ってきたものでも裁判では通るんです。そんなことも日本国民はほとんど知らないわけでしょう。これも言うてあげんとわからんような気がしますが、今の日本でもサラ金の規制法ができたから、夜の八時から朝の七時までは追い込みかけたらあかんいいますけど、手形法であればいいわけですね。提示（証拠となるようなものを振出人の所へ持って行って見せること）にいくわけですから。そこに用心棒を連れていっても、「証人或いは見届け人として連れて来た」で通るわけです。そこらのこともほとんどの日本国民は知らんのでないかと思うんです。

鹿島　それは知らないでしょうね。この『骨董室』でも同じで、手形をめぐるレトリックを理解しないと、話がわからなくなる。それと、あとぼくらが読んでもよくわからないものがありまして、例えば拒絶証書というのがありますね。あれはどういうものなんですか。

青木　日本の手形にも「拒絶証書不要」という印刷がしてあるんですけど、日本人はほとんどみんな何のことかわかってないでしょう。拒絶とは支払いはいやだという意味でしょう。いやだと言えば裁判になるわけですが、裁判所は何でもかんでも「ハイハイ」と言って受け付けるわけではない。願い出た人の言い分が嘘なら裁判所は訴えられた人に対して責任を取らなければならない。ですから当事者同士じゃなく客観的に判断のできる第三者が証明できるものがなければ裁判所は動きませんよということ。第三者が確かに支払いはなされませんでしたよと証明する証書が「拒絶証書」ということです。公証人役場で作成しなければならない手間暇のかかるややこしいものなのですが、手形法では「そういうややこしいものはいりませんよ」というのが「拒絶証書不要」という意味なのです。

鹿島　もう少し具体的に言うとどういうことですか。

青木　例えば、公人でない私人を連れてきて、彼が証明しているやないかというても、効力が弱いんです。私人ですから。公の証文の方が強いんです。それが公正証書というものです。それでこの場合は公証人役場に行って公正証書の作成はいりませんよ、と、だから資本主義であるがゆえに経済の流れがスムーズに行くように証人を連れてくることは不要ですということをいってるわけです。

不渡りになったことをだれが証明するんや、証明する者を連れてこいと言われたら困る。おまえが言うとるだけのことちゃうんかと言われて、ねじまげられるから。それやったら公証人に証明してもらわなあかんなということで手間がかかるけど、その手間はいりませんよということです。

鹿島　そうなんですか。

青木　最初、ぼくも何の意味かようわからんかったです。あれがなかったら公証人のところへ行って証明してもらわないかんです。

鹿島　青木さんの『ナニワ金融道』で拒絶証書が必要なシチュエーションはでてきませんでしたか。

青木　それは出てこなかったと思います。でもあれが印刷してなかったらとんでもない手形になりますから、受け取ったらいかんのです。

それと裏書は友情では絶対やったらあかんこと、経済と友情とは別物ということも知りました。もしぼくが第一裏書人になって、二番目にだれかがきて、三番目に銀行が裏書きするじゃないですか。しかしそれは取立に対する裏書きですよということで取立委任につき○○銀行とハンコを押しているだけなんです。つまり銀行は一切責任を負わないという意味なのです。そうせんと最終的には銀行が責任を負わなあかんことになりますから。余白のところにやってます。銀行も損してしまいますからね。ぼくも手形の本はよく読んだんです。わからんかったから。日本の裁判の表現方法いうのは、不親切やと思いますね。もったいぶって書くからわからないですね。

鹿島　例えばサラ金で金を借りるときにも、ハンコを押してくださいと言われるだけで何の説明もない。第一読んでもわからない。でもよく読むとえらいことが書いてある。

青木　不動産の概要でも読めませんよ。保険のことも全然読まないでしょう。原文をつくる人は、歴史的にみたら弁護士で、威厳を持たせないといけないんで、むやみやたら法律用語を使っている。おまえら専門でない人間は、こんなものわからんでええんや、いう発想がずっとあったと思いますね。借用証書にはむずかしい、はったりで脅かすような文章ばっかり入ってますもの。「期限の利益の喪失」というようなことが書いてあってもわかりません。

鹿島　だから、バルザックを読んでも素人が読んでもわからないところもあるなという気はします。

青木　日本でも手形法では私製でもかまわんわけですけど、流通してるのはほとんど銀行発行統一手形用紙ですし、日本人は手形といったら銀行発行のものだけと思ってますので、簡単に手形を私製できるということ自体ピンとこんと思いますね。

鹿島　確かに日本人は、手形には銀行が全部介在しているものと考えていますね。でも手形というのは要するに借用証書のことですよね。AがBに金を借りたという証文でしょう。期日にこの分は利息をつけて決済しますということ。だからバルザックの『幻滅』では、リュシアンという青年がダヴィドという友人の署名を偽造して紙商のメティヴィエあてに手形を振りだして、あとから払おうと思っていたところ、払えなくなって、結局友人を破滅させてしまうという事件が描かれています。これなどを読むとわかるように手形というのは署名さえ本人と確認できれば一枚の紙ペラでいいわけですね。

青木　例えば、三菱銀行が発行している手形用紙があるじゃないですか。それを大工さんかなんかが金に困って、工事代金の手形を街金に割引に持っていったのはいいんだけど「ダメ」と言われたときに、どうして三菱銀行が振りだす手形を割れんのや、というやつがおりますね（笑）。三菱銀行は統一手形用紙を三流工務店に発行しただけであって、その額面に対する責任は負うとは言っていないことがわからないんですよね……。もし竹中工務店が振り出した手形を大工さんが街金に割引に持ち込んだとしたら一〇〇％割り引いてもらえるでしょう。

鹿島　銀行は取り立ての仲介をやっているだけということを、全然わかってない。でも不思議ですね。例えば信用金庫の手形より、三菱銀行と書いてあった方がなんとなく信用できそうだと思ってしまう。

青木　本当は関係ないんですが。例えば、三万円以上の取引のときは収入印紙を貼るんですけど、でも収入印紙がなかったら日本国民は無効みたいな考えをします。これは税務署に対して違反するだけであって、べつに手形の効力に何の関係もないことがわかってないんです。ちゃんと教育せなあかんです。

唯物論者、バルザック

●バルザックに学んだドストエフスキーとマルクス

鹿島　ところで青木さんはマルクスとドストエフスキーに大変ご関心をお持ちなんですけど、はじめに言いましたように、二人とも源流はバルザックにありまして、マルクス自身が言ってることですけれども、バルザックはブルジョワジーという階級を徹底的に描きつくしたんです。しかもその際、単に金だけでなく、人間の見栄とかエゴだとか、人間社会のすべてを動かしている原理をも捉えている。というのは、見栄とかエゴというのは、すべて金にからんでくるもので、一見、心の問題に見えるようなものも、結局は金の問題なんだということを最初に言ったのがバルザックです。そしてバルザックの作品は同時代に翻訳されていたんですが、マルクスなんかはまさにバルザックを読んで育った世代で、マルクスにとって彼の作品は、ブルジョワジーの社会を学ぶ教科書であったわけです。ロシアは、フランスに比べるとブルジョワジーの勃興が遅れますが、ちょうど三〇年ぐらい後にドストエフスキーもバルザックを読んでいる。だから両方の先生ということになるんですね。この頃フランスはイギリスのような産業革命は、起こるのが遅れたんですが、代わりに金融は発達していた。一方、イギリスでは金融というのはなかなか見えない。フランスのそうした金融的な世界を一番見えるように描いていたのがバルザックで、マルクスは金融的な面での唯物論を、明らかにバルザックから学んでいるわけです。それは統計とかそういうものだけからは見えてこない。というのも、人間の心理というものが根幹にないと、金融というものは動かないわけですから。

青木 なるほど。そうしますと、いま唯物論ということを、ぼくもある程度言ってるわけですけど、日本国民はそれをほとんど理解してないでしょう。というのは、文部省が教えてないからです。

鹿島 むしろ日本人は、金には人格がないということがわかっていない気がします。日本的な考え方でいうと、どうも金もまた人格ということで考えてしまうんです。

青木 どんな金も金は金だ、ということですね。それで金のことを書いたバルザックは、ずっと日本で受けなかったということなんでしょう。

鹿島 明治の時代に日本で受け入れられたのはどういう小説かというと、刻苦勉励せよという類いの小説です。一生懸命働いてがんばれ。同時に、心を鍛えて大人物になれという。

青木 そういう精神を鍛えろという主張は、結局観念論の世界ですね。

鹿島 それでドストエフスキーすらも、あくまで観念論的に、人格の鍛練のために読まれていたんです。唯物論を勉強するためではない。いかに道徳的に求道的な人間になるべきかということで、読んでいたわけです。

青木 ドストエフスキーは明治時代には入ってきたんですか。

鹿島 そうですね。意外と早いです。日本ではロシア文学の方がフランス文学よりずっと早い。でもどのように受け入れられたかというと、己の道を究めるという禅宗とほぼ同じような姿勢で読まれてきたわけです。それで、日本ではドストエフスキーはいまいったようなかたちで読まれ、バルザックにいたっては全く読まれないという状態がずっと続いてきたんです。青木さんみたいな読み方をした人はほとんどいないと思いますよ。

青木　そうですかね。

鹿島　はじめてじゃないですか。バルザックがなぜ読まれなかったかというと、人間は見栄で動くんだ、金と見栄という、この二つを基本的におさえなければどうしようもないんだ、と説くわけですが、これが日本では受けなかった。

青木　道徳に反するという風潮があったんでしょう、日本人には。

鹿島　見栄っぱりとか、いろいろぺらぺらしゃべってうまいやつとか、そういうのは日本ではまるきりだめでしょう。大人物であるというのは、戦前だと西郷どんのように、わかりました、と一言いえる人間とか、そういうふうなのが偉いとされているわけです。見栄を張って、ひとに負けないように自分がいい腕時計を、相手がロンジンの百万円のをしてたら、自分は二百万円のをしようとか、そういうふうなところにおもしろさを感じるという社会は日本にはなかったんですね。

青木　成り上がりものとか、成金を馬鹿にするところがありますからね。

鹿島　そうですね。けっこう人間は本当は欲で動くはずなのに、そうじゃないんだというんです。その逆の方向、金銭と無縁になって、根性を鍛えてがんばれば、すべてうまくいくんだと。その最後が特攻隊なわけです。そこへバルザックを持ってきて、見栄がどうこう言っても、全く通用しなかった。

●バルザック的になってきた日本社会

青木　でもそうやったら、逆に、いまの時代は、日本の経済がバルザック的になってきたといえますね。

鹿島　高度成長とバブルの時がそうで、バブルによって、例えばベンツの……。そういえば青木さんは何に乗っておられるんですか、やはりベンツ六〇〇ですか。

青木　そうです。

鹿島　すごいな。だからベンツの三五〇に乗ってる人間よりも、ベンツ六〇〇に乗ってるおれの方が偉いんだということですよね。

青木　それはそうですよ。小ベンツに乗るぐらいだったら、セルシオの方がいい。

鹿島　小ベンツというのは、ケチな野郎が乗るものだと。で、車だけで一つの記号世界ができあがっているんですが、そういうものはこれまで日本に存在しなかった。

青木　楽しむという感じがなかったんですね。

鹿島　そうだと思います。金を持って、札束を見せるわけにはいかないから、その代わりがベンツであったり、アルマーニの背広であったりする。そういうものに変わってきてるわけで、男も女もみんなそういう世界になりつつある。バブルを経たあと、いかにへこんだとはいえ、いまの日本は、まさにバルザックの世界です。

青木　二百年ぐらい前の人が、そういうことを言うとるわけですね。

●入門書としてこれほどいいものはない

鹿島　だからぼくは読者にぜひ青木さんの『ナニワ金融道』を読んでから、バルザックを読んでほしいと思っているんです。入門書としてこれほどいいものはない。例えば、『ナニワ金融道』のなかで、ビルを持っていた広告業者の軽薄一郎が、計画的にいよいよとぼうとする時に、ベンツとBMWとジャガーのディーラーを鉢合わせさせて、互いに競争させますよね。あれなんてまさに、金持ちに見えるからみんな車を持ってくるわけで、逆に言えば金がなくても金持ちに見せさえすれば、平気で裏金をつくることができるわけです。こういうのは、バルザックの世界そのもので、『骨董室』では、田舎から出てきた馬鹿なぼんぼんが、大いに借金を重ねて、さらに金もないのにどんどん借金を重ねて、愛人の方も片っ端からどんどん借金して、ものすごい借金なんだけれども、外見は全然そう見えない。最後にはアウトになって手形の偽造までするんですが。

青木　ぼくも、小説はあまり読まなかったんですけど、友だちから、バルザックが膨大な物語を書いていると聞いて、古本屋でドストエフスキーとバルザックのどっちを読もうかなと迷ったことがあるんですよ。それでぼくはドストエフスキー読んだろいうところから入ったんですけど。

鹿島　ストーリー展開がありますから、最初に読むのはドストエフスキーがいいと思うんですけど、ずっと読んでいったら、やっぱりバルザックの方がおもしろいですよ、絶対に。これは保証します。

青木　そうですか。

●唯物論とはどんなものか

青木　お金に関してるわけですね、彼の書きたいところというのは。

鹿島　そうです。金なんですが、要するに一番大切なのは、あるがままに見よ、ということなんです。

青木　唯物論なわけですね。

鹿島　あるがままに見ようというのは、要するに人間を見るときに、この人間の担保価値はどんなものか、と、極端にいえばそういうことなんです。全部虚飾をはいだときに、この人間にどの程度の担保価値があるのかと。

青木　やっぱりいまの人でもそういう見方は嫌がりますね。

鹿島　嫌がるでしょう。

青木　日本人には、いやなやつやないうことになりますよ。やっぱりかぐわしいものが好きですから。

鹿島　その点、要するにフランスの場合は、人間性悪説ですね。小学生のときからそう教えられます。つまり人間は化かしあって、必ず裏切るものであると。で、裏切られるものであるから、裏切られないようにするには、人を信用しないにかぎると。

●「友情の証しというても」——保証人の問題

青木　例えば日本はいま、保証人が大変な問題になっとるじゃないですか。フランスでも保証人いうのはあるんじゃないですか。

鹿島　フランスでは、要するに手形の裏書きだけですね。それしかないですよ。

青木　借用証書とかそんなものはないんですか。

鹿島　ありますけど、借金するときに、保証人を立ててやるというようなことはありませんね。

青木　日本では結局のところ、だまされるな、信用するな、ということが教育されないから、こういう問題に対して安易になる面が歴史的にあったわけですね。

鹿島 むしろ人を信用せよというでしょう。連帯保証人になるということは、友情の証ですからね。

青木 だけど友情の証というて、倒産したら、みんな首吊り自殺までしとるやないですか。

鹿島 フランスでは絶対にありえないことですね。

青木 ぼくもとんでもないことやと思うんです。巻き添えにするんですから。うまいこといったときには友情になりますよ。でも資本主義では、とくにいまみたいな不況では、そうならん方が多いじゃないですか。それで、道連れですわ。これはもう改めないかん時期にきとるんじゃないですか。それと日本もこれから外国企業のどことでも競争していかないかんから、学校教育でこれをやらんと、とんでもなく負けてしまいますね。

鹿島 やらないといけないけど、日本の社会は、つねに上っ面のきれいごとの社会だからおそらく無理でしょう。

青木 いや、やらんと大日本経済大国はダメになってゆく気がしますよ。連帯保証人で首吊って死ぬことを思ったら、ずっとこっちを教える方が大切やと思いますけどね。

（一九九九年十月七日）

青木雄二（あおきゆうじ）　一九四五年京都府生。岡山県立津山工高卒。工業土木専攻。漫画家。『ナニワ金融道』（講談社）ほか。

いま読んでも「新しい」バルザック

町田 康
鹿島 茂

バルザックを読んでいると止められなくなって……。このスピード感に知らない間に持っていかれているような気がした。――町田 康

そうでしょう。バルザックのなかでは『ラブイユーズ』と『従妹ベット』がスピード感のある小説の双璧です。
――鹿島 茂

われわれは誰しも身の周りのもの、持ちものすべてに、
自分の生活習慣や思想を刻みつけている。

オノレ・ド・バルザック

『ラブイユーズ』のスピード感

●読みはじめたら止められなくなって……

鹿島　今回の小説のタイトルにもなっている「ラブイユーズ」というのは、この話のヒロインのあだ名のことです。本文中にもラブイユーズという職業の説明は出てきますが、枝で川を叩いてザリガニをおびき寄せて網に引っかける、その川を叩く係をやっていた小娘のことで、この小娘が好色な爺さんに拾われて、その後、大変な悪女に育っていくという話がまずあります。

「無頼一代記」という副題の方は、私たちが勝手につけたもので、ブリドー兄弟のうちの兄の、フィリップ・ブリドーという、甘やかされて育った悪党の一代記ということですが、こういったいくつかの話が絡んで、この小説の複線的ストーリーを構成しています。

今日、町田さんにきていただいたのは（ぼく自身町田さんのファンなのですが）、『くっすん大黒』でデビューされて以来、一部に新無頼派という言葉もあるように、どうしようもない男を描いた小説をいくつか書いていらっしゃる町田さんが、『ラブイユーズ』をいきなり読んだらどんな感想をお持ちになるのか、それを知りたいと思ったからです。新しい文学の世代を代表する町田さんに、一見古いと思われているバルザックがどういう感じに映るのか、そこらへんをぜひお伺いしたいと思いまして。

町田　じつはバルザックは全然読んだことがなくて、最初の印象としては、けっこうめんどくさいんだろうなと思っていたんです。分量もそんなたいしたもんじゃないだろうと。そう思っていたら、非常にぶ厚いゲラが送られてきて、一体これはどうしようと一週間ぐらい放置してたんです。それでめんどくさいから、一緒に送られてきたあらすじだけを読んで終わらせてしまおうと思ったんですが、読んでもわからなくて……。それで読みだしたんですが、そうしたら一瞬で……。

鹿島 この小説は人間関係が入り組んでいますからね。しかもストーリーも複雑に絡みあっているから、確かにあらすじの方がわかりにくいかもしれません。

町田 でも結局は、遺産相続の話ですから、ある意味で下世話なことに興味をもつ読者として読んでいったんですが、本当にテレビドラマのように、非常に俗な話がすごい速さで展開していくので、読んでいると止められなくなって……。こんなに止められなくてわくわくするのって、なんか気持ち悪いなあと自分でも思いながらも、このスピード感に知らない間に持っていかれているような感じがしました。

鹿島 スピード感でいうと、バルザックの小説のなかではかなり上の方に入ります。新聞連載として書かれたものですけれども、それにしても語り口があざやかです。読者も次から次へと運ばれていくので、連載当時もそうとう人気があったようです。

ただその後についていえば、あまり読まれてこなかったんです。邦訳も単行本で、だいぶ昔に出たくらいで、文庫には一度も入ったことがないと思います。ですからバルザックが好きだという人のなかにも、『ラブイユーズ』のおもしろさを知っている人はなかなかいない。でもこれがじつにおもしろいんですよ。仏文学を読んでいる人でも、読んだことがないという人が多い、隠れた名作なんです。

町田　本当はほかにやらなきゃいけないこともあったんですけれど、ずっとこればっかり読んでしまって、一日で読み終わりました。時間がなかったのに、おもしろくて止められないから、しょうがないんで風呂でも読んで……。でも風呂で読むとゲラがバラバラになっちゃうから、一回出て、置いて、また読める分だけの分量を持ってまた入って、と（笑）。全体の分量からするとけっこうあるはずなんですが、とにかく読んでいる間はそんな気はしませんでした。

鹿島　そうでしょう。話の展開ばかりか文体にもスピード感があってね。推理小説ぐらいの速さで読める小説ですね。バルザックのなかではこれと『従妹ベット』がスピード感のある小説の双璧です。

町田　たぶん書き方としても、はじめはだいたいのことしか考えていなくて、それで書くときに助走をつけながらやっていって、後からだんだんと話が見えてきたんでしょうね。そういう感じがしました。

鹿島　訳文もうまいですね。

町田　読みやすかったですね。それと文章に硬骨なところもあり、上品な文章だと思いました。それとこの小説は、小説をふだんあまり読まない人の方がかえっておもしろく思うかもしれないですね。知識や教養なんかに関係なく、読んでおもしろい。翻訳がいいからかもしれないけれど。いまの若い人でもこれなら入っていけるのではないでしょうか。

鹿島　そう思いますね。これは今回のセレクションのなかでも自信作のひとつです。絶対にお勧めできますよ。

●クサッとも思うけど、やっぱりおもしろい

町田 それと全体的な印象としては、ぼくなんかがいわゆる小説と思っているような小説とはだいぶ違う感じがしました。

鹿島 高村薫さんも、全く同じようなことをおっしゃっていたんですが、どんな点でそう思われましたか。

町田 まず、例えばいまこういう書き方をすると、あらすじしか書いていないじゃないかと言われるような気がします。

それとぼくは映画の俳優の経験もあるんですが、映画を撮影するときの気の遣い方というものがあって、例えば、絵画的な表現をしようと思っても、もちろん絵画的な表現をした方がカッコイイし、絵としてきれいなんですけれど、それじゃわからないなと思ったときに、ちょっと位置を変えたりして、要するに見てる人にわかりやすいように、ある程度、細工をするというか、そういう気の遣い方をするんです。そういう映画を撮ってるときの気の使い方で小説が展開されているような気がしたんです。いま一般に思われている小説での気の遣い方とちょっと違います。

鹿島 確かにそうかもしれませんね。小説とか映画とか、そういうジャンルが分離する以前の本当にごった煮みたいな感じで、しかも描かれているものには聖もあるし俗もあって、そこがバルザックの小説の魅力なんです。

町田 もともとはいたずらだったんですが、仲間に対してたぶんわからないだろうと思って本物と

模写の絵を入れ換えたのを兄貴が幸運にもまちがえるところがありますね。そういう話の運び方は、ウワッ、そうか、と思うけれど、クサッとも思うけれど、やっぱりおもしろいですね。

それとフィリップ・ブリドーが、施療院かなにか、どん底みたいところに連れていかれて、あれでもうだめだろう、出てこないだろうと思うのに、復活してきますね。橋の上でだめになって、病院に入れられて、ふつうここで死ぬんだなと思うんですが。

鹿島 けっこうしぶといんです。バルザックの小説でうまく描けた悪党というのは、ターミネーターみたいなやつなんです。おお、死んじゃったかと思うと、またむくむくと生き返ったりして、今度こそアウトだろうと思うと、それでも切り抜けたりする。

町田 ただ、どこで学んだのか、このフィリップ・ブリドーは、後半、急に頭がよくなりますね。

鹿島 拘置所から出てきて、前半と後半では頭のよさがだいぶ違ってる（笑）。

町田 いまこういうことをやると、きっとメタメタに言われますよ。全然違うじゃないかって。

鹿島 最初に書いた部分に後から付け足したり、けっこうバルザックはそういうことをやってるから、前半と後半でだいぶ違ったりすることがよくあるんです。

町田 でも納得して読んじゃいますね。その方がおもしろいし。つまらない方に変わっちゃうなら読めなくなるんですけれど、自分がおもしろいと思う方に展開していくなら、許容して読んでしまう。厳密なことをいいだすと、とんでもなくおかしなことはいっぱいあるんですけれどね。でもおもしろいと、そういうところは見えないんです。

鹿島 そうですね。このいいかげんさが逆にいい。

あとバルザックがよく使う技法なんだけれども、スペイン人の男が虫けらみたいに思われて、さんざんばかにされていたのが、反撃に打ってでて、主人公をひっくり返してしまうというところがありますね。これも、哀れにそのまま終わってしまうのかと思えば、最後の方になると……。

町田　ぎらぎら物陰から見てるという……。本当に映画的ですね。だから映画でもおもしろいかなと思ったんです。

鹿島　バルザックの小説は一般に映画になりにくいんですが、これはすごく映画的な技法をそのまま、という感じですね。

町田　忠実にやったらすごく長くなっちゃうだろうけれども、でも映画が見てみたいですね。例えば、ブニュエルとかが撮ったら、どんどんめちゃくちゃになるんじゃないでしょうか。

鹿島　そうですね。ブニュエルあたりならよさそうですね。

町田　それと、田舎を仕切ってる悪いやつ、マクサンス・ジレなんかには、自分の出生についての記憶はあるのかなあと思ったんですが、というのも、普通の小説の読み方だと、この人はなんでこういうことをするのかな、というところに興味をもつわけです。だからあそこまで極悪なら、極悪になる理由がどこかにないと……。

ぼくは人間が極悪化する理由というのは、じつはあまり解明されていないと思っていたんです。例えば、極悪な犯罪者に対して、この人が犯罪を犯したのは子供のころにこういう心の傷があって……、というのがよくあるでしょう。そんな絵に描いたようなバカなことはないと思っていたんです。それはただおもしろくするためにやってるんだと。でも最近、いろいろと現実の現象を見ていると、わりと簡単なルールというか、三つか四つぐらいの理由で人間は極悪人になったりするんだな、というようなことを思うようになって、とにかくそういう意味では、バルザックはいさぎよくていいですね。何にも書いてなくて。水戸黄門の悪人みたいで。普通、そこを書かないと怒られるでしょう、なんでそんな悪人なんだって。

●ひとつの人格のような町、イスーダン

町田 ただ土地の説明は、知識がないので少し退屈しました。

鹿島 退屈しますね。けれども、これはまだいい方です。ふつうならバルザックは土地の説明だけで終わらせない。まず土地の説明があって、次は家の説明があって、次に服の説明があってと。『ペール・ゴリオ』はこの典型です。そこへいくと、この小説ではバルザックもひかえてるなという感じがしました。

ただこれでおもしろいと思ったのは、一つの田舎町全体が何か人格のような感じをもっていて、いろいろとやりますね。一つの町が本当にうわさ好きで、しかもかなり辛辣な人間観察のようなことをやる。

町田 時代は全然違いますけれど、『阿Q正伝』や『突囲表演』の町がめちゃくちゃになるとか、町の混乱感というのと似た感じを受けました。

それと町の人格ということでいえば、小社会でみんな風評を気にしてるところがあるでしょう。だからジレでも評判をすごく気にする。

鹿島 そう。あんな悪党でも、最後は名誉で決闘せざるをえなくなる。

町田 あの荷車を壊すいたずらもなんで町が許したかというと、あの人が嫌われていたからでしょう。よそ者で、儲けてばっかりいたという。

●独特な都市、パリ

町田 それともう一つの舞台のパリについてですが、あのパリの歓楽の感じは、なんとなくわかるような気がします。

鹿島 ああ、パレ・ロワイヤルですね。パレ・ロワイヤルというのは麻薬と売春とショッピングの殿堂だったところです。

町田 イメージでいうと、貴族というのは、あまりそんな下賤なところには行かないものかと思ったら、わりとみんな、そんなところで遊んでいて、おもしろいなと思いました。

それとパリには、住むと人が変わるようなところがあるんじゃないですか。というのも、ちょっと時代は違うんですが、過日、「ゴッホ展」というのを見てきたんですけれども、パリに住んでいた時代の絵はちょっと違う感じがしました。

鹿島 ゴッホでも違うでしょう。

町田 色とか……、独特の何か感じるものがある。

鹿島 そうですね。リルケは、「本当の大都市の孤独というのは、パリに行かないとわからない」といっています。そしてその孤独感というのは、普通の町だと、孤独が胸のなかに降りてきても、あるところまで来ると底があってそこで止まるんだけれど、パリにいると、その底を突き抜けてドーンと下まで行ってしまって、際限なく孤独がある、ということをいっています。独特なところですよ、パリは。

●俗なものも含んだ文学

町田　ところでバルザックはあまり読まれてこなかったということのようですが、何か理由があったんですか。比較的ドライな感じが日本の感じになじまなかったとか……。

鹿島　外国から小説を輸入する際のメルクマールというのが当時の日本にあって、それは、小説は恋愛を描かなきゃいけない、というものでした。すると西鶴みたいなのは、いかんと。『南総里見八犬伝』も近代小説ではない。近代小説には、恋愛というものが中核になきゃいけないというので、そういう基準で外国の小説をより分けていたということがありますね。

町田　なるほど。そういう考えはいまでもありますね。恋愛に限らずですけれど、というのは、なんで恋愛かといったら、恋愛というのはわりと個人的なことだからで、小説というのは、個人のなかにあるものを人間関係のなかで描かなきゃいけないといったところは確かにありますね。

鹿島　そうなんです。本来、文学というのは、通俗あり、純愛ありで、ありとあらゆるものがつめこまれたものだったんですが、恋愛とその恋愛に悩む個人の内面というものから「純文学」が作られてしまった。それで、それ以外のものは、全部通俗小説にお任せという感じになったんです。そういう事情があって、ありとあらゆる夾雑物を含むバルザックみたいな小説は、なかなか日本では理解されなかったんでしょう。

町田　そうですね。こういう社会的な関係をドライに描いたものとか、非常に残酷なことを物笑いの種にするとか、そういうのはあまりないですね。西鶴とか近松まで遡れば、そういうものもあるんでしょうが。

鹿島　もともとはそういうものが純文学であったわけです。近代文学が失ったのはそのあたりでしょうね。

町田　ぼくは、この小説を広沢虎造の「清水次郎長伝」みたいに、ちゃんとした人がやれば浪花節語りみたいなもので、充分後世に残る芸ができるんじゃないかなと思うのですが。

鹿島　戦前はけっこうそういうことをやっていたんですよ。例えば、ちょっと脱線しますが、大正中期に出た、ゾラの『金銭』という小説の「翻訳」があったんで買ってみたら、作ゾラと書いてあるのに、出てくるのは全員日本人でした（笑）。

町田　『レ・ミゼラブル』みたいに、日本人が芝居をやってるような感じですね。

鹿島　アイデアだけをいただいていたりすることがあるんです。

町田　『半七捕物帳』なんかもそうですね。

鹿島　『半七捕物帳』の岡本綺堂にしろ、野村胡堂にしろ、あの人たちはインテリだったから、海外小説を一生懸命読んで、翻案をしているんでしょう。

町田　この小説は、浪花節でやったらおもしろいんじゃないかな。

鹿島　浪花節でやったら、これは泣かせますよ。

町田 最後は、ぴたっと親孝行で、善が栄え、悪が滅びる。

鹿島 勧善懲悪ね。

町田 完全にパターンをおさえていますからね、ツボを。実は、過日浪花節を書いたのですが、親孝行が書けなくて失敗しました。演者の国本武春に浪花節というのは親孝行が入ってなきゃだめだと言われて。

●「頭蓋骨の中から金を取り……という、その一節は、実にリアルでした」

町田 この話に出てくるお金の単位は、いまの円でいうとどのくらいになるんでしょうか。

鹿島 いろんな説があるんだけれども、わかりやすく言えば、一フランが千円という感じですね。これでだいたいわかると思います。要するに役人とか学生が一年間パリで暮らすには、最低限の生活で、年間千二百フラン、百二十万円、ひと月十万円。

町田 じゃあ、年間四百フランの軍人恩給というのは、それだと全然足りないですね。

鹿島 そうでしょう。日本の軍人恩給でもそんなものでしょう。とてもそれだけでは食べていけない。

町田 ぼくはもうちょっと高いものと思っていました。

鹿島 ただ、当時は食い物と家賃は安かったんです。

町田 一万フランということは、一千万円。最後に築いた遺産っていくらでしたっけ。

鹿島 すごい金額ですよ（笑）。

町田 最初、利殖で作った金が七十二万フラン、とあったんで、ということは、七億二千万円。

鹿島 博打も、十五万フランまで勝ったっていうから、一億五千万円くらいですね。

町田 でも、そんなに稼いでも、それで堅実に国債買ってとか、そういうふうにはたぶんいかない。いやいくのかな、最後は確かに利殖もやっていますね。

鹿島 当時は銀行に貯蓄という形で預けるということはほとんどやらないから、お金を貯め込むには国債を買うわけです。国債がだいたい何パーセントかな。

町田 けっこう率はいいですね。

鹿島 そう、五パーセントぐらいですね。

町田 でも最後に銀行家にだまされるんですね。いままできつきつでやってきたのが急に伯爵になって、ちょっと腋があまくなりましたね。それまで人を全然信用していなかったのに、なんで最後はしちゃうんだろうと思いました。

鹿島 このニュシンゲンという銀行家は『金融小説名篇集』の「ニュシンゲン銀行」という中篇の主人公で、もう一人のデュ・ティエという相棒も、『セザール・ビロトー』という小説に出てくる悪役です。このコンビはいたるところにちょいちょい出てくるんだけれども、こいつが出てくると、バルザックを読んでいる人は、ああ、またあの悪党かって(笑)。

町田 全然、関連はないんですけれど、印象的だったのは、ぼくもやっぱり現実のことを、セコイ現実ですけれど、何億というお金のことは書いたことはないですけれども、お金をしまう場所というのを小説の中で何度か書いたことがあって、頭蓋骨の中にお金を入れておくというのは、なんかすごく入れたくなる気持ちがわかる。頭蓋骨の中から金を取り……という、その一節は、実にリアルでした。

バルザックの描く人物の実在感

●徹底的な悪漢小説

鹿島　母親が大好きな長男フィリップを甘やかし、こいつがとんでもないやつになるんですが、この関係はじつはバルザックの家庭をかなり反映しているんです。ただ、兄弟の順序が逆になっている。バルザックは長男だったけれども母親にうとまれ、次男のアンリは、おふくろさんが猫かわいがりしたために、まさにフィリップと同じような運命をたどった。本当にどうしようもないやつで、外国に行かされて、そこで一文なしになって戻ってきたり、ということを繰り返している。この弟をかなりモデルにしていますね。

町田　この母の愛というのも一見崇高なものに描かれているように見えて、でも普通に読むと、これは気狂いだよなって思いますね。ちょっと盲目的というか。

鹿島　バルザックの母親自身、まさにそうだったんです。バルザックがいくら名誉を得ても、そんなものは彼女にとって何の価値もなくて、ひたすらだめな次男の方をかわいがった。当時は遺産相続が大きな問題としてあったから、どんな家庭にも必ずあったドラマなんでしょう。バルザックにとって母親に愛されない子供というのは、一つのテーマになっています。

町田 いまの日本でもこの話は現実に多いですよね。兄弟のうちの溺愛された方がグレちゃって、親の年金まで使って、ずっとぶらぶらして、虐げられていたやつの方が親の面倒をみるという話は、ぼくもけっこう聞きます。

鹿島 ただ、ジョゼフ・ブリドーの方にバルザックも肩入れしているという感じはするけれど、読んでみると、描写としては圧倒的にこのどうしようもない兄貴の方がうまく描かれています。とんでもない悪党が、最初から最後までひた走りに走って、そのまま駆け抜けてしまうという小説は、そうはないんですが、これはすばらしいピカレスク・ロマンに仕上がっている。

町田 悪漢小説と。

鹿島 普通のピカレスク・ロマンの主人公なら、どこかに同情できる余地があるものだけれども、フィリップは本当にどうしようもないやつで、このどうしようもなさかげんというのが、じつにすごいなと。とくに博打のところなんか、どうお感じになりましたか。

町田 いわゆる博打をやる人の典型で、儲けたところで止めとけばいいのにっていうパターンですね。

鹿島 町田さんは賭け事はやられるんですか。

町田 全然やらないです。興味もないんですけれど、ただ、逆にやらない方がわかるところがありますね。

鹿島 この博打という要素は、バルザックの小説の中でいたるところに出てくるんです。例えば『ペール・ゴリオ』の中で、主人公が自分の愛人に頼まれて賭場に出かけて、その時だけは成功するんだけれど、あとで自分でやりだすとすってんてんになる。『幻滅』という小説の中でも、博打打ちの心理がよく描かれています。フィリップ・ブリドーにいたっては、家族からなけなしの金を情け容赦なくむしり取っていってしまう。それを博打につぎ込んで、いささかもすまないと思わないところなんかは、一種の爽快感すらありますね。

●「おまえ、動物か？」みたいな欲望の生々しさ

町田 例えば、江戸の放蕩する若旦那や浄瑠璃などにある、あるいは江戸じゃなくても西鶴とか。そういうのって一抹の虚無感というか、目つきに漂う、終末感といったことがなんとなく想像できるんですが、でもよく考えてみると、この話ですと、自分の欲望に生にわしづかみにされているみたいで、自分の欲望に対して距離を全然保てない、そういう動物的な感じもしますね。

それで、ここ十年、二十年ぐらいのことで考えても、人間の生々しさというのがどんどんなくなってきているというか、人としゃべってても、生な人間の感じがしなくなってきている。ほしいとそれほど強く思わなくても、いろんなものが簡単に手に入るようになってきたわけですから。でも、あまり社会との接点がないために、二十年とか三十年ぐらい止まっているような人も時々いるんですね。

鹿島 欲望が生で露出しているような人ですね。

町田 こういう人をいま見るとすごく生々しい。時々、この人なんでこんなことするんだろうみたいな、単純粗野な犯罪をする人がいるでしょう。いまの屈折した犯罪とは違って、ただ単に金がほしかったから殺して逃げたみたいな……。おまえ、動物か？みたいな感じ。でも以前は、ある程度みんなそうだったのかもしれないですね。なんか生々しいな、こいつ極悪だなというぼくらの思い方自

体が、昔の思い方とちょっと違うのかなという気もします。

鹿島 なるほど。この小説の背景になっているナポレオン戦争の後の時代には、元ナポオレン軍の兵士で、やることといったら王政復古の世を呪って、酒場でとぐろを巻いて、酒を食らって、博打をやるしかないという、こういうタイプの人間が多かったようで、当時の小説の方々に出てきます。

町田 この小説の中にもいっぱい出てきますね。

鹿島 『レ・ミゼラブル』や『マダム・ボヴァリー』の中でも、これとまったく同じ類いの人間が描かれています。戦争に行っていい思いをしたがために社会に適応できない。腕力にすぐれていて、戦争の時代にはそれが長所だったのに、帰ってきた後は、逆にそれが社会に適応できない原因になってしまう。そういう人間がいっぱいいたわけです。終戦直後には日本でも、特攻帰りなどこういう欲望むきだしのパワーをもった男たちがいたでしょう。

町田 例えば新撰組とか、私設軍隊みたいな、百姓なんだけれども、一応、武士になれるようになって、無用のパワーを発揮して、ひんしゅくを買って、みたいな感じ。

鹿島 同じような革命の時代ですから、同じように無頼の群のパワーというか、パッションがあったんでしょう。ただ最後に、フィリップ・ブリドーが出世して、貴族になって、このまま勝ち逃げしてしまうのかなと思わせるんだけれども、さすがに当時の小説だとそこまではできない。

町田 最初の献辞も、こういう背徳的なものを書くのはよろしくないという風潮がやはりあっただろうから、その予防として書いているんですか。

鹿島 そうですね。シェイクスピアの戯曲のように、悪いやつがさんざん出てくるのに、終了五秒前になって悪党は全員死んでしまいましたという感じですね（笑）。そこのところで、非難をかわすというような、そういう工夫がされている。でも現代だったらこのまま勝ち逃げでしょう。

それと、弟のジョゼフ・ブリドーみたいに一生懸命努力して、いい仕事をやる人間も出てくるけれども、そういうやつはやはり小説の中では引き立て役なんですね。そいつが主人公になればおもしろくなくなってしまう。ただ最後に善人は栄え、悪は滅びる、という紋切り型にちゃんと落ちついてくれるのは、それはそれで安心感もありますが。

町田 なんだかんだいっても、やっぱり悪が栄えると気持ち悪いですからね。でももっと極端にもやりたくなりますよね。悪徳の栄えとか、美徳の不幸とかみたいな。

●感動というよりおもしろいという感じ

町田 この小説がなんでおもしろかったかというと、なんか最近こういう人が増えている気もするんですね。なんだか意味不明の極悪な行為とか、自分と他人の区別がまるっきりついていない人とか、愛に狂った母親とかですね。

鹿島 かなり壊れてる人ね。

町田 だから小説というジャンルの中でとくに顕著なのかもしれませんが、先ほども話題になりましたが、個人からの発信っていうのがあるでしょう。個人の思いとか内面の吐露みたいな。自分はこんなにいろいろな体験をして、こんなにつらかったりうれしかったりしたことがあったんだ、そういう自分の体験にはけっこう深みがあったり、広さがあったりするものだと思ってずっとやってきたわけですが、ある程度そういうこともすでにやりつくされていて、逆にいまは、そういう個人みたいなものがだんだん退化しているというか、ここ十年で、日本の場合、二百年分ぐらい戻っているんじゃないかなという気がします。そういうこともあって、この小説がリアルに感じるのかなとも。

鹿島 かつて、ダーウィンの進化論に対してキュヴィエという人が、退化論というのを打ち出したそうなんです。時代によって生物の形が変わっていくのは、進化ではなく退化だと主張した。そっちの方が当たっているんじゃないかな。

町田 思えば、二十年前、ディーボなんてバンドもありましたしね。そういうぶっこわれた人とか、凶悪な人の目つきとか、ふるまいの感じが自分にとってすごくリアルだからおもしろいんでしょうね。

鹿島 人間が小粒になっているとはいうけれど、いまの社会は遠心力が働く社会だから、内部ではみんな凡庸というか、おもしろみのない人間ばっかりでも、周辺の方にいくと遠心力が働いているから、キレてしまって、われわれの常識では計り知れないような行動をする人間もけっこういますね。

町田 そうですね。いると思います。時々、地方のニュース映像とか見ていると、こんな人まだいるのか、みたいな人がけっこういますからね。

でもピカレスク・ロマンといって人間の闇みたいなことを書いて、これは非常に特殊なことやで、っていってるのかと思ったら、そうじゃなくて、これ特殊なケースやないで、ってそういう気がするんです(笑)。

鹿島 まったくそうですね(笑)。人間が小粒になって、昔みたいな大物はいなくなってはいるけれども、壊れた人のその壊れ方の加速というのがありますね。

町田 この話でも、みんなすごくシビアにお金のことを考えていて、読んでいて思ったのは、日本的な人情とか親孝行というのとまた違った感じで、守銭奴も死ぬ時に遺言状を書いて相続をさせる。そんな守銭奴だったら、墓まで持って行ってしまえばいいのに、そういう感じでもない。すごく合理的なんですけれど、ただ動機の部分は単純でしょう、みんな。だからスピードもつく。

鹿島　動物的というか。

町田　わかりやすい。いまの人だと動機って有名になりたいとか、あいまいでしょう。お金の流れ方も、そんなに単純ではないような気がして。どこをおさえればいいのかわかってる人もいるでしょうけれど、普通の市井の人にとっては、この小説が描かれている時代ほどには、それがわからないと思います。

鹿島　ある映画監督がＡＶのオーディションに来る女の子を観察したそうなんですが、応募理由は何かと尋ねると、お金かな、というのが多いそうなんです。でも、そういうふうに一応お金ということを口実にしてはいても、自分でもはっきりその理由がわかっていないらしいんです。逆に、理由をいえるような子はＡＶには来ない。だからいまは単純な金ほしさだとか、快楽とかいわれている一方で、欲望の理由というか、その元になるものがはっきりしなくなってきたということがありますね。

町田　だからいま小説とかで、それまで積み重なってきたもの、自分の気持ちとか、恋愛の体験とか、つらかったこととかを書いても、あんまり生々しくないというか、そこのところがモヤモヤとしていて、逆にこういうわかりやすい欲望がとり上げられて、すごく通俗的な二時間ドラマとか、Ｖシネマとか、ああいうものになってしまうんですね、簡単に。でもこれは描き方の問題であって、これまで小説が捨ててきてしまったような、そういう要素をとり上げて、いま創作するにしても、ちゃんとやればすごく可能性はあるでしょう。で、それがうまく描けているこの小説は、読むと、感動というよりもおもしろいという感じがしますね。

鹿島 そうでしょうね。感動ということでいえば、いまは、昔でもありえないくらいの通俗的なレヴェルで、感動の共有みたいなことが行われていますね。けれどもそうじゃなくて、単純におもしろくて、どんどん人を引きつけていくようなものを、推理小説ではない形でやってほしいわけです。でも、そういうものはなかなかないですね。となると、バルザックしかないな、となってしまう。

町田 推理小説のことは、よくわかりませんが、例えばこの小説を読みすすめていく動機というのは、単に遺産がだれの手に渡るのか、ということだけじゃないんですね。登場してくる極悪人自体に対して、こいつはどういうやつだ、なんだこいつという謎、人間に謎があるという感じです。しかもそれでいて、謎とはいっても、別に言ってもしょうがないような悩みを吐露されて困るというわけでもないですしね。

●どんどん吸い込まれていくような快楽

鹿島 ところでヒロインのラブイユーズの描き方はどうでしたか。

町田 リアルでした。哀れだなと感じました。とにかくかわいそうだなと思ったんですが、素人の意見ですね、かわいそうだなんて。

鹿島 ラブイユーズもかなり悪い女ですが、最後はフィリップ・ブリドーに苦もなくやっつけられてしまいますね。

町田 結局、ずっと一人の男に頼りきってきたわけでしょう、それも惚れて。惚れて頼りきっていたのが負けちゃったら、自分ももろとも負けなきゃしょうがない。逆に、いまの小説だったらもっと女の方がしたたかで、たぶんフィリップ・ブリドーにすぐ乗り換えて、ますます悪は栄えるというふうに展開するのかもしれないけれど、いっしょに持っていかれちゃうというのは、なんかかわいそうですね。

鹿島　バルザックはこのほかにも悪女を何種類か描いていて、『従妹ベット』の中でもヴァレリー・マルネフというとんでもない悪女が描かれていますが、こいつはもっとしたたかです。

この小説の場合、構造的には、ゾラの『テレーズ・ラカン』という小説、映画だと「嘆きのテレーズ」というタイトルになっていますが、そのシチュエーションとよく似ています。小さいときにもらって育てた子供が伜と仲良くなって、伜がその女の子に頼りきって、いいなりになってしまう。その後、その女に本当に好きな男ができてしまうというシチュエーションです。

町田　いや、そこが読んでいて新しい感じがするんですよ。つまり、さっきの理由のない極悪とか、理由の描かれない極悪とか、女性が本当に男にやられちゃうというか、影響されたり、環境によって変わるんだけれども、最初はなんでもない。それがお金持ちになって生活するうちに、すごく高飛車な女になり、家を支配下においちゃうところが、逆にいろいろつくった感じよりも新鮮な感じがしたんです。

鹿島　あと、ぼくがうまく描けているなと思ったのは、ばか息子のジャン=ジャック・ルージェです。

町田　あれはいいですね。

鹿島　いいでしょう。女が逃げるといったとたんに泣いてしまって……。

町田　あの人もなんかどんどんばかになっていきますね。最初に出てきたときはそれほどでもなかったのに、最後の方は、もうどうしようもなくなっていく。

鹿島 この小説は加速度がついていくんですね。

町田 読んでる方の話の中への入り込み方のスピードとちょうどシンクロしてるから、いいんですね。

鹿島 一つのベクトルに向かってどんどん進んでいく。こういう力強さで運んでいってくれる小説というのは、いまの小説にはないから、いま読むと非常に新鮮ですね。

町田 本当はそれこそが小説を読むおもしろさだと思うんです。共感できるなと思ったのは、ぼくはそんなに破滅的な体験はしたことはないんですけれど、なんか悪いことをするときというのは、こんな悪いことやっちゃいけないな、やっちゃいけないなと思いながらも、どんどん吸い込まれていっちゃうというか、悪いことをやって、ああ、やっちゃってるよ、と思いながらしびれるような快感を頭のなかで感じるというような、その吸い込まれ方というのがあるんですね、悪さとかこっけいさとか、愚劣さにも。悲惨さもそうだし。ジャン＝ジャック・ルージエの恥態・狂態にも、読んでいるとそういう爽快感があるんですね。

鹿島 なるほど。

町田 自分と重ね合わせても重ね合わさなくても、止めどなくなっていく快感というか、現実にはできないことをやっているという快感ですね。だから、おれは変な目をして読んでるのかなという気がしました（笑）。

鹿島 例えばさっきいった、ゾラの『テレーズ・ラカン』という小説には、こういう加速感覚はない。書いていくうちにどんどんバルザック本人もこう描こうと……。

町田 そうだと思います。興奮して……。このルージェは考え方がどんどん変わるでしょう。フィリップと会っているときはそっち側の意見に流されていって、ラブイユーズに言われると、そうそうって。優柔不断というか、何一つ自分で決定できない。例えばダメな企業の経営者とかによくいるかもしれないし、よくわかりますね。

●類型的な人物も「端倪すべからず」

鹿島　バルザックにもある意味で類型的な人間が出てくるんだけれども、類型的だと思っていると、底が知れない。ちょうど「端倪すべからざる」という言葉があるけれども、なかなか簡単にはわからなくて、最後のページまで読んで、ようやく、そうかと。だけど、それでもまだわからないという……。

町田　知り合いに親戚というのがものすごく苦手だという人がいて、田舎の人なんですが、なにかというと親戚が集まるらしいんだけれども、なんか異常で、どう見てもおかしいやつばっかりだというんですね。でも、その人たちはみんな普通の人のようなんです。普通に社会生活をしている人なんですけれども、親戚という局面で見るとみんなおかしいと。だから、みんな凡庸な人というか、類型的なんだけれど、よく考えると類型的なものほどやはり「端倪すべからず」だと。

鹿島　それこそまさにバルザックの世界なんですよ。凡庸で類型的なやつほどね。そういうやつが類型的でなく描かれたときのすごさというのがありますね。

町田　普通の人を描くという方法もたぶんあるでしょうけれど、これとはちょっと違いますね、みんな一応役をちゃんと与えられているし……。

鹿島　いまの小説は、ごくつまらない、そこらへんにいるようなやつを描く方が、突飛な人間を描くよりも王道だというように変わってきていますが、描き方自体が凡庸だからちっともおもしろくなくて、そもそもこういうのを読むこと自体に何の意味があるんだろうって思ってしまう。そこへいくと、バルザックが描いているのは、どこかの類型には入りそうな人間ではあるけれども、パッションの大きさというか、矮小な人間の、その矮小さの度合いの大きさといったらいいのか、それがとてつもない。

町田　やはり演劇的な要素というのがそうとうありますね。いまは分かれちゃって、全然別物ですけれど、混ざっている感じがしますね。ただぼくも俳優をやるときに、脚本が平板で、それで役を与えられても類型的すぎてできない役があるんです。演出が要求していることは理解できるんですが、自分がやっててておもしろくない。例えば現代劇で、いかにも悪人みたいな服装をして、いかにも悪人みたいな感じで、いかにも悪人といったせりふをしゃべる。でも現実にはそんな人はいないから、やるとしたらウソを本当らしくやるわけで、なんかウソのためのウソみたいなところがあって、自分としてはやってもおもしろくないんです、平板で。でもこの小説には奥行きがあるんです、その背景というか。お祖父さんの遺伝のことまであるし、だれも気がつかないけれど（笑）。脇役にいたるまでそれがあるから、たぶんおもしろいんでしょうね。

●現実に存在してそうな人物たち

鹿島　そういう意味で、ほかにおもしろかった人物はいらっしゃいましたか。

町田　ぼくが一番よかったのは、オションさん。オションさんのお祖父さんの方。オション氏は、最初こいつも曲者だな、ヤバイなと思ったんですが、途中からだんだんいい人になってくる。一応筋の通った、秩序側というか、保守的な人、あるべきところにものはいくべきだという考えの人ですが、とにかく最初のパンを持ってくるところは実によかったです。

鹿島　バルザックの小説によく出てくる典型的なケチンボですね。

町田　ええ、いいですよ、あれは。そういうのって本質的な部分でたぶん変わらないんでしょうね。落語なんかでも、「化け物遣い」というのがあるんですが、まったく同様のケチな人が出てきます。

それで、これを最後まで読んで思ったのは、たぶんもっと若いときに読んだとしたら、こんなやついないよって思うだろうと。ある程度、小説としておもしろく描くために誇張したり、デフォルメしたりしているだけだろうと。でもいま読むと、わりとこういうやつ、本当にいるんだよなって実感が持てますね。兄のブリドーの方も、極悪ということでいうと、すごく特殊な極悪、際立った極悪のように普通は思わないといけないのかもしれないんですけれど、いま読むと、普通の極悪で、でもそれが凡庸でおもしろくないというわけではなくて、すごくおもしろい。なぜかといえば、すごくありありと実在感を感じるからですね。

鹿島　こういう人間なら実際に出会いそうだと。

町田　だからやはり、人間の欲望の元素とか、原型みたいなものが、たぶんいくつかあって、それはものすごく単純なものなんですけれど、それがとてもうまく接合されて一人の人間、それぞれの登場人物になっているので、それでたぶん止められなくなるんだろうと思います。

鹿島　なるほどね。だからバルザックを読んでいると、現実で、新しいタイプの人間に出会うと、あいつはフィリップ・ブリドーみたいだとかいうことになるのだけれども、でもじつは小説の方がはるかに実在感があって、むしろ現実の人間の方が、その実在感のあるバルザックの人物の、かなり程度の落ちたコピーみたいな印象を受けてしまいますね。

町田 それと、人をある程度うまく描けるというのは、たぶん現実に見たもの、自分の家庭の問題とか、実際の人間とかの場合であって、逆にその意味でいうとなるほどなと思ったのは、兄に比べてジョゼフ・ブリドーが、最後までいい人なのは、やはりちょっと自分が入っちゃったんでしょうね。

●「小説に対する視野が広がった」

町田 最近いろいろ読んでいるんですけれど、今回この小説を読んで、小説に対する視野がちょっと広がったような気がしました。

鹿島 バルザックを読んで、新しい文学を作るということですね。

町田 ただこれはいまやったらたぶん怒られますよ（笑）。

鹿島 でもこれを読んだらクセになって、バルザックのほかの小説も読みたくなりませんか。

町田 そうですね。俄然なんか読みたくなっちゃう。

鹿島 しかもこれは一作だけでも十分楽しめるし、ここで端役だったやつがほかの小説だと主人公になったりして、その全体的な広がりが楽しめる。だから一つ読んでおもしろかったら、次をぜひ読んでください。そうしたらもっともっとおもしろくなって、それだけで読んだらつまらない小説でさえおもしろくなると、ぼくは勧めてるんだけれども。

例えば、フィノっていうのが出てくるでしょう。新聞社の社長ですが、ここではけっこう鋭く描かれているんだけれども、ほかの小説だと、あれ、同じフィノのはずなのに違うんじゃないか、という全然違ったイメージで出てきたりするんです。でもこれがまたおもしろいんですよ。

町田 なんか「バルザック一座」みたいな感じですね。

鹿島 そうそう、「バルザック一座」。

町田 今回はちょっと地味な役なんだけど、とか……(笑)。

鹿島 ぼくが最初にフィリップ・ブリドーに会ったのは『幻滅』なんですが、そこではフィリップ・ブリドーは悪党グループの中の端役として出てきた。ジョゼフの方は「セナークル」という善人グループの中で一、二度出てきて、名前がちょっと印象に残るくらい。それがこういう具合に主役を張るというか、昔の東映のやくざ映画だと、それまで端役だった菅原文太が一本立ちして主役を張る、というような感じですね。

町田 座長クラスで(笑)。

鹿島 そうそう(笑)。

(一九九九年十二月十日)

町田 康(まちだ・こう) 一九六二年大阪府生。作家・詩人。主著に『くっすん大黒』(文藝春秋)野間文芸新人賞・ドゥマゴ賞受賞。『きれぎれ』(文藝春秋)芥川賞。『土間の四十八滝』(メディアファクトリー)萩原朔太郎賞等。

神秘の人、バルザック

植島啓司
山田登世子

外側から見ると欲望まるだしの人間が、内側から見ると全然違っている。それがバルザックの秘密だと思う。
――植島啓司

堕ちていく人間の欲望ばかりが沸騰している世界なのに、『人間喜劇』全体はなんだか明るくいのちがたぎっているんです。
――山田登世子

みずから身を任せてくるけなげな娘のために、
われわれ男が命を落とすことなどありえない！

オノレ・ド・バルザック

哲学小説——『あら皮』

●『セラフィタ』と『あら皮』

山田 植島さんは、バルザックの小説ではどんなものを読まれたことがあるんですか。

植島 昔読んだのは『セラフィタ』とか『谷間の百合』あたりですね。

山田 やっぱり『谷間の百合』ね（笑）。でも『セラフィタ』はめずらしい。

植島 あのころ、バルザックは文庫になったのしか読んでいませんから、あまりたくさんは読めなかったんですね。それに当時はあまりバルザックが読まれなかったってこともあります。

山田 『谷間の百合』は退屈です。でもタイトルは一番いいですね。『ペール・ゴリオ』とか『セザール・ビロトー』とか、バルザックは、想像力のわかない題が多い。『あら皮』という題も決めるのにすごくもめて苦心しました。バルザックはタイトルが下手な作家なんですね。スタンダールだと、『赤と黒』なんてカッコイイんですけれど。『ラブイユーズ』とか『ウジェニー・グランデ』とかいわれても、何なんだろうってわからない。それで今回のセレクションでは各作品に副題をつけたんですが、その場合、例えばこの『あら皮』にしても、副題をどうつけるかは、こっちの解釈なんです。

植島 ぼくも『あら皮』っていうタイトルは昔から知っていましたけれど、たしかに読もうという気にならなかった。

山田 そうでしょう。読む気にさせないんです、タイトルでは。でも『セラフィタ』を読んでいる人なんてめったにいないのに、さすがですね。

植島　あのころ、両性具有とか、そういうことばかりを原稿で書いたりしていましたから。それで『セラフィタ』とか……。

山田　私の勘がズバリ当たったみたいですね。今回『あら皮』の対談に植島さんをお招きしたのは。バルザックは『セラフィタ』でも『あら皮』のテーマを追求しているんです。欲望論という点で。それから、一種の神秘小説という点でも二作は共通している。でもこういう作品は、いってみれば図式的ですよね。『あら皮』も今回のセレクションの他の作品とは感じがちがいます。おそらく植島さんも読むのに時間がかかったんじゃないでしょうか。スラスラ読めるという感じではないでしょう。

植島　最初の二、三頁を読んでやめようかと思いました。ただ最初が博打のシーンだったのでまだ読み進められた（笑）。でも、結局のところ、すごくおもしろかったですよ。今回、この機会に読んでみて本当によかったなと思います。こういうことがなかったら一生読まないで終わっていた。

山田　バルザックの読者も、この作品は新鮮でしょうね。いわゆる通俗的な事件性にはとぼしく、思弁的で、人物群はいささか図式的。ここではバルザックはものすごく観念家なのですよ。この作品をバルザックは哲学小説に分類しています。当時、ホフマンが流行っていたことも影響している。バルザックは器用な作家でもあって、そのときどきのトレンドをベースにして自分の世界を展開するということもけっこうしているんです。だからその他にも『フランドルのイエス・キリスト』とか『不老長寿の秘薬』というような、いわゆる幻想小説を何篇か書いています。

植島　あのころ、不老長寿って流行ったんですね、きっと。

山田 そう、流行っていたんです。けれども、驚くべきことは、『ペール・ゴリオ』を書いていたのと同じ時期に『セラフィタ』を書いているんです。お金がどうのこうのという通俗的な世界を書いている一方で、そういう神秘的な作品群が書けたのがすごいですね。

ところで今回、この『あら皮』を読まれた第一印象はどうでしたか。

植島 なつかしい文体に久々に出会ったなという感じですね。最近、読みやすいものしか読んでいなかったから、こういう迷路に入り組んだような文体というのは、三十年ぶりぐらいに読んだ気がします。ただ読みはじめの抵抗感とは裏腹にというか、読みはじめたら、非常におもしろく読めました。だから山田さんが薦めてくれたわけがわかった。今回これを読んでいろいろなことを考えさせられました。書いてあることが全部わかるというか、共感できるという感じです。

山田 たしかにとっつきやすい作品ではない。訳はすごくいいのに私もけっこう苦労して読みました。でもその分、読んだあとに残る作品だと思います。

植島 読み方によってはラファエルはラスコリニコフみたいな感じもします。賭博者なんかが出てきますが、バルザックとドストエフスキーは通底しているところがありますね。

山田 ドストエフスキーはバルザックの大ファンなんです。バルザックを訳しているんですから。ドストエフスキーはバルザックを読んだからこそ小説家になったといってもいいぐらいです。たしかにドストエフスキーとバルザックには共通性がありますよね。いわゆるリアルではないんですけれど、何というのか、観念的なリアリティがある。

植島 そう。ぼくの場合、小説に惹かれるのは、むしろそちらの方であって、ストーリーが波瀾万丈でもそういうものには昔からあまり惹かれることはなかったから。

山田 でもバルザックはストーリーテラーとしてもすごいんですよ。読ませる力がすごい。ただ他の作品と比べると『あら皮』はその面は希薄ですね。むしろ哲学性と思想性で読ませる。

●二十年間、駄作ひとつない

植島 ところでこの『あら皮』は何年に書かれたんですか。今回のセレクションの中では一番最初に書かれたものですか。

山田 一八三一年。おっしゃるとおりで一番若い時の小説です。バルザックはこのとき三十歳を越していますけれども、まだ文壇にデビューし始めの頃で、作品としては若書きですね。しかしそれにしてはよく書けている。ただ書き始めの年齢としては遅かった。下積みが長かったんです。この話にも出てきますでしょう、屋根裏部屋で勉学にはげみ、思想をみがいた、と。これはバルザックの自伝的な小説なんです。

植島 それと今回分ったのは、バルザックって意外と早死だったんだなと。これだけの量を書き残しているわけだから、七十歳ぐらいまで生きたのかなってふつうは思うじゃないですか。

山田 ですからデビューが遅くて、しかも早死にだったわけで、その二十年間の密度というのがすごいんです。

植島 ぼくは学生時代から週五日ぐらい遊んでいるから、本は残りの二日ぐらいしか読めない。でもその五日間がバネになって、二日間はものすごく集中的に本を読むんだ、と自分では言いわけしていました（笑）。バルザックにもそういうところがあって、円熟味を徐々に増していった巨匠というよりは、爆発的に一挙にバンと出てきた感じがする。

山田　その点、不思議な作家なんですね。相当長い期間、無名の書き手としてものすごい量を書いていた。けれども全部が駄作。それが突然あるときに風俗物を書いて、歴史小説を書いて、それから後は何ひとつ駄作がない。ずっとコンスタントにやっている。さすが晩年には円熟味みたいなものが出てくるけれども、おっしゃるとおり、だんだんという感じではない。不思議です。濃密な実生活がある時点で終わって、後の生涯は全部ひきこもって小説だけを書きまくる。プルーストと同じ生活です。

植島　バルザックの小説に「イエスは三十三年の生涯のなかで一般に知られているのは九年だけだ、しかしながら残りの沈黙の期間がその九年を準備したんだ」とありますが、これは、バルザックは自分のことを言っていますね。

山田　大物にたとえているのは、全部自分のことなんですよ（笑）。

●バルザックの描く女性

山田　それと植島さんにおききしたいのは、ここでは欲望がいろいろ描かれていますけれども、女への欲望がやはりメインテーマですね。

植島　そもそもバルザックの作品に出てくる女というのは、普通の女じゃないですね。いわゆるキャバレーとか、そういうところにでてくる女というか。あのころはたぶん普通の人と普通の人が出会うようなことはあまりなかったんじゃないですか。だから女という場合には、どうしても裏があったり、人をだましたり、いろいろ手練手管というか、そういうものを必要とする相手だったわけでしょう。お金があったり、何か女性を惹きつけるものがあれば絶対の勝者になれるけれど、そういうものがない場合にはいろいろ苦心惨憺して、失敗して……、そういう繰り返しだったんじゃないですか。

山田　『ペール・ゴリオ』もその典型ですね。青年主人公が女に苦労するというか、出世するにはまず女を手に入れなければはじまらない。

植島　いわゆる上流社会的な社交界の女性と、キャバレーとかバーとか、そういうところに棲息している女性というのも、その本質にはあまり違いがなかったんじゃないですか。もちろん、身分的にはあっても、女性としてのふるまいとか、存在の様式では。すると純真な田舎の女の子とか、普通に学校に通っているような女の子はほとんどいなくて、小説にでてくる女性となると、やはりみんな存在感のある錚々たるメンバーになりますね。

山田　社交界の名花といわれるような女こそ、娼婦よりもっと性《たち》の悪い娼婦なんですよ。

植島　そういうテクニックが熟達した社会だったんでしょうね。

山田　そう、パリ社交界ってそういう世界です。で、この小説のフェドラが社交界の女の典型ですね。すみからすみまで技巧的で、自分を高く売りつけるすべを心得ている。いっぽう、貧しくて純朴な娘ポーリーヌは社交界なんて知らない。で、この作品では、そのポーリーヌとフェドラというかたちで女性が図式化されているでしょう。非常に印象に残った言葉ですが、ポーリーヌについてバルザックはこう言っています。「みずから身を任せてくるけなげな娘のために、われわれ男が命を落とすことなどありえない！」と。

植島 ぼくもポーリーヌよりもアキリナとかウーフラジー、ああいう女性の方に惹かれます。女は悪ければ悪いほど惹かれる。

山田 そうなんですか。その謎がわからない（笑）。

植島 謎でも何でもなくて、男はそういうものじゃないですか（笑）。

山田 何の歴史性もなく、特殊性もなく普遍的真実として？

植島 でも、まあ普通の男性はポーリーヌに惹かれるのかもしれませんが。ラファエルも結局ポーリーヌに惹かれている。

山田 でも、最後のポーリーヌはポーリーヌじゃないですよね。フェドラになったポーリーヌと作者もいってます。それで社交界の女はみんな老練で、一筋縄ではいかない。

植島 いまでも京都とかに棲息していますね（笑）。

山田 そうですね、パリにも棲息しています。こういう女性の存在そのものがきわめて特殊で、いわばパリという文明が咲かせた花ですね。その点、イギリスの小説を読むと退屈です。というのも女が退屈だから。

植島 そうかもしれない。

山田 色気がない。英文学の色気のなさというか。でも問題は英文学ではなくて、それを生んだイギリス文化。同じような宮廷があったはずなのに、きっとプロテスタントの文化だとだめなんでしょう。やはりカトリックですね。バルザックの世界はその意味でカトリック的。みんな腐敗堕落しています。

●「女」とはヴェールそのもの

植島 そもそも貞淑な女性というのはあまり魅力がない。貞淑であって、でも仕方なくて、というところが、なんか心を打つんでね。

山田 「貞淑であって、でも仕方なくて」って？

植島 貞淑なだけでは魅力がない。でも貞淑じゃない女性もまた魅力がないんですけどね。

山田 それはコケットリーということですね。哲学者ジンメルにコケットリー論がありまして、ある作法、やりとり、駆け引きの総体が女性の魅力をつくりだすんだと語っています。でもバルザックの世界は、そんなコケットリー論など百も承知の世界ですね。

植島 要するに女性というのは、洋服を脱がしていったり、いろいろ身ぐるみ剥いでいった上で出てくるものかというと、そんなことはなくて、外側にあるいろいろなオーラそのものが「女性」じゃないんですか。

山田 実体じゃなくて、仮象なんです。

植島 実体を突きつめても、でてくるのは何の魅力もないものですから。

山田 ニーチェのいうヴェールの作用ですね。

植島 美輪明宏さんがコケットリーの定義を一言で「誘えば落ちると思わせることよ」といってい

ましたが、それにつきるとぼくも思う。だからイエスでありノーでもあることなんですけれど、誘えば落ちると思わせるというのは女の魅力を語る上でのキイワードですね。

山田　女とは、という定義ですね。でも、ただ落ちてもだめなんですよ。

植島　そう。簡単に落ちたら魅力もない。甲斐がない（笑）。

でもこの小説のなかで、夜中にラファエルがフェドラの寝室に忍び込むところがあるでしょう。それで彼女が叫び声をあげますよね。あれは何でしょう。答えはでてきませんが。あれはすごくリアルで、本当なのかなとも思いました。

山田　そうですね。一見、つれない女で、人を泣かせることはあっても、自分が悲しむことなんてないような勝ち誇った女なのに、あの孤独の表現は、たしかに胸をつきます。

植島　非常に印象に残りますね。冷血漢みたいに描いていていながら……。フェドラは、やはりなんだか謎めいているじゃないですか。

山田　そうですね。その点、ポーリーヌは謎がないから退屈なんです。でもあんな天使のような女なんかそもそもいやしない。私が保証します（笑）。だってそれは社会に全く汚染されないということでしょう。そんなのありえないですよ。どの女もいく分かポーリーヌで、いく分かフェドラなんです。

●バルザックの歴史性と現代性

山田　植島さんはどう思われますか。そういうコケットリーな女性性みたいなものは、十九世紀で終わってしまったんでしょうか。

植島 つい最近、四、五十年ぐらい前まではあったように思いますけれど。でも、フェドラの生き方とかもいまの女の子が読んでもおもしろいんじゃないかと思いますね。

山田 でもフェミニズムが登場してきた以降の現在とは、女性の描き方が違いますよね。そういう意味でここで描かれている女性というのは、古典的というか、男の目から見た、男の欲望がつくりあげた女性像の典型のようにも思います。

植島 ぼくの印象ではむしろ十九世紀とはこうだったということよりは、バルザックの生きていた時代の特殊性こそが問題にされなければいけないような気がします。これまでの既成の価値観が全部壊れて、何か新しいものがでてくる、そういう時代性が、女性に反映されているというか、この『あら皮』でも、それが女性の意識にうまく結びつけられて表現されている気がします。だから十九世紀はずっとこうだったというよりも、革命後のすごくゆれ動いているというか、そういうところで生きる女性像みたいなものをバルザックは見ていたんじゃないかな。

例えば、農家の女性みたいに、一家を支えて、子供を生んで、家庭の中心であった女性が、都会に進出して、いろいろな職業についたりする。そういう時に、女性は自分の居場所とかアイデンティティを求めてゆれ動く。バルザックの時代は、ちょうどそういう時代で、そのゆれ動いているというところに、いまの時代との共通点があるんでしょう。

山田 ちょうど都市化と産業化が起こってくる時代で、たとえば工場で働く女工のなかから、『レ・ミゼラブル』のコゼットの母のような娼婦が生まれてきます。農村から女工として雇われてきた女たちが貧乏においつめられて娼婦になっていく。そういう意味で、娼婦の大量生産の時代の始まりです。その対極にあって安定していた社交界も、どんどんブルジョワ化していく。それで、成り上がりの貴族みたいな人間がいっぱい出てくる。

こうした社会の流動性は女だけではなく、まさに主人公のラファエルもそうですね。さきほど、欲望の哲学についてお話ししましたけど、その欲望そのものが、実は歴史的な所産でもあるんです。「欲望の歴史性」とでもいいましょうか。それについてはナポレオンの存在が圧倒的に大きい。ナポレオンというのは、無から成りあがった全能者の象徴で、スタンダールやバルザックを含めて、当時の青年たち全員に夢を見させた。平民の身から皇帝に成り上がったわけですから、不可能なことはないということになる。フレンチ・ドリームの発生した時代なんですね。バルザックもこうしたナポレオンかぶれの典型で「われナポレオンが剣にて成したことをペンにて成さん」という言葉を座右の銘にしています。

植島　でもやはりエロティシズムとか、男女のあいだの魅力というのは、一種の駆け引きでしょう。それは悪い意味だけではなくて。そういうやりとりによって醸成されたものが、セクシュアリティをものすごく豊かにしていく。かえってヘアヌードとか出されても、女の子の足の裏を見させられるのと同じ。だからむしろ時代は、もう一度そういう方向へ自然に動いていくんじゃないですか。バルザックが描いているような、駆け引きというか、そういう精神的なやりとりに対するあこがれみたいなものが、これからみんなの間にどんどん蓄積していくように思います。

山田　私はそれに関しては、そんな楽観論はもてません（笑）。大学で教えていて、大変な苦労をなめていますから（笑）。宮台真司さんがどこかで言っていたんですが、あちらでは、社交界というのはコケットリーでできていて、恋愛はゲームなんだといえばすぐに理解してもらえるけど、社交界のない日本では、そのコケットリーをだれも理解できない、と。それが日本の現状です。だから駆け引きとかゲームといったら、悪いものだとすぐ思いこんでしまう。そのような事態をすこしでも改善しようと、私はジンメルをテキストにして「男のだまし方」という授業をやっているんです（笑）。

植島 それはいいですね。でもぼくが「女のだまし方」をやると、きっとクビになりますね（笑）。

神秘主義者、バルザック

●二つの欲望——プレジールとジュイサンス

植島 ところで後半部分で一番胸がわくわくするのは、植木屋のヴァニエールが「井戸の底から変な動物が見つかりました、旦那様」って部屋に入ってくるところですね。ラファエルが発作的に井戸へ投げ込んだあら皮を珍しい動物と勘違いして持ってくる。それがものすごく縮んでしまっている。

山田 あの後半はなんだか不思議です。筋とか情景があるわけではなくて、非常に思弁的です。医学から科学まで当時の学者や学説がいろいろでてきて、風刺がきいているところなど面白味もなくはないですが、要するに、ただ皮は伸びるのか、命は助かるのか、ということだけですからね。それで最後にラファエルが死ぬということで、小説のテーマも非常にはっきりさせている。

植島 でも、ラファエルがフェドラとつきあっているときに、「あなたが愛することになる人は、あなたを殺すでしょう」とポーリーヌが唐突にいうシーンがあるでしょう。最後には自分がそれになって、自分がラファエルを殺す。そういうかたちで予言が成就する仕掛けがあって、だからそういう意味では、小説として読ませるような仕掛けもあると思います。

ただ全体としてみれば、やはり言いたいことが非常にシンプルに描かれていますね。欲望とか快楽というのがテーマだと思いますが、一言で快楽といっても、ぼくはきちんと区別すべき二つの快楽があると思います。例えば何かおいしいものを食べて満足する快楽。もうひとつは自分すら見失ってしまうような快楽。フランス語でも快楽というと同じひとつの単語しかないですが、単に何かをして満足するというような快楽と、自分を失ったり、失神したり、自分自身がどこかへ行ってしまうような快楽とは、根本的に違うものだと思うんです。ロラン・バルトはその違いを、「プレジール」(plaisir)と「ジュイサンス」(jouissance)という言葉で表現しようとしました。「プレジール」(満足)、「ジュイサンス」(失神)ですね。その意味でバルザックは、みみっちい、ちょっとしたなぐさめとか、満足とか、おいしいとか、楽しいとかいう快楽、要するに「プレジール」としての快楽とは違った「ジュイサンス」の快楽を問題にしているんだと思うんです。命懸けの快楽ですね。

その点、金持ちになろうとか、権力をもとうという欲望が、至るところに書いてはあるのに、印象としては全然残らない。バルザック自身も権力欲とか強烈な欲望をもっていたはずなのに。なんというかこの小説には透明感があって、それがむしろストレートに伝わってくる。猥雑な欲望が、酒場での演説のシーンなんかにでてきますけれども、この主人公そのものからはそれが伝わってこない。そこがおもしろいなと思いました。

山田　主人公がピュアですね。ロマン主義的というか。バルザックの描く欲望は、いつも沸騰した欲望です。対象が何であろうと、ポテンシャルが一五〇パーセントか二〇〇パーセントというような高密度。『ペール・ゴリオ』も父性愛の話ですけれど、父性愛なのか恋愛なのか、よくわからないほど熱い欲望。バルザック的な欲望は、命とひきかえの欲望なんですね。けれど、文字通り命がけの欲望ですからドロドロした欲望かというと、それがなぜかピュアなんです。

植島　ぼくはバルザックについてそういうイメージはもっていなかったので、今回読んでみてびっくりしました。要するに、バルザックが欲望を描いているにしても、一番軽蔑しているのは些細な欲望で、せこい、ちょっとした享楽というのか、それを盗みとるような人間を嫌悪するような表現がたくさんでてくる。

山田　それは堅実に生きている人のこと？

植島　いえ、堅実かどうかが問題なんではなくて、ささやかな欲望というか、ちょっと小金を儲けようとか、そういうものに対する反感ですね。それがバルザックに対して一番共感できるところで、別に貞淑であったり、家庭を大事にするという人間に文句があるわけではない。だけどそばにいるんですね、ギャンブルをやる場合でも、女を争う場合でも、せこい欲望をもった男というのが。そばにいるからよけいにイヤなんですね（笑）。

ところでこの『あら皮』も、賭博のシーンから始まりますが、バルザックは自分で博打をやったんでしょうかね。

山田　自分ではあまりやらなかったと思います。でも、当時のパリの快楽、植島さんのタームでいうジュイサンスの典型はパレ・ロワイヤルの賭博とそこを流している娼婦なんですね。で、この小説にかぎらず、バルザックのパリ風俗小説では、話のキイポイントで必ず賭博がでてくるんです。つまりその賭博というのは「世に染まる」ことを意味しているんですね。パリ的な快楽の味にめざめるんです。この意味で冒頭の賭博は象徴的です。それを、バルザックは「処女性」と言っている。博打をすると人間は処女性を失うと。『ペール・ゴリオ』でも賭博は同じような象徴性をおびて描かれていますす。ラスティニャックは、無意識にやって勝つ。無意識に、というのは、いまだ魂が世にそまっていないということです。この『あら皮』ではいきなりクリティカル・ポイントからはじまりますね。ラファエルが死のうとする。その絶望の淵に賭博が出てくる。

植島 例えばギャンブルには、負け自慢というのがあって、どれだけ大きな金額を賭けられるかが大事なんですね。ギャンブルの強い弱いは、賭けられる金額につきるかもしれない。仮に貧乏であっても、その人なりの金額ってあるでしょう。クリティカルな金額が。

山田 賭博をやったことはないけれど、おっしゃることはよくわかる気がします。どれだけ死ねるかということですね。

植島 でもね、そういうのは二元論で語れないくらいだれの心にも巣くっていることなんです。ぼくの心の中にも、もうちょっと賭け金を少なくしようというのはいつもあるわけです。恐怖ですからね。でも、それに打ち勝っていかなければいけない（笑）。ここに弱虫たちがいるぞ、こいつらはだめだというのではなくて、自分の中にもそれがいるわけなんです。

山田 だから引き裂かれるんですね。やはり人間はそうは自分を賭けられないですから。

植島　ぼくなんかほぼ毎日が勝負なんで、いつもそういうふうには賭けていられないですよ。でも、もう三十年、四十年とやってきて、小さい勝負のことはみんな忘れてしまいますが、カジノでもどんなギャンブルでも、本当に大きい金額を賭けた勝負はいまだによく覚えています。

●「ためらいなくあら皮を手に取ります」

植島　さきほど「プレジール」と「ジュイサンス」という例を挙げましたが、いつも自分の中に葛藤する二人の自分がいる。だから、おまえはセコイやつだとか、おれはそうじゃないとか、勇気があるとかいうようにはならない。そこにギャンブルをやったり、こういう世界で生きていく時の面白味があるわけで、バルザックは自分ではそんなにはやっていないにもかかわらず、そこを非常にうまく表現していますね。

でも他方で、他の作品でも同じ構図なのかもしれませんが、必ず老人かだれかがでてきて、そういう激しすぎる情熱とか、悪徳とか、強すぎる欲望を諌めるでしょう。そういう諌めるところなんかは、非常に道徳的ですね。でもバルザックの位置はおそらくそっちではない。忠告する登場人物もいるし、結論的にもそういう流れになっており、作品としては、自分を破壊するような衝動には注意しなさい、強すぎる欲望をもってはいけない、といっている。にもかかわらず、実際に本を読んでいくと、もっと激しく生きろみたいなメッセージの方が強く伝わってくる。それは謎ですね。作品の構成としては全く逆なのに、読む人間を、むしろ破れかぶれの快楽の方に引っぱりこんでいく。ぼくもあら皮がでてきて、おまえだったらどうするかと言われたら、やっぱりためらいなくあら皮を手に取りますね。

山田　それはもう植島さんだから（笑）。だけど、生きるんだったら、という説得力は読む者に伝わってきますよね。死を賭して人は欲望するのだと。それはまさにバルザック的世界の核心。でも、おっしゃるとおり、他方でバルザックはその命とりの欲望にさめているところもあるんです。ちょうど『金融小説名篇集』にゴプセックという高利貸しがでてきますが、この高利貸しは一種の哲学者でもあって、欲望＝生命にたいする吝嗇漢《りんしょくかん》でもある。情熱が生命を食いつくすことを知っていて、徹底的に欲望をさけるんです。アンチ欲望の「隠棲の英知」を説くんですね。だからバルザックは命とりということをよくわかっている。でもそうわかってはいても、バルザックは「あら皮」を選ぶ。その意味では破滅志願者です。

植島　そうなるとバルザックの位置は、そのままラファエルと重なってしまいますね。

山田　そうです。バルザックは、沸騰しっぱなし、燃えっぱなしの人ですが、同時にそのことに対する危機感もすごくもっている。

植島　この作品でもそうですが、やめろやめろとか、もっと理性的になれという声もある。でも自分の場合でもそうですが、立ち止まったら終わりだと自分をより過激な方へ、過激な方へといつも鼓舞する自分もいる。例えば、麻薬を吸うということであれば、我慢できずに仕方なく吸うというのではなくて、自分からもっと限界量まで吸いたいというような欲望の強さ。とにかく何かをやっているときには、反省したり、「自分がいま何をやっているか」というようなことは考えないようにしたいとぼくは思っています。この『あら皮』なんてまさにそうした生き方のための教科書として採用したいぐらいですね（笑）。

●バルザックの秘密

植島 でもバルザックは同時に、それはきっと人間を幸せにしないんだともいっている。自分自身をも焼き尽くしてしまうような欲望はもってはいけないんだと。そうすると引き裂かれますね。女の子に対してもそうで、ポーリーヌのような女性こそだれもがあこがれる女性で、彼女は理想の女性であって、社交界にいるような有象無象の女たちとは違うんだというメッセージが一方にある。でも、社交界のフェドラに強く惹かれる自分もいる。

山田 いつも引き裂かれている、この『あら皮』にかぎらず。そういうバルザックの矛盾についていえば、バルザックが小説を書いた動機というのはまさに世界征服の野望だったわけです。なのになぜだかピュアなんですね。不思議です。それは『人間喜劇』の全体にいえることなんです。ありとあらゆる極悪人を描きながら、しかし人間というものにたいする愛は決してつきない。いま『従妹ベット』を訳しているんですが、そこでも女の復讐が見苦しいほど極端に描かれているし、女好きの放蕩親父の欲望もすさまじくて、最後の最後まで女に入れあげる。そのためならどんなに汚いこともやってしまって、最後には女中にまで手をつける。ここまでいくのかという悪徳の淵を描いています。そこまで人間の醜い欲望を描いていながら、読んでいてしかし人間嫌いにはならないんですね。本当に不思議です。堕ちていく人間の欲望ばかりが沸騰している世界なのに、『人間喜劇』全体はなんだか明るい。明るいというか、いのちがたぎっているんです。

植島 だから外側から見ると、金貸しとか、人間中心に見えるけれども、内側から見ると全然違った光が見えるわけですね。ぼくはバルザックを解く鍵というのは、きっと能・狂言における狂言の役割みたいなもので、外側から見ると欲望まるだしの人間が映されているけれども、内側にあるものというのは全然違っている、それがバルザックの秘密だと思いますね。

●「これだけで箴言集がつくれる」

植島 今回のことでバルザックについて書かれたものをずいぶんたくさん読んだんですけれど、バルザックは類型的だというような意見がすごく多かったんですね。でもぼくは全然そうは思わなかった。この小説だって一種の箴言集としてぼくには読めましたから。ぼくは箴言集が大好きで、ヒルティだとか、ゲーテだとか、よく集めてたんです、高校生ぐらいの時に。

山田 そうですか。

植島 アランとか、大好きでしたね。

山田 きっと弁明の多い人生をおくったんですね（笑）。

植島 これこそぼくのいいたかったことだ！って（笑）。

山田 バルザックって確かに多いです、人生の名言が。

植島 そう、びっくりするぐらい……。これはそういう博打とか女に狂ったりする人間の心に響く小説ですね。まじめな家庭生活をおくっている人から見たら、あまり惹かれない小説かもしれない。どちらかというと、ぼくも学生時代から道をはずれた人間だったので、悪いことへ悪いことへとばっかり引っぱられていったから、『あら皮』を読むと、自分の自己弁護みたいな、ここでこの言葉をいえばいいんだ、というような言葉がたくさんあるんです（笑）。ここからいろいろ抜き出せば、博打場であったり、女におぼれたときのための箴言集がつくれますよ。

山田 これで一冊できますね（笑）。

植島 だからずいぶん覚えました。「才能とは間欠的に襲ってくる熱病みたいなものであって、女はそれを好きになれない」とか。本を読んで、気にいったところのゲラをコピーしようと思ったらこんなに（とノートを見せて）分厚くなっちゃったんです。例えば、「放蕩とは天才が悪に払う代価、悪に支払う税金のようなものだ」というのなんてたまらないじゃないですか（笑）。

山田 それ、いいですね。

植島 いいんだ、このまま遊んでていいんだと思いますね（笑）。もっと遊べと励まされているみたい。

山田 退屈で平板な人生なんて生きるな、欲望に身を焦がせ、そして死ねというメッセージですね。

植島 そうそう。

山田 でもこの小説でそう思われるのはとくに男性だからかもしれませんね。女はちがいます。私には『あら皮』でそんなに身にしみて覚えてしまったような台詞はないな。きっとジェンダーのある小説なんですね。

ただ、箴言ということであれば、どの小説もそうなんです。『従妹ベット』なんかすごいですよ。一ページに一つぐらいあります。人生の達人という感じがする。すごく饒舌で、風俗のことだとか、政治のことだとか、ごちゃごちゃ書きこんでいますが、痛切な台詞がピタピタと入っている。悪人も善人も。そこがすごい。ちょっと『従妹ベット』からひいてみますと、こんな文章があります。「嘘といつわりでかためた金がらみの恋は、真実よりも魅力的だ。ほんとうの恋だと、たがいに傷つけあうようなつまらぬケンカがついてまわる。ところが、お遊び半分のケンカは、だまされる方の人間の自尊心をくすぐる愛撫のようなものだ」。こんなの、「男のだまし方」の授業にすぐ使えそうですよね。

バルザックは田舎者で、いきなりパリ社交界に直面しましたから、本当に苦労をなめたんです、女にも金にも。その苦労が全部、お説教として書かれていたら退屈ですけれど、小説のあちこちにちりばめられているから逆に小説的リアリティの厚みをましている。読者の心に残るんです、一つ一つの台詞が。それで快楽主義者植島啓司は自分の弁明としてたくさん拾われたわけなんですね（笑）。

植島　ぼくだけじゃないと思いますけどね（笑）。

●神秘の人、バルザック

植島　素朴な意見ですけれど、学生時代はぼくも仏文にいたのでバルザックも人並みに読みましたけれども、そのころはバルザックというのは写実主義文学だというイメージをもたされました。たしかにぼくは『セラフィタ』から入ったので、普通のイメージとは全然違った印象ももってはいたんですけれども、結局、バルザックがどんな人間なのか何だかよくわからないままに今日まで来たんです。でも今回おかげで多少わかったのは、バルザックはやはり、神秘主義的な要素を小さなころから色濃くもっていた人間だということですね。普通はそういうふうに教えられないでしょう。

山田　写実主義ですね。そういうレッテルを貼られています。

植島　それから『人間喜劇』というのもダンテなんかと比較されるから、能における狂言みたいな対比的、否定的なニュアンスで、人間界を描いたと。人間の憎悪とか欲望を描いたというけれど、ぼくにはそんな感じもしないんです。だからバルザックの秘密というのは、やはりそのあたりにあるんだろうなと思う。一見、矛盾していそうな点であるとか、わけのわからなさというのは、バルザックのもっている霊感とか、エネルギーから生まれてくるもので、合理的には理解できない何かを、彼は小さなころから秘密として熟成させてきている。そしてそれが、作品に直接には反映しないかもしれないけれど、作品の基調低音になっているんですね、どの作品を読んでみても。

山田　作品の厚みになっている。『人間喜劇』という天上界から地獄界まであるような、金融小説から『セラフィタ』まであるような……。やはりバルザックは一筋縄ではいかない、非常に内向的でありながら、非常に風俗観察的でもあって、大変語りにくい人です。それがバルザックのパワーの秘密ですね。

植島　神秘的なものへのあこがれというか、ぼくはそういう点を詳しく知らなかったので、この『あら皮』を読んで、本当につくづくそう感じました。

山田　フランスでも日本でも、いわゆる教科書的なつまらない文学史のなかで、リアリズムの巨匠として位置づけられています。加えてちょっと神秘小説も書いたと、その程度ですね。例えばヴィクトル・ユゴーなんかは、神秘的な人として、カリスマとして知られていますが、バルザックがそういうふうに語られることはあまりない。今回のセレクションの十作品の中に『あら皮』を選んだのもそのあたりに理由があります。

植島　神秘的な小説ということであれば、『ルイ・ランベール』がありますね。

山田　『ルイ・ランベール』は今回いれずに、やはり風俗性の高い『あら皮』の方を選んだんですが、とにかくこの『あら皮』を入れてよかったと思います。今日植島さんとお話しさせていただいてそう思いました。快楽主義者の植島さんならきっと『あら皮』がおもしろいだろうと思ってお招きしたんですが、わたしの予想以上にはまって下さって（笑）、感激しました。バルザックにこんなに神秘色、幻想色の濃い小説があるなんて、読者もあまり知らないと思いますので、きっと新鮮に感じるでしょう。

植島　ぼくも今回、本当にいい機会を与えていただいて、ずいぶん読みました。アルベール・ベガンとかクルティウスとかバルザックに関わるものを三十冊以上読みましたが、ぼくはバルザックの中ではやっぱり『あら皮』が一番好きかなと思いました。ただこの小説は、女性から見ると、たしかに男の自己弁護というか、図式的なものとしか受けとれないのかもしれないですね。

山田　たしかに、男が読んで身につまされる小説ですね。『あら皮』のみならず、バルザックが描く男は女からみるとついていけないところがある。『従妹ベット』の放蕩親父なんてまいりますよ。八十にまでなって女中に手をつける、あっぱれな男爵、スケベじじいなんですけれども。

植島　男はやっぱりそうありたいと思いますよ（笑）。

山田　そうですね（笑）。例えば、プルーストのシャルリス男爵も最後まで身をもちくずしていきますが、老残の身で堕ちてゆくあのすごさをバルザックも書いてるんです。辟易しつつもやっぱりそのすごさを感じます。事実、そうですね、男は。そこに破天荒な堕落の偉大さを感じます。やっぱり、命をかけよ、そして死すべし、なんですね。『あら皮』の欲望の哲学は最後まで生きつづけているわけです。それにしても箴言集って、植島さん、そんなに思いあたることがあるんですか。悪いことばっかりやって生きてるんだ、きっと（笑）。

植島　いや、「詩と同じように放蕩もひとつの芸術であり、たくましい精神を必要とする」とバルザックも書いていますが、これはこれで、なかなか大変ですよ（笑）。

（二〇〇〇年二月八日）

植島啓司（うえしま・けいじ）一九四七年東京都生。東京大学人文科学研究科大学院（宗教学専攻）博士課程修了。宗教学者。『分裂病者のダンスパーティー』（リブロポート）『男が女になる病気』（集英社）等。

出版博物小説

山口昌男
山田登世子

出版という現象を考えても、普通は、皮膚の部分しか描かない。しかしバルザックは、骨の細部まで描いている。
――山口昌男

テクノロジーから出版の経済史から作家の人物群像まで、『幻滅』はトータルな出版博物小説ですね。
――山田登世子

利益で結ばれた者はいつか必ず分裂するが、
堕落した者どうしはいつまでも仲が良い。

オノレ・ド・バルザック

内田魯庵とバルザック

山田　先生とは以前「読書する女」をめぐって対談させていただきましたが、今日はそうじゃなくて「読書させる男」の話ですね。

山口　「むりやり読書させる」ことですよ。この短い時間に、めちゃくちゃ忙しい時にこんな大作を読むというのは。これは人道的行いだろうかと……（笑）。

山田　非人道的ね……、そうかもしれません、超人的ですよね。

山口　老人虐待だよ。だいたい半年ぐらい前に言ってもらいたいね、こういう企画は。

山田　でも先生、本当によく読んでくださいました。『幻滅』は、バルザックのなかでも最長、読むのに体力がいる作品です。でも『人間喜劇』最高の傑作ですし、訳もすばらしい。で、さっそくですが、先生、どこがいちばん面白かったでしょうか。

山口　仕掛けておいて先に聞くのはどうかと思いますね……。

山田　いえ、私には全部面白いものですから、先生ならどこだろうかと……。明治の文人、内田魯庵を掘りおこす仕事をなさった先生ですから、やはり文壇告発小説というか、文学業界小説である『幻滅』、きっと面白がってくださるにちがいないと思っていましたけど。『「敗者」の精神史』でも博文館をとりあげて明治の出版メディアの興亡を語っていらっしゃいますし。でも、先生が『群像』に三年間連載なさった「内田魯庵の不思議」(『内田魯庵山脈』晶文社、二〇〇一年)もすごく長大、ちょっと女性虐待でしたよ。コピー機がこわれてしまって。だけどとにかく魯庵といえば何といっても『文学者になる法』がストレート・パンチ。『幻滅』に負けず劣らず文壇の内幕を痛烈に風刺してます。ただ魯庵の世界には、お金の話があんまり出てこない。似てるから違いが目立つんですけど、ほんとにお金のどろどろしたにおいがしない。

山口 魯庵は、いつも金がなかったから。

山田 ないのはバルザックも同じですが、魯庵はこだわりもないですね。

山口 うん、ない。

山田 そこがいちばん違います、バルザックと。

山口 であるから、春秋社の円本全集入りを断ったりして家作二つは立つという家も一軒も立たず、生涯、新宿柏木の借家住まいでした。

山田 そういう意味では風流人ですよね。

山口 「私の話はさらさらとなって、指のあいだからこぼれてくる話ばかり」だからなんていいながらね。ただ風流人でもおかしいのは、その借家の持主がマルクス主義者の大内兵衛だったという(笑)。

山田 さすが。

山口 その点、バルザックの方は苦労したんでしょうね。

山田 出版業から印刷屋まで全部やってますから。しかも、やればやるほど借金がかさむだけ。ほんとに苦労して、一生、借金返済に必死だった。

山口　ぼく自身は不思議と苦労したことがないんです。なんとなく入ってきちゃうんだね、遺産もないのに。なくなったなと思ったら、またなんとなく入ってきちゃう。そういうことがずっと続いている。

山田　バルザックの方は女とお金に苦労してますよ。『人間喜劇』はみなその話ばっかり。

●バルザックの理想像、リュシアン

山田　そういえば先生のお話には、女の話が出てこないですね。

山口　渡辺守章氏とパリについて対談したときに、山口との対談ってとても面白い。ただ一つの欠点は女性の話が出てこないことだって（笑）。

山田　でも山口ワールドと女というのは面白い。

山口　そのうち合作で作りましょう。ぼくが『幻滅』で面白かったのは、Hみたいな、ジュリアン・ソレルというか、女を渡り歩きながら、出世しつつ……。

山田　あら、Hがそうなんですか。

山口　これを読んでて、リュシアンはその印象なんですよ。

山田　そんな、リュシアンが気の毒ですよ。絶世の美貌なんですもの、Hなんてとんでもない。

山口　自分で美男だと思ってるという点では両方とも同じ。それで女性を替えながら実際、はい上がっていった。

山田　たしかにバルザックの小説はリアリティがあって、人物が生きている。だから、どんな奴が出てきても、ああ、こいつはあれだと思いあたる人間がうかんできますよね。出版の作り手の側にも、ライターの側にも、きっとだれが読んでも思わず連想してしまう人間がいますよ。ただそれはいくらなんでもリュシアンに失礼、冗談じゃないといいたくなります。

山口 やっぱりリュシアンは、一種の神だからね。

山田 そうなんです。バルザックは自分の夢を投影して、最高のものとして描いていますから。しぐさや身振りなんて、女のように優雅じゃないですか。そんな優雅なのがいるわけないですよ、日本のジャーナリズムに。

山口 ただカリカチュアっているだけですよ。しかし日本のジャーナリズムで、いちばんリュシアンに似てるのは、ぼくの知ってるかぎりでは、やっぱりHですよ。日本にはめずらしい、こういう風俗小説に下手するとはまるかもしれないという。Sにもそういうところがあるけれど……。Sについては、ぼくは五人まで数えたんですけれど、ウラを取って。でも途中で本人にさえぎられた。「あきらめなさい。浜の真砂の数を数えるようなものだ。あきらめなさい」って(笑)。

山田 先生とお話しすると、必ずほかの男の女の話になっちゃう。

山口 自分のは出てこないんだ。

山田 以前の対談の時も、たしかKの女の話でしたもの。でもこんな風に思わず業界の内輪話をしたくなるのは、まさに『幻滅』の世界に感染しているということですよね。ただバルザック本人はといいますと、社交界でちやほやされた男じゃないですね。リュシアンの反対。

山口 生まれた時から肥満だったんだよね。いつの時代も、子供の時見ても肥満でしょう。

山田 手だけが自慢なんですが、あとは、およそもてるような風貌には生まれついてない。

山口 そういう点ではリュシアンはやっぱりバルザックの投影というところがあるんだね。

山田 投影ですね、自分のあこがれ。

山口 演劇をやってもだめ、詩をやってもだめなんだから。それで死んだ情婦《いろ》の横で馬鹿なシャンソンを書いたり、いかに自分がばかばかしいことに凝るかということを、ちゃんとそういうところで示してるんじゃないかな。

山田 あのシーンは印象的ですね。コラリーの葬式代を稼ぐためにざれ歌をつくる。訳もうまくて、すごく印象に残ります。自分の投影なんで、リュシアンはある種の理想であるとともに、もしかしてそうなるかもしれないダメ男の典型でもある。だからリアルなんです。で、この話の続きもしびれますよ。続篇の『娼婦の栄光と悲惨』で再登場するんですが、こんどはまた一変して寡黙な男になって出てくるんです。何か空虚で、ニヒルで、謎を漂わせて……。もうこたえられないですよ。バルザックの円熟した腕を感じますね。

山口 最後に坊主に化けて出てくるヴォートランも、自分のあこがれっていう感じがしますね。

山田 あれ、かっこいいでしょう（笑）。『ペール・ゴリオ』と『幻滅』と『娼婦の栄光と悲惨』は連作になっているんです、「ヴォートラン三部作」といって。ヴォートランが出てくるところは、待ってました、という感じですね。まさか坊主に化けて出てくるなんて。あの強者ヴォートランもあこがれ、というか夢の分身ですけど、リュシアンも分身なんです。美貌と弱さで女心をそそってやまない。だからHがリュシアン的だなんていったら怒りますよ。バルザックの最愛の人なんですもの。ヴォートランの最愛の人ですが、ヴォートランとはすなわちバルザックのことですから。しかもリュシアンは最後には獄死するんです。弱虫だから最期まで成功せずに。「リュシアン・ド・リュバンプレの死は私の生涯の痛恨事だ」とオスカー・ワイルドが語っている。それほどの夢の化身を、Hだなんて。およそスケールが違いますよ。

山口 いや、あえて日本の読者に引きつけるために出しただけ。

山田 日本がいかにスケールが小さいかということですね。ただバルザックは神話的に極限まで描きますから、あんなのそもそも存在しやしない。ヴォートランもリュシアンも。

山口 ぼくはぼくでレヴィ＝ストロースに似てると思うんだよ。

山田 そうかしら。

山口 というのは、似てる点があるの、事実。ぼくはいつもフリーハンドで、ワープロなんかやらないから、それで手紙を書く。必ずワープロでなくフリーハンドで返事が来るんだ。ただそれだけであって「二人の手作業を捨てない大人類学者」とは言えないけど（笑）。

●両性具有

山口 ただやっぱりリュシアンみたいになるのをあこがれても諦めなくちゃならないのは、要するにバルザックは、ロラン・バルトが『S／Z』なんかで強調したような、両性具有的な好みを持っているでしょう。それがリュシアンみたいな人間の描写に現れている。

山田 おっしゃるとおりですね。

山口　時々、積極的にはなるけれども、あらゆる意味で、女性を一番理想的な形で描くような書き方をしてる。精神のあり方とか気の使い方とか、そういうことまで含めて。そうすると男の姿をしてるけれども女性だという。あのころは、ヘルムアフロディーテ（両性具有）というのが、かなり植物学で問題になって、流行していた。

山田　時代のトレンドなんですね。両性具有的なものをバルザックは別の小説でも書いています。

山口　バルザックは、そのへんのことをよく知ってる。博物学的に知ってたような感じがするんですね。

山田　リュシアンも両性具有的に書いてますけれど、本物の両性具有者、虚勢歌手を主人公にした小説も書いてます。バルトが論じた『サラジーヌ』がそうなんですね。ところで先生、ミシェル・セールをご存じでしょう。

山口　会ったことがある。ミシェル・セールも『サラジーヌ』について「ヘルムアフロディトス」と題して書いていますね（邦訳『両性具有——バルザック『サラジーヌ』をめぐって』及川馥訳、法政大学出版局）。ミシェル・セールは、私の友人で人類学者のダニエル・ドコッペという『チボー家の人々』の著者ロジェ・マルタン・デュ・ガールの孫と、『ヘルメスと交信』が出た頃親しくなってヘルメスについて何時間も話しあったことがあります。一九八七年の『両性具有』もそうした関心から来ていることがわかりますね。そのとき『サラジーヌ』に言及していたように覚えています。

山田　先生、なんかセールと似てらっしゃいますね。ちっとも学者くささがないところ。

山口　いやいや。気は合ったけれどね。

山田　いいおじさん。全然、高ぶらなくって。そのセールがパリの「バルザック友の会」みたいな素人の集まりに呼ばれて話をしたんですね。ちょうどパリにいて聞きに行ったんですが、「バルザックはねえ、両性具有《バイセクシュアル》なんだよ。わたしにはね、わかるんだよ」って言うんですね。その言い方がよかったです、説得力があった。そうでないとあんなリュシアンみたいなのは書けないかもしれない、と。だからリュシアンも自分だし、あの男の中の男みたいなヴォートラン、その両方をバルザックはもっているんですね。

●対比的な描写

山口　この小説では、いろんな人物や事物が対比的に描かれている感じがする。人物も対比的な二人をつねに出す。男だけでなくて、女性の組み合わせでも、男と女の組み合わせでも。さらに地方とパリを対比したり、それをつないだりするところがじつに面白いと思うね。

山田　ダイナミックですね。ただ地方生活の第一部はやや退屈ですね。早くパリに行かないかなという気持ちになる。ただそれは、それほど地方の閉塞感が退屈さとしてよく描かれているということです。で、田舎の恋がパリであっさりと破局を迎えるところ、あれも「待ってました」ですね。

山口　この小説で一番好きなのは、山田さんの関心そのものだけど、パリのああいうモードをめちゃくちゃ微妙なところまで書きあげている。それはぼくらでも感心するもの。

山田　バルザックの小説って全部そうです。描写が細かいです。長靴がどうの、リボン飾りがどうの、馬車がどうのと綿密そのもの。そしてそんな外貌、ルックスが一大事なんですね。語の広い意味でスタイルの世界です。

山口　だからそういう意味では、全部がカリカチュアという感じ。「喜劇」っていうのがよくわかる。

山田　やっぱり風俗観察がすごい。

山口　人物も悪役がよくがんばってる。これでもかこれでもかと。とにかく歌舞伎を見てるようなね。それで結局、楽しませている。

山田　リアリズムとかいう、そんな言葉ではとらえられないほど存在感がありますよね。ほんとうに人生って、良い人間の側に必ずワルがいる。歯痛みたいにしつこくつきまとって人生を憂鬱にしてくれる嫌な奴がいますよね。バルザックの小説には、そういう人物のリアリティがものすごくある。やられる側よりもやる側の方がリアルです。

山口　例のごうつく親父セシャールの息子のダヴィッド。あれなんかはリュシアンと対比的に書いているね。それにしてもあの人柄のよさは……。

山田　善玉ですが、そのぶん、印象は薄い。逆に悪人ってどうしてこうも精彩があるんでしょう。

山口　そう、ケチ親父も伜よりは魅力がある。機械の全部に値段をつけて、だまして、息子にいろいろ仕掛けて、最後は借金を軽く断るとか。

山田　そういう意味ではバルザックは善人の描き方は下手なのかもしれませんね。必ず悪人の方が魅力がある。女も悪い女の方がはるかに面白い。いま私は『従妹ベット』という悪い女の物語を訳してますけれど、五人の男をあやつる二十そこらの女が出てくる。これはもう、面白いを通りこしてます。エーヴみたいな、ああいう良妻、善良な女もいるんだろうけれど、脇役にしかならない。

山口　インドネシアに「バロン」という劇があるんです。これは自分の娘、王女に求婚する人間がだれもいなくなったために魔性の女性になったという。そしてその主人公が疫病を流行らせたり、ネガティブなことをするんだけど、それに対して若者がみんな剣を手に立ち向かっていくんです。ところがみんな立ち向かっているうちに憑依状態になっちゃう。かえって相手の魔力に引きつけられて。それで体に短剣をどんどん突き刺すけれど血が出ない。それで善獣バロンというのが出てきて、やっとそのバロンが自分の口から息を吹きかけて、若者たちは半分ふらふらして退場していって、結局その善玉が勝つんだけれど、しかし善玉の魅力というのはそうたいしたものとしては現われない。

山田　そうですね、『幻滅』でも善人のダヴィッドやエーヴの夫婦は退屈。

山口　二人とも全部奪われて、発明の秘密まで取り上げられ、百姓みたいなことをやる。それで奥さんがいいからしあわせだと。退屈だね（笑）。

山田　ただ物語としての『幻滅』の最後には、ちゃんと、あのヴォートランが出てくる。坊主に化けて。「待ってました」というところでやっぱり終わってくれる。

それと貧苦の中で勉学に励むダルテスという優秀な人物が出てきますけれど、バルザックにとって、あれも自分がモデルというか、もう一つ別のタイプの理想なんですね。バルザックも何から何まで読んでます。キュビィエのような博物学から神秘思想、あるいは熱力学のような科学まで学んでいる。作家は作家である前に哲学者であらねばならないという姿勢も同じ。いわば文壇における理想の姿、これはサン=シモン主義者をモデルにしていると言われているんですけど、小説的には退屈ですね。あの理想主義。それに比べて、リュシアンの方は弱虫で悪なんだけれど、断然、魅力がある。

山口　要するに本質的にステップを踏みはずす力と魅力があるから、話がぐんぐん展開していく。そうでないと、あんな長い小説を面白く読めるわけがない。

山田　そういう意味でよく描けた小説ですね。リュシアンが狂言回しになって、リュシアンみたいなのをどんどん生みだしてゆくジャーナリズムの世界をまさに光彩陸離と書いてる。あそこは長いけれど、全然退屈じゃなくて読んでしまう。

特に印象に残る人物に、ヴェルヌーというジャーナリストがいます。みっともない女房とかわいくないガキがいて、家庭にしばりつけられて、作家になりたかったんだけれどなれない。だからいつも不機嫌で、みんなに嫉妬する。ここぞとばかりにリュシアンにいじわるをするのがこの人物です。いつも上機嫌な先生は思いあたらないかもしれませんが、屈折してる人って多いじゃないですか。妬みの塊で、妬みが原動力で生きてるみたいな。バルザックはそういうジャーナリストをよく描いてます。

●「演劇的」描写

山口　バルザックのドラマトゥルギーは、ある意味ではマンネリで、必ずやる奴とやられる奴がいる。ただそのやり方が微に入り細を穿って描写する、そこに生彩を放つリアリティがある。その意味で、非常に演劇的。バルザック自身がどれだけ演劇を知ってたかは、よく知らないけど、おそらく批評ぐらいはやってたわけでしょう。

山田　あの坊主になって出てくる悪党を主役にしてずばり「ヴォートラン」という題名の台本を書くんですが、成功しません。演劇は全然だめ。だから「演劇的」だけれどやっぱり小説なんですね。

山口　悪役が、これでもかこれでもかとやっていくテクニックは、けっこう歌舞伎に似てる。盛り上がりをつくるというところがね。

山田　一つの鮮明な役柄に染めて、何度も何度も強調する。いわゆる「典型」の創造。それはそうなんですけれど、バルザックの小説って不思議と映画になってもヒットしないし、当時は演劇が一番儲かったんですが、書いても全く当たらない。あくまでも小説家なんですよ。徹頭徹尾言語芸術なんです。若い頃には詩作もやったんですが、あのヘボ詩人リュシアンといっしょで、詩も当たらない。散文芸術なんですね。

山口　働いている人間の描写なんかも、小物だからといって一人一人をなおざりにしていない。印刷所で働く三人も、ずるさ、悪さ、無能から、夜のアルバイトに至るまで魅力的に全部細かく書き分けていく。要するに端役を通しても世界の大きな転換が見えてくるような描き方をしている。

山田　ええ、まさにボードレールがそう言ってますよ。『人間喜劇』にはだいたい二千人くらいの人物が出てくるんですが、バルザックの描く人物はみな「門番さえも天才がある」って。まったく神の天地創造さながら、一人一人の端役の、ちょっとしたせりふ一つが全部生きてます。こういう作品は日本にはないですね。

山口　考えられないね。バルザックはとにかくネオ・プラトニストだった。世の中に起きるどんな小さいことも全部宇宙に反映していくという。そこが、バルザックの描く人物が、普通の小説の人物と違うところだと思うんです。E・R・クルティウスの『バルザック論』は、新訳も出ていますが、昔、大野俊一訳でバルザックが神秘主義者であったと力説している部分を読んだときは本当に驚いた。

●自分のことを書いたバルザック

山田 自身の経験を生かして文筆業界を痛烈に批評した作家という点で、確かに先生が取上げられた内田魯庵とよく似てますけれど、魯庵の世界は、人物に凄絶さがないですね。バルザックに比べたら、かっこよくて苦労がない。そこが違う。『文学者となる法』の方が『幻滅』よりある意味では現代的です。文学者とはタレントなのだ、自己宣伝にこれつとめよと言い切ってしまう。そのあたりが本当に現代的。

山口 連載をしててぼくが一番困ったのも、魯庵は本を読んで利口な男だ、ということなんだけど、でも自分だけが利口だということで終わっちゃうんですね。斜に構えるということもあるけれど、本当になんかさらっとしてる。

山田 おっしゃるとおりですね。魯庵の言葉通り「お茶づけサラサラ」になっちゃう。

山口 だからたいした文士になれなかったんじゃないかと。魯庵も魅力ある人物だった。だけど文士としては、エッセイストとしては絶大な魅力の持ち主だったけれど、やっぱり三文文士だったと思うね。魯庵を検証するというのに、そこが、はっきり言っちゃいけなくて、つらいところだった。

山田 魯庵はやっぱり批評家として冴えている。一方、バルザックのあの凄絶さは、タイトルにも表れていますね。『文学者となる法』は軽っぽくて、実にいま風ですけれど、バルザックの方は『幻滅』という題。題だけでは業界小説なんてわからない。

山口 時々、リュシアンあたりが大げさに「幻滅した」というような表現が出てくるね。

山田 そうです。大いなる幻滅なんです。バルザック自身がリュシアンであって。魯庵は東京人ですよね。バルザックは田舎者だから、われヴィクトル・ユゴーならんと夢をみてパリに出てきて、あの現実に直面する。『幻滅』は長年にわたって書かれた小説ですが、途中までのところにつけた「序」のタイトルが、「夢の砦」なんです。パリとは、そして文学とは、はるか高みに在る崇高な砦なんですね。ところが直面した現実は、いわばその夢のカリカチュアのような卑小な世界でしかない。その落差の大きさ、幻滅の凄絶さ。それでいて、もはや身をひこうにもひけない。結局、生涯最後まで火だるまですから。

山口 だからこそ、田舎者をとにかくコケにするパリのスタイルを、あんなに細かに書き上げることができたんでしょう。オペラグラスをどう使うかとか、そういうことにまで気を配っている。そしてそれによってどう傷つくかとか。

山田 バルザック自身、そういうのでひどく傷ついたんですね、きっと。ふられた女のことを克明に覚えているみたいに。そのぶん逆に、ふられた女の魅力を認めざるをえなくなる。バルザックにとってパリというのはそういうものだった。あれは全部、満身創痍になった自分の傷を書いている。

山口 それはそうだな。その点、魯庵は、人間として自分を除外した小説家業だから。

バルザックが描くメディア界

●嫉妬とうわさ話からなる文壇

山田 この小説では、論壇、文壇の人物のうわさ話が絶えず一つの主題になっています。だからこそ面白いんですが。

山口 党派だの、パトロンを見つけることの必要性だのが、この小説にはきわめて的確に描かれてる。だからぼくは、フランスのことだからって感心して読むのはつまらないと思うんだ。身近に引きつけて考えると、Hなんかそうだけど、なるほど、あいつと同じだ、こいつもいる、となる。

山田 そうそう、バルザックの小説はみんなそうですよ。こいつはこれだ、あいつはあれだと。現在とちっとも変わらない。

山口 ただね、不便なのは実名でそういうことを論じられないことだね。

山田 そうですか。実名でいいじゃないですか。わたしは恐れません（笑）。

山口 それはそうだ（笑）。いや、実は、ぼくも、ものを書きはじめた出発点から、実名で人を批判することを平気でやったからね（笑）。

山田 でもこの小説の面白さは、そこにあるんですよ。当時もきっと、ああこれはラマルチーヌだ、これはあのジャーナリストだとか、みんな読む人があいつはあれだとかわかって、だから面白いんです。

山口　要するにサント・ブーヴみたいな、とにかくうわさ話だけで批評を書き通したという、そういう伝統ね。

山田　サント・ブーヴはバルザックの宿敵です。サント・ブーヴって、先生、嫌なやつですよ。

山口　そうでしょうね。

山田　嫉妬で生きてるんです。ヴィクトル・ユゴーに終生コンプレックスを感じていて、嫉妬して、ユゴーの女房に懸想する。ぐずぐず通じあったんです。

山口　ヴィクトル・ユゴーそのものは、妾としてはテオフィール・ゴーチエの娘を妾にしたんでしょう。

山田　いえ、ゴーチエの娘なんかはもう何十番目かですよ。生涯に五〇〇人ぐらいという伝説がありますから、ユゴーは。もうそれこそ星の数以上です。ユゴーって最後まで精力絶倫ですもの。それで、とにかくサント＝ブーヴは、絶えずヴィクトル・ユゴーに対して劣等感を持っていた。結局、『幻滅』も男たちの嫉みあいの話じゃないですか。

山口　リュシアンも貴族の称号である「ド」をつけようと思って失敗して。バルザックが勝手につけたというのも同情するんだけれどね。

山田　あの時代は全員やってますよ。たとえばネルヴァル。あのひと、単なるジェラール・ブルニューが本名です。でも勝手にジェラール・ド・ネルヴァルなんて、かっこいい名前にしちゃった。みんな偽貴族。成り上がりなんです。

山口　だいたい十八世紀に偽がたくさん出たんじゃないですか。

山田　ええ。そうじゃないと収まらなかったんです。コンプレックスというか、貴族に対するあこがれというか。一億総プリンス願望、ロマン派の作家ってみんなそうですね。

それでサント=ブーヴが、嫉妬の塊というか、嫌な文士の典型ですね。作家になれなかったから、批評家になったという、批評家の作家コンプレックスってよくいわれますけど、その原型を作り出したのがサント=ブーヴ。

山口　そうすると、ぼくなんかは全然、不機嫌にも陰鬱にもなれないね。なりたいものになってるから。というのも、去年二月に銀座で展覧会をやってもらって現代画家として出発した。そのオープニングと同じ日に、選挙があって学長にさせられちゃった。これはなりたいものじゃないけど。そのとき友人から、田舎で学長になる東大系統はなにか行き詰まると、おれ辞めたというやつがいる。あれは一番みっともない。どうせなら理事長に首にされるとかそういうふうにしろ、というので、学長室をギャラリーにしちゃったんです。それと『あいだ』という美術雑誌に連載しているので、要するに一年のうちに、華麗に画家になり、ギャラリーのオーナーになり、美術評論家になったわけで、そんな人間がいるかと、いばっている（笑）。

●作家と出版社と編集者

山田　山口先生がおっしゃった名言で「者がつくのにロクなのがいない。学者、編集者、芸者……」というのがありましたね。

山口　それについては谷川俊太郎が怒ってるんです。詩人は詩者だっていって（笑）。

山田　ただこの『幻滅』で一つだけ不思議だと思うのは、編集者って出てこないでしょう。

山口　そうですね。みんな仲買人みたい。

山田　仲買人と書籍商で、フランス語で読んでも「エディター」というのが出てこないんです。

山口　イギリスの場合だと、編集者といっても、むしろプロデューサー的な側面がある。例えばペリカンとか、ペンギンとか、アラン・レーンとか、そういう出版社は、前の年の成績を勘案して、次の年にその編集者が使える金が決まるシステムになっている。

山田　といいますか、日本だったら例えば「編集者がライターを育てた」という言い方をよくしますね。フランスは、そういうふうに育てるということはないのではないかと。あちらはむしろ社主なんです、作家を育てるのは。ガリマールならガリマールだし。

山口　内田魯庵はしつこくけっこう書いているね。出版社と作家の関係を。日本だと博文館。石井研堂みたいなのがいて大橋社主が育てる。あとは、例えば詩誌『ユリイカ』を出した伊達さんなんかは書肆ユリイカを創業した社主で、いろいろ育てた編集者だった。イギリスのは伝記を時々読みますと、ゴランツ、これも社主だね。

山田　そう、社主なんです。フランスのエッツェルなんていうのも名社主で、ジュール・ヴェルヌを育てた。

山口　ただとにかく、雇われの身でも、この世界のメカニズムを知った編集者というのは、けっこう有能でおそろしいという感じがする。そういう人が批評家になったり作家になったりすると。一番おそろしくないのは、学校の先生が編集になった場合。内側のテニクックを知らないから。

山田　無邪気な「敗者」になりますね。この小説にも大学の教師なんか一人も出てこない。講壇アカデミーは別世界です。

山口　そうすると日本のジャーナリズム界には、リュシアンのような魅力のある人物があんまりいないのかな。例えば、この作品を読みながら、日本のジャーナリストにもこういうのがいないかなと思うのは、福地桜痴みたいな人物で、あれは旧幕臣であって、朝野新聞かなんかを出してた。だけど途中で明治政府の藩閥に取り入れられて、みんなに変節についてあれこれ言われたけど、凄まじさという感じは、あんまり人としては現れてこない。金が入ってきたから、あとはもう芸者三十人をはべらしてとか、そういう話で終わっちゃっている。誰かをおとしめたいとか、バルザックみたいなそういう凄絶な話にならない。

●バルザックが描きそうな悪人

山田　バルザックだと、手形の話なんかにもリアリティがありますね。ただちょっとわかりにくいんですが。その点、日本の文壇は、手形払いじゃない。

山口　そもそも払わないのが多いですよ（笑）。

山田　手形も何も払わない。印税というシステムは、日本では、いつ、どう確立するんですか。

山口　著者が持っているハンコ。あの検印の数だったんじゃないですか。

山田　先生は博文館のこともお書きになってますが、樋口一葉もほとんど博文館ですね。一葉はお金に困って書いていましたから、博文館で出しておいて、同じものを違うところに持っていって、また稼ぐという……。

山口　それは、制度がはっきりしてなかったからだと思う。巌谷小波は、大橋新太郎に生涯さんざんいじめられたんですが、巌谷小波はあそこの『文章世界』かなんかの編集部にいたこともあるぐらい、博文館の内側にいた人。それなのに、日本の昔話とかそういうものを、博文館から出した二十年ぐらい後に、他のところで出したら、それはこっちの方に権利があるんだといって、金を返せとか、だいぶやられた。

山田　ああ、そういう形でやられたんですね。大橋はバルザックが描きそうな悪党ですね。めずらしく生き生きとした悪、といったら変ですけれど、あれならバルザックに出てきそう。

山口　巌谷小波との関係でいうと、『金色夜叉』の話ですね。明治の初めにいわゆる西洋風半分、日本の京都風の趣味のいい造りでできた紅葉館という社交場があって、あのころは歌舞伎役者などは川原乞食だから、団十郎であろうと菊五郎であろうと入ることは許されなかった。それで、早稲田系の文士たちが読売を興したんですが、その読売に尾崎紅葉らの連中が寄稿してるわけです。それでお金が入り、紅葉館に通う。巌谷小波も二十歳ぐらいでそこへ出入りしている。女中たちも京都風のエチケットと、それから西洋風のことも訓練されていたのが多くて、そのうちの一人（須磨子）と恋愛関係に入っていく。ところが二十一歳の時にいまの京都新聞の前の日出新聞に文芸部長としていっちゃう。そのいないあいだに大橋新太郎がその女を口説いて妾にしてしまう。それで尾崎紅葉がその女を呼び出して、巌谷小波というものがありながら、大橋新太郎に心を移すとは何事かと蹴飛ばした。ところが尾崎紅葉はそれを小説にして、ものすごく売れた。

要するに貧乏くじを引いたのは小波。大橋新太郎に愛人はとられるわ、それから足蹴にしたという乱暴なモデルにもされて。それで一銭も自分には入ってこない。紅葉は足蹴にしておいて、それを主人公（小沼）のせいにして小説を書いて印税はばっかばっか入る。そういう経緯だったらしいから、そのへんはバルザックが書いたらどうなるか。もっとエレガントにすっとね。

山田　エレガントというか、もっと凄絶になるでしょう（笑）。

●ベンチャービジネス、出版業

山田　書店については、印象的な店がでてきますね、ギャルリー・ド・ボワにかまえたドリア。いまをときめく、いばった、文士もぺこぺこするような書店。あれは実在してたんです。ラドヴォカという書店で、ユゴーやラマルチーヌなどのロマン派であてた。急成長して、まもなくして破産です。当時は、本屋といっても同時に出版社なんですが。

山口　例えばリュシアンの本が全然売れなくて、すぐゴミ屋に売られて、それからクズ屋に売られて、裁断されてとか。あのへんも面白いね。それから裁断されたら、もとが絹の物であるか、他の物であるかで違って、そういうものをかき混ぜて、また紙になって戻ってくる。そのあたりの描写が実に面白い。

それと対応するのを、大正の終わりごろの講談社について宮武外骨が書いてる。講談社はいかにもあこぎな商売をやってるから、当たったらいいけれど当たらない時は悲惨だと。当たらない時、講談社は大八車に乗せて、売れなかった『講談倶楽部』なんかを、荒川へ投げる。その姿を見たやつがいるとかいって、講談社のヤバさを書いてた。

山田　裁断などせずに川に捨ててたんですね。断裁なんてつい最近のこと。その売れなかった本のゆくえってじつに面白いテーマですね。

山口　売れなかった本は、大半は束で売られて、月遅れの雑誌なんかは、一冊五銭だったやつが二十冊五銭ぐらいでどんどん流れていくわけでしょう。だから雑誌の流通というのは、書店というよりも何かほとんど詐欺師みたいな連中が扱っていたというね。

山田　詐欺師というか、出版業はベンチャー・ビジネスだったんですね、バルザックの時代は。当時のフランスは手形、信用貨幣で、一年後決済でいいから、無資本でできる。原稿を買うのも、紙を買うのも全部、一年後払いでいいわけで、資本金はただ。だから今後も営業許可証が下りるかぎり出版業は続くだろうと書いてますね。文士も成り上がりのベンチャーだったし、一山当てようという出版社もそう。出版産業が勃興してくる時代の話ですから。みなベンチャーで、つぶれてもともとみたいな。出版業というものの生態はこんななのかと、何種類も身につまされる形で書いてますね。たとえば、まじめに原稿を読む硬派のマイナー出版社から、原稿を見もせずネーム・バリューで買う大出版社、あるいは批評を買収する目的でそのライターの原稿を買いとる出版社などなど、ほんとうに現在とかわらない。

それと先生は、さきほど紅葉館のことをおっしゃいましたけれど、そういうふうに文士がたまる場が文壇には必ずありますよね。でも『幻滅』には紅葉館みたいな場所は意外と出てこない。

山口　ないですね。ただ面白いと思ったのは、何とか夫人のサロンというと、いかにもエレガントなものかと普通われわれは考えるわけですが、サロンというのには、相当どろどろした部分があったということが、この小説を読むとよくわかる。

山田 サロンってそういうところですよ。文学が取引される場所です。ただ紅葉館みたいな場が日本はあるのに、バルザックの時代には、意外とありそうでない。踊り子たちを引き連れて、いっしょに騒ぐ高級料理店なんかはいろいろありますが。

山口 馬車に乗ってオペラ座に行くとか、どこかの邸を訪ねるとか、そういうのばかりですね。コーヒー屋、キャフェなんかが盛んになるのはもっと後なのかな。

山田 もうちょっと後。第二次帝政のころです。

山口 植民地からコーヒー豆が入ってこなくちゃならない。

山田 コーヒー豆は入ってきてます。だってバルザックは大のコーヒー党だから。ボードレールの時代になると、ブールヴァールのキャフェが文学の「市場」になる。ベンヤミンのボードレール論がそういってますね。でもバルザックの時代には、いろいろ情報が交換されていそうな決まったたまり場がない。必ずそこに顔を出さなきゃいけないようなア・ラ・モードの場所はありますが。それで文壇といっても、党派や人脈のことばかり、結局、口コミのうわさが情報なんですね。

●バルザックの驚くべき博識

山田 バルザックはお金にはすっごく苦労したけれども、書くことについては、苦労したような話は不思議なほど一つもないんです。きっとこんこんと湧き出てきたんでしょうね。

山口 そうね。あれだけ著作があって……。

山田　それをいかにして世に認めさせるか、そしてそれを金にするか。才能があるということと、本になるということは同じじゃない。やっぱり出版苦労話。ただし、スケールの大きい、世紀単位の苦労話で、出版産業史なんですね。

山口　例えば、日本の戦争画家についての議論がこのごろ多いけれど、といっても、日本の戦争画って画家が現場にいたような凄絶な感じがないというのと同じで、日本人の小説家の中で、例えば出版とか書物の印刷とか、そういう技術を細々とここまで書いた人っていないんじゃないかな。

山田　世界中でみてもいないです。

山口　アメリカも本の国ではあるけれど、ああいうのはないね。それも借金の最中で手形を落とすとか、職業のリストなんかまでいちいち細かく書くとかいうことまでしている。日本のノーベル賞作家なんかあんなことできないと思うね。妄想だけで小説書いてるから。

だから、この小説でなんといってもしびれるほど面白かったのは、印刷機そのものを克明に描いているところ。それで印刷機との関係で「猿」とか「熊」がどうとびはねているかとか。バルザック自身、相当、印刷機のことをよく知っていて、それで年譜を見てみると、本当に印刷屋だったという。それから自分の生活をラビリンス（迷宮）にする。それは女がたくさんいたらラビリンス以外に逃げる手はないからね。

山田　あ、先生、バルザックのラビリンスは女じゃなくって借金逃れのせいです……。

山口　あ、そうか。その方が正しいね。で、バルザックは紙に対するこだわりと知識もすごくて、しまいには、中国の紙がなぜ優秀であるかなんていうことを書いている。普通の作家で今そういうことを書ける人は水上勉ぐらいじゃないか。彼は自分で竹を粉にして、それで絵を書いてるから。

山田　博物学的知識ですね、バルザックは。

山口　中国の紙の製法についての知識が出てきたことにも感心したけれど、さらに感心したのは、アフリカのバンバラ族に言及していたところ。こんな部族は、アフリカのことを相当知ってないと出てこない。しかもちょうどいいコンテキストでぴたっと使っているんです。

このバンバラというのは面白い部族で、バンバラに惹かれたフランスの女性のジェルメーヌ・ディーテルランという人類学者がいる。銀行家の奥さんだったんだけれど、一九二〇年代ぐらいのことですが、ヴァイオリンのジャック・ティボーに習ってて天才的だと言われた息子が急死しちゃうんです。それで世をはかなんで、マルセル・グリオールについて、ジブチ探検団というのに加わり、バンバラ族の調査をやるんですが、このバンバラ族についての重厚な本を二冊ぐらい書いた。人類学史の歴史の中で、めずらしくちょっとロマンティックな世界を残してるんです。その人はまだ生きてますけれどね、九十近くで。そういうことがあって、読んでておやっと思ったんです。

山田　そういうところはさすがに私たちではわかりませんけれど。とにかく一事が万事、バルザックって博学ですね。そして多岐にわたってます。流行の品物から、そういうところまでミクロもマクロも。

●「印刷」自体が主人公に

山口　そういう意味で、バルザックの小説では、時間がとらえられている。技術史のなかでどの段階にあったかということがね。アメリカの映画を見ても、確かに地方の田舎で新聞を印刷してる、帽子をかぶった人が仕事場にいる、そこへ悪漢が来て、じゃまされるけれどもがんばる、とかいう話は出てくる。だけど映画ばかりではなく小説でも、十九世紀に紙はどんなものを使っていたんだとか、そういうふうな記述は見たことがない。

山田 ないですね。唯一無二です、あの小説は。

山口 機械そのもののメカニズムを本当に動物のごとく知りながら、つまり動物を観察するような眼で機械と人間の観察をやっているんじゃないかと思う。それであああいうふうに、親父を「熊」にたとえたり、動きなんかもそういうものとしてとらえていく。

山田 あそこはほんとに訳がいいし、別に何が起こるわけでもないのに、読ませますね。

山口 ぼくもこの小説を読んで、日本でもこういう小説を面白く書けたはずと思った。ただ、徹底的にしつこいコワンテ兄弟というのが出てきますが、ああいう、徐々に形を整えてくる資本主義を肉付けするようなものまで描いてる。普通はそんな肉付けまではされない。

山田 そのあたりはバルザックの独壇場です。どの小説でも必ず、ある個人が歴史の動静を具現する。

山口 日本で印刷ということで一番話題になりうるのは、明治の初めに大日本印刷をはじめた佐久間貞一という人物です。彼は静岡に住んでいた旧幕臣。だけど中村正直の『西国立志篇』を印刷するんです。それで、そのころは表紙に使う厚紙がなくて、すごく苦労して、自分で実験しながらその厚紙を作った。それが基礎になって、秀英舎というのをはじめて、大日本印刷になる。彼自身、こういった面白いエピソードの持主なんですが、ただ印刷の話がそれほど強欲じゃないという気がするんです。自由民権に結びついたりするのだけど、自分を主張しない、そのテーマ自身が。ところがこの作品では、印刷が一種の主人公になっていて、話を進めていく推進力になっている。だから印刷のディテールに入っていくと、読んでいてものすごく面白い。

山田 一つの生き物のようですね。実際、バルザックは活字鋳造もやっています。知りつくしているんです。

山口 十分積極的な登場人物たりえているという感じがする。

山田 印刷についての細かい記述もとばさずに読んでしまいますものね。でもその印刷屋の善人の夫婦はちっとも面白くない。印刷機の方がはるかに精彩を放っている。田舎を舞台にしたところでは、田舎の恋愛自身はつまらなくて、印刷機が主人公になっている。

山口 それを主人公に仕上げるのは、むしろコワンテ兄弟の方で、資本主義の形をとっていく姿をじつによく体現してる。

山田 「先生みたいに」なんて言ったら、ごめんなさいね。だって、四十万円とか七万五千円とか、克明に数字を挙げておっしゃるからなんですが、バルザックの世界でも全部情報なんですね。コワンテは全部情報をとっていて、それで相手をはめる。

山口 ぼくの場合は「身につかなかった」という意味で、そういうことを言ってるだけだよ（笑）。でもバルザックが本当にすぐれた作家であるということは当たり前のことだけれど、要するにそれが同時に産業の社会史になっているというところがすごいんだと思う。

山田 そうそう。

山口 いまの大学にはお宅のご主人も含めて経済学者や経営学者なんかがたくさんいるけど、みんなかなわないでしょう。

山田 かなわないですね。

山口 例えば経営学者がビビッドな動態を描くことはない、そもそも描く方法も持ってないから。

山田 この大作は、まさに出版産業の興亡ですね。印刷のテクノロジーからはじまって、出版社や新聞社の内幕まで。

山口 うん。だから普通は、出版という現象を考えても、やっぱり皮膚の部分しか描かない。しかしながら、バルザックは骨の細部まで描いている。機械も同じ、動物も同じ、人間も同じという、通領域的な、そういう大博物小説という感じがする。

山田 一産業の文化史を全部描ききっている。「資本主義」なんていう、それだけだったら空疎な言葉が全部肉付けされていて。テクノロジーから出版の経済史から作家の人物群像まで、トータルな出版博物小説ですね。

（二〇〇〇年九月八日）

山口昌男（やまぐち・まさお） 一九三一年北海道に生まれる。東京大学文学部卒業後、東京都立大学大学院で社会人類学を学ぶ。文化人類学者。札幌大学学長。主著に『「敗者」の精神史』（第二三回大佛次郎賞受賞）、『内田魯庵山脈』等。

フレンチドリームの栄光と悲惨

池内　紀
山田登世子

社会の管理化が進むなか、消えていくものと生き残る者とがふるいにかけられ、ヒーローのありえた時代が終わりつつあることが、ここにはっきり描かれている。
――池内紀

生涯の「栄光」と「悲惨」がありえた最後の時代なんですね。それを十全に意識しているから、全て一代記になる。
――山田登世子

売春と盗みは、社会状態に対する自然の状態の、
雌雄双方の、生命からする二つの抗議なのだ。

オノレ・ド・バルザック

読者サービス旺盛なバルザック

●バルザックの蘊蓄

池内 この小説のゲラが届いた時はびっくりしました。読むだけで大変だなあと。

山田 だってすごい物量ですもの。私も必死で読みました。でも、さすが飯島耕一訳、すばらしい訳ですね。

この小説（『娼婦の栄光と悲惨』）は、もともと寺田透訳で『浮かれ女盛衰記』のタイトルで出ていたものです。少々硬いというか格調高い寺田訳で読んだ歴史が長いんですが、それぞれに味がある。それにしても飯島訳は清新ですね。

池内 ぼくも寺田さんの日本語で読んだような気がします。それからバルザックでは『コント・ドロラティク』を神西清が抄訳したのを愛読しました。『おどけ草子』といったタイトルで、狂言スタイルで訳してありましたね。ただこれは文人タイプの人の一種の遊びで、趣味的なものですから、翻訳という枠を超えてしまって、いわば神西さんの作品ですよね。寺田さんの訳もその流れじゃないですか。

山田 そうですね。この小説の内容はすごく充実しているというか、バルザックのファンにはこたえられない晩年の傑作なんですが、読みやすい飯島先生の訳でも、建物の描写なんて、ウーンとかいってとばしちゃいますね。刑務所の隠語とか当時の犯罪組織の細かい説明とか、決して読みやすくはありません。

池内 ああいう蘊蓄を傾けるところね。ついめんどうくさいからとばしたりするけれど、ここに何かあったんだということは意識した上でとばすわけだから、たんにぶっとばしているわけではない。訳は大変だったろうななんて思いながらね（笑）。でも逆に、ああいうところだけ読むのも面白いでしょう。そこだけ読んで、小説をほっぽりだしたりして。こういうふうに小説のストーリーから離れて蘊蓄を傾けるというのは、あのころの小説にずいぶんありますね。

山田 でも特にバルザックが最高じゃないでしょうか。

池内 デュマも多いでしょう。

山田 デュマは、蘊蓄というより引き延ばすんです。バルザックの方はといえば、博物学的知識をもっていますから、ほんとに微に入り細に入り……。

池内 いずれにしても読者がそういうのをなかば求めたところもあるんでしょうね。デュマもほんとにあらすじをほっぽりだして、どっかへ行ってしまって、なかなか戻らない。それで読者はじっと待つわけなんですが、しかし同時にその「より道」をある程度は楽しみにしてたんでしょうか。ただバルザックの場合は、「より道」というか、あるストーリーを展開する中での一種の資料篇にあたるものを当人が用意している感じがする。バルザックにはそういう資料を集める秘書みたいな資料係はいたんでしょうか。

山田 まったく一人でやっています。それを思うとすごい。

池内 いわゆるストーリー・テラーという小説家の才覚以上に、古い資料をつめていって、それである状態を必然的な形で描きだすという、そういう学者的な面もずいぶん感じられる。

山田　歴史小説、ウォルター・スコットが流行っていましたから。修行時代にそういう勉強をみっちりしています。いわゆる取材をやる作家だったといってもいい。

池内　それでその資料も、現在のわれわれからいえばかなり古びた資料だけど、バルザックからいえばほぼ同時代のものですね。

山田　ちょうど今のわたしたちにとって、一九六〇年代あたりが舞台になっているような感じです。その点、バルザックは、同時代史ということを意識してやった最初の作家だと思います。『人間喜劇』を「十九世紀風俗研究」と言っているのですから。

●「きっと自分でも分からなくなった」

池内　時たま、急に「今日の文芸評論家とそっくりだ。彼らは浮き草稼業のくせに偉そうにして」なんて、同時代の人の悪口をいいはじめますね。こういうところも面白い。

山田　それこそバルザックの面白さです。

池内　それで「金銭しか頭にない人間の頓馬《とんま》さかげんは誰しも知るところだが、それも結局は相対的なものにすぎない」とかいったあとで、「われわれの肉体に独得の能力があるように、われわれの精神にもいろんな能力がある。舞踏家は脚にその力を持っており、鍛治屋の力は腕にある……」と、それぞれの人にはそれぞれ突出したところがあるということをいっていて、このあたりはぼくも非常に好きなんですが、結局それで何をいいたいかというと、ニュシンゲンの会話の中に出てくるある一語のことなんですね。

山田 何によらずくどいんです。しかも晩年になるほどますますひどくなる。小説の途中で平気で人生論を始めて、そっちの蘊蓄もたっぷり。『従妹ベット』なんかもう人生論特集みたいで、お説教を始めるんです、何頁にもわたって。それで「さて」とかいって、やっと話に戻る。そういう人生論も面白いですけれど。

池内 それが次の件のどこかで関わりがあるといえばあるんだけれど、話のつながりを当人も忘れちゃってて、で、これはいけないと話をもとに戻す。明らかにそういうところがありますね。

山田 『人間喜劇』にはざっと二千人にのぼる登場人物が出てくるんですが、一人ぽつんと何のストーリーにも絡んでこない人物がいるんですよ。ほかでもない、この『娼婦の栄光と悲惨』に。第二部のところで、「不思議なことに、まさにその時、南フランスのヴォークリューズ県から歩いてやってきた一人の青年が、飢えと疲労で死にそうになってイタリー門から入って来たところだった」とでてくるのですが、その後はそのまま何もない（笑）。

池内 書いたけれど、たぶんまあいいかと思ったんでしょうね。

山田 純粋にコロッと忘れてしまったのです。

池内 警察の書類かな、覚え書が紹介されるところがありますが、ここではじめて登場人物たちを全部整理して書いているんですね。でもこれは自分がわからなくなっちゃって整理したんじゃないかと。

山田 きっと自分でもわからなくなったんですね。

池内　カルロス・エレーラ神父、本名はこれこれで、逮捕されたのはこういう状況で……と。リュシアン・ド・リュバンプレについても云々と。「この覚え書は劇を物語る上では無駄な繰り返しになるが、パリにおける警察の役割を一瞥してもらうために」といっていますが、小説の終わり近くで、わざわざこんなこと書く必要はないと思うんだけれど。

山田　そうですね。調書があったと書けばいいだけのことで。

池内　記憶を新たにして確かめてよというのと、きっと自分のために、ともかく整理しておこうというところもあったでしょうね。

●読者と訳者泣かせの文体

池内　それと、たとえばこんな件がありますね。冒頭ですが、「ラスティニャックは街道で山賊に襲われた百万長者のように振舞った。つまりは降伏したのである。」こういうのがバルザックのスタイルなんでしょうか。俺はもう降参だという時に、わざわざ街道で山賊が現れて襲われて、百万長者がすべてを投げ出して、命だけはという、そういう比喩を持ち出してくる。ここなんか「ラスティニャックは降伏した」とだけすればいいと思うのに。

山田　それ、典型的なバルザックの文体です。「のように」、「のように」の連続。

池内　非常に長い副文がつくわけですね。こういうスタイルは、目で読むよりも耳で聞く文章、つまり読者、聞き手に対して話しかけていくスタイルのような気がするんですが。バルザックが書いている時には活字のメディアの読者というよりは、だれかが読んで、うーんと期待をしながら、それを回りで家族とか仲間が聞いている。そういう読まれ方だったんではないでしょうか。

山田 そうですね。サロンがあって、まずそこに原稿を持ちこんで、客に読み聞かせる。先にでた『幻滅』では、リュシアンは作家志望の田舎の青年なんですが、その田舎でも名家の上流貴族のサロンで詩を朗読するのが文士デビューの第一歩です。サロンは文学の語りの空間だったのですね。ユゴーをはじめ、ロマン派の作家たちはたいていそうしています。ただ、バルザックはちょっと違うんです。膨大な借金をかかえてますから、早くから、隠棲生活みたいな感じで、ひとりでこもって書きますから。プルーストもそうですけれど、昼夜ひっくり返って、社交する時間がないんです。

池内 なるほど。ただ実際に朗読したかは別にしても、文体として、語り手としてのバルザックが表に出てきますね。それが副文章の長さに現われている。たしかに今われわれが読むには、非常につらい部分ですが、当時の読者にはこれが一番楽しかったんじゃないかな。この副文章で楽しんだのだという気がします。

だから場合によれば、そういう副文章というのは、当時の読者に対するサービスとして作者がつけたものだから、場合によっては圧縮しちゃってもいいんじゃないかと思います。当時のスピードではこういうのがふつうでも、現在にそれを持ちこもうとすると、今の読者には苦しいでしょう。

山田 読者より訳者はもっと苦しめられますね。

池内 おそらく本来は「のように」がきっと、読んでいくとリズムがあって面白かったんですよ。だから身振り手振りも入る。こうなって、こうなって、と。

山田 おっしゃること、言いかえれば、こういうことですよね、つまり違うことのイメージがもう一つ語られる。それが楽しかったんですね。ダブル・イメージなんですね。両方読んでるような。

池内 まず入って、それでまた戻って、また行くと、こうなるものですから、非常に疲れる。それは当時の読者サービスの文体であって……。

山田 そう、あの当時の文体なんですね。

池内 読者、あるいは読者と作者が共有している楽しみの部分と、文学として進展していく、ストーリー性のある部分とは、ある種区別しながら、しかし訳しこんでいくという、そういう形の翻訳もありえていいんじゃないかという気がします。

山田 そうすれば、私の『従妹ベット』の翻訳もずいぶん楽になるんですが、ただバルザックってそれがやりにくいんです。「のように」の前が三行ぐらいですから。三字ぐらいならなんとでもなりますけれど、三行になると、全然違うものになってしまいます。

●教養とサービス精神のなせるわざ

池内 ぼくは以前、バルザックとほぼ同時代のホフマンを訳したんですが、ホフマンでもやはりこの問題がでてきます。彼は茶話会でしゃべる。次つぎにいろんな人が来て、自分の持ってきたのを読んで聞かせるというスタイルで書いた。作りそのものがそうなんです。そうしますと、何よりも耳で聞くものですから、章が変わると、読者は忘れちゃうから、同じことを少し変えながらくり返す。次の時にもまた変えながらくり返す。これが何度も何度もでてくる。こういうのは、最初の時には必要だけれど、二度目の時は視覚的な読者は忘れないし、忘れても戻ることができますから、全部訳すと非常にくどくなる。それで二度目、三度目は非常に縮めていく。ぼくはそうしたんです。さりげなく、いかなることわりもしないで（笑）。だから編集者が原稿枚数がこれまでの訳とずいぶん違うので、どこか落ちてるんじゃないかとずっと見たけれど、全然落ちてなかった。全体としてかなり少なくなりました。

山田　なるほど。単なるメタファーなんですね。

池内　もちろんそこは面白いところでもありますが。ドイツでしたらトーマス・マンあたりまではそういうところがあります。とくにマンの初期のものはそうで、副文が非常に長い。十九世紀の教養で育った人は、だいたいそのスタイルですね。

山田　なるほど。

池内　教養のしるしです。作家と読者がともに楽しむ部分であって、小説の展開とは基本的に関係ない。

山田　バルザックもすごく博識ですから、それが「のように」という文体に現れるんですね。フランスだと、フローベールからがらっと変わります。フローベールはまったく無駄がなくて、そこで純粋小説化する。一方バルザックは無駄ばかり（笑）。それが面白くもあり、つらくもある。いずれにしろ、この「のように」という問題、先生のお話でよくわかったんですが、文体それ自体の問題というよりは、何よりも文体を取り囲む枠というか、文学空間の問題なんですね。

池内　そう、読者との信頼関係があったということですね。こういう比喩を使えば、こういう読者は喜んで読んでくれるし、覚えてくれるという、そういう関係。

山田　そうしますと読者が狭いということですね。識者なわけですから。
池内　非常に狭いです。せいぜい千単位じゃないかな。
山田　そうですね。バルザックも三千部です、よく出ても。
池内　だから「もう十分より道したから、さて本文に入ろう」とかいうのを当たり前のようにやることができた。まあそういうことが可能な楽しい時代だったんですね。
山田　バルザックも読者がとばすとは全然思っていない。サービスのつもりですから。
池内　この作品も非常に冗長ですけれど、だからたぶん「より道」を全部整理してしまうと、今度は逆に面白くなくなってしまう。

バルザックの産み出したとてつもない人物たち

●主人公はヴォートラン

池内　この作品には「娼婦の栄光と悲惨」というメインタイトルがついていて、ふつうだったら、それを補う形で、つまりパラフレーズするような副題がつくんだけれど、これにはまったく別の副題がついている。だから読者からすると、娼婦の話なのか、ヴォートランという、いろんな姿に変わる男の話なのか、ちょっと戸惑いますね。
山田　そうですが、それもまたバルザックは常習犯で、ざっと十年にわたって書いてますから、最初の時の構想とはどんどん変わってくるんです。たとえば『幻滅』という出版業界小説も、最初のころは田舎の恋が幻滅に終わるという構想だったんです。

池内 ああ、だんだんと大きくなっていったわけですね。

山田 そうなんです。内容も題とずいぶん違ってしまう。ただヴォートランを書こうという意図は、『幻滅』を書いている時からありました。でも、この副題は勝手に編集部でつけたものなんですが。

池内 このヴォートランは『幻滅』にもでてきましたね、それから『ペール・ゴリオ』にも。だからこれがヴォートランの流れでいえば最後の話で、それで「最後の変身」となるわけですね。

山田 そうです。明らかにこれはヴォートランが主人公です。

池内 ぼくはこの大部なものをかなりのスピードで読んだんですけれど、だいたい四部構成ですね。最初は明らかに娼婦の話。第二部はアルザスのユダヤ人、ニュシンゲンで、第三部がリュシアンですか、この自殺する男。それから最後がヴォートラン。この四部構成がゆるやかな形でつながっていて、一つ一つを読んでもいいわけだし、通して読んでもいい。また他の作品、とくに『幻滅』なり『ゴリオ』との流れで見ていってもいいし、だから大きな川にいろんな支流が流れこんでいて、それぞれの川を見てもいいし、全体の川を見てもいいし、この川だけに限ってもいいという、そういう読み方ができますね。

山田 ええ、『人間喜劇』というのは全部複合体ですから、みんなそうです。でもやはりこの小説を支えているのはヴォートランで、これで三回目の登場ですから、あのすごい悪党だというイメージを読者はもう共有している。ヴォートランはどうなるのかという興味で先を読まずにはおれません。私、ヴォートランについて論まで書いていて、全部知っているわけなんですが、それでも読んでしまいます。反復可能なんです。名場面というか、見せ場というか、私のようなヴォートラン狂は、歌舞伎役者の「見得」を待つのと同じで、知っているのに、また同じ場面を心待ちにする。たとえば検事総長とヴォートランの対決のシーンがそうですし、それ以上にリュシアンの死の場面と、その死を知ったヴォートランを描くシーン。寺田訳でも泣きましたが、この飯島訳でもやはり泣いてしまいました。筋がわかってもまた読ませる。やはり傑作なんだと思います。

池内 なるほどね。このヴォートランというのは、同時にあちこちに存在しているような人間で、なおかつ最後は、ふつうは勧善懲悪でいくところが、むしろこの世の栄華をとった形で終わりますね。悪党礼賛みたいな。人格が増殖するみたいな、こういう人物をバルザックはどういう意味合いで出したんでしょうね。

山田 リュシアンに向かって、「おれが作者で、お前が芝居となるのだ。お前が成功しなかったなら、このおれは口笛を吹いてやじられることになる」と告白するシーンがありますが、ヴォートランはデミウルゴスです。造化の神ですね。で、それは究極のところ、作者バルザックのことだと。よくいわれることですが、確かにそうですね。

池内 なるほど。見えない神みたいな。じゃあ、それぞれの自分の代理として動かしている人物は、ヴォートランと無関係ではない、まあいえば分身に近いんですね。

●ヴォートランのモデル

山田 そのヴォートランには、一応モデルがありまして、当時の犯罪者の頭だった悪人が、本当に寝返って転身したヴィドックというモデルがいるんです。『レ・ミゼラブル』のジャン・ヴァルジャンを捕まえる方の役、ジャベール刑事のモデルにもなっているといわれています。このヴィドック、回想記を出していまして、邦訳もでています（『ヴィドック回想録』作品社）。バルザックも会ったことがあるとかないとかという話なんですが、とにかく当時、鳴り響いていた人物なんです。

池内　いわば二枚鑑札という、江戸時代によくあったけれど、一方では泥棒の一味、あるいは元一味で、こちらではお上のご用を承っている、あれにあたりますね。

山田　そうですね。とにかく非常にセンセーショナルに鳴り響いた人物ですから、ユゴーも書いてるし、バルザックも書いてる。ただ、私も『回想録』を読みましたけれど、本人に教養のセンスがあるわけではない。でも作家の想像力をかきたてるような存在ではあったようで、だからユゴーもバルザックも最大限にロマネスクに描いた。

池内　小さい時に、子供向きの『ああ無情』を読みましたが、あそこでいつもジャベール警部というのがつきまとう。「蛇のような目」でね。なんか子供心に「蛇のような目」というのはどういう目だろうというときに、いつもジャベールがじっと見ているのを思い浮かべました。このジャベールは終始冷血の法律一点張りの人物ですね。だからそういう点では、ヴォートランの方がはるかに人物として面白い。

山田　もちろんそうですね。やはり『レ・ミゼラブル』なら、ジャン・ヴァルジャンが面白いですから。人間的活力をもっているのは、ジャン・ヴァルジャンです。で、こちらはヴォートラン。絶対に味方して読んでしまいますね（笑）。バルザックが好きというのは、もうヴォートランが好きというのと同義語といってもいいくらいですもの。

しかもそのヴォートランは、一貫して美青年好みなんです。『ペール・ゴリオ』では、ラスティニャックという人物が出てきまして、骨がありますからそのラスティニャックには逃げられるんですが、今度はもっと美貌の青年を捕まえる。

池内 はっきりした形ではでてこないけれども、まあいえば娼婦に対すると同じような役回りをその青年が演じている。それは当然見えますよね。解説にもそのことが書かれています。

山田 大胆な解釈ですけれど、明らかに同性愛的ですね。だって、もう冒頭から、美しい、優雅だと女そっくりに描いています。

池内 自殺したリュシアンは、犠牲者といえば犠牲者ですが、書き置きの中ではヴォートランに対する、むしろ賞賛みたいなことを書いてますね。

山田 ええ、両義的なんです。

池内 死ぬにあたって、憎悪に対して一方の尊敬みたいな。愛憎の両方がある。

山田 だからこそ同性愛を感じさせるんですね。

池内 小説のストーリーからいえば、どうして遺書だけがこうなんだろうという感じで、少しいぶかしく思うかもしれないけれど、それは意識的に大きく作者が意図したところでしょうね。

山田 当然そうですね。あの遺書がまた見せ場というか、クライマックスの一つですから。

池内 それで当人が書いた作品で一番いいものだと(笑)。

●ニュシンゲン

池内　例のニュシンゲンですか、ああいう人物は悪いやつだと思いながら、非常に共感を抱いてしまう。

山田　池内先生好みかも（笑）。でも愛らしく描かれてますね。かわいらしく訳してる。飯島先生の名訳ですね。読みづらいんですが（笑）。

池内　カタカナ表記になっていますね。訳すのに苦労なすったでしょう。フランス語だとアルザス方言ですか。

山田　ドイツ語っぽいんです。

池内　それで言葉とすれば汚いんですか、音でいうと。

山田　ごつごつしてる。フランス語っていわば東北弁ですよね。切れ目なく音が続く。ところがこれはごつごつしていて、それこそ先生の専門ですけれど。原文の文字でも読みづらくて、ついとばして読んじゃう。

池内　どうしてアルザス生まれというのにしたんでしょうか。バルザックにとって、アルザス生まれのだれか嫌な野郎がいたとか、そういうことなんでしょうか。

山田　そういうことはないです。おっしゃるとおり、南の方の訛りでもよかったんですけれど。

池内　一種、ドイツとかあちらの方へのあてつけかもしれないですね。

山田　そうだと思います。バルザックは南方好きで、イタリアが好きで、北の方に悪い役をあてる。

池内 ユダヤ人とかユダヤ系についても、東欧から広がってきたというイメージがあるから……。

山田 だって南の方は同盟国ですものね、スペインなどは。それでイギリスは敵国です。ドイツがご専門の池内先生を前にしてなんですが、ドイツもやはり宿敵です。

池内 そうですよ(笑)。これは本当に野暮ったい男で、だからぼくはすぐドイツ人を思い出したな。

山田 それとニュシンゲンという名をどう訳すかもけっこう討論しました。

池内 ちょっとめずらしい姓ですね。知らなければ「ニュシンジャン」とフランス語読みするでしょう。やっぱりあの「ニュシンゲン」という、あの音でないと、あの男の感じはでない。ドイツ系でもいいし、あるいはオランダ系でも。当時だと金貸し業の一番盛んなのはオランダでしたから。それで、ドイツあるいはオランダを連想させるような名前なんでしょうね。

山田 あ、オランダも連想させるんですね。

池内 オランダ語はドイツ語と非常に近いですから。むしろぼくなんか、オランダ的な名前かなぐらいに思っていました。

山田 とにかく北方系で、いわばパリの「外人」。金融界のナポレオンなんですが、社交界では本当に外人扱いです。だからお金のだまし取られ方も荒唐無稽といいたいほどで、私、計算してみたんです。「老人が愛を得るには本当にいくらかかるのか」と。構えた屋敷に飾る生花の代金ですが、「階段を飾るバラだけで三千フラン」となっている。はじめ私は三〇万円かなと思って読んだんです。と思ったら単位が違っていて、三百万円なんですね。生花にかかる費用だけで三百万円。最後にあつらえる衣装も超高価で、三千万円の真珠のネックレスをつけている。だから本当にありえない神話的スケールの金が動く物語になっています。

池内 当時のパリは、ちょうど資本主義体制が成熟していく手前ですね。

山田 そうです。すべて管理化されていく手前です。

池内 だからニュシンゲンのように小さな、たたき上げで一代で膨大な富を手にする、そういう可能性は現実にあったわけですね。

山田 そう、そう。当時、そのリアリティはあったんです。今回のセレクションに入れた『ニュシンゲン銀行』は、まさにこのニュシンゲンが一代でどう成り上がったかという物語です。

●エステル

山田 お話ししていて改めて思ったんですが、娼婦のエステルとニュシンゲンという二人のユダヤ人、つまり絶世の美貌と、絶世の金貸しという二つのパリの極北を描いて、いわばそれを鏡のように置くことによってパリを照らし出しているんですね。

池内 ぼくもエステルは、ユダヤ人であることがポイントで、そういうイメージで読みました。

山田 エステルは高利貸の姪にあたるんですけれど、その高利貸についても『ゴプセック』という作品がありまして、このゴプセックがまさにオランダ人の母とユダヤ人の父の血をひいている。で、これがまたこの世のものとも思えない守銭奴です。

池内 実際にそういうユダヤ女の娼婦はずいぶんいたんでしょうか。

山田 ほとんどいないと思います。

池内 だから特別な、そういう意味合いを与えて、ここで登場させているわけですね。

山田 ええ、ロマネスクな意図ですね。非常に神話的な女です。まさしくありえないものをすべてまとわせていますから。

池内 それで、この「エステル」はふつうの名前ですか、それとも源氏名ですか。

山田 エステルはエステル。いちおう実名です。いちおうというのは、公爵夫人なんかとちがって、娼婦の氏素性はあいまいですから。

池内 というのは、パリの世紀末なんかの風俗雑誌で、娼婦風の女が出てくると、よくエステルという名前を作者が与えているんです。フィッシュ兄弟という、へんてこな風俗をどんどん書いてた人がいて、そこでもそういう女はだいたいエステルにしてるんです。それで、エステルというとそういうイメージがあるのかなと思ったんですが。

山田 エステルというのは旧約聖書に出てきますね。「エステル記」ですが、王のために国中を探して見つけ出したという美貌の娘です。やはりユダヤ人の娘です。

池内 もともとはそうなんでしょうね。とにかく名前からいえばユダヤ人であることを連想させることは間違いない。とすれば、バルザックがエステルとしたのも、それと何か関係があるのかと思ったんです。

●高級娼婦

山田 バルザックは源氏名もいろいろ書いてますし、その後の第二帝政以降、世紀末からベルエポックまで、パリでは娼婦が大繁盛して、リアーヌ・ド・プージーとかベル・オテロ、源氏名で一世を風靡する娼婦もたくさんでてくるのですが、このエステルは最初からエステル。日本語でも美しい。決まった名前で、イメージを彷彿とさせますけれど、あちらでエステルといえば、やはり聖書の伝えるあの絶世の美女という感覚がベースにあるのでしょう。

池内 いわゆるクルティザーヌ、日本語でいえば高級娼婦、もっとわかりやすい例でいうと、『椿姫』のゴーチェ、デュマ・フィスの、小説の主人公であり、ヴェルディのオペラの「ラ・トラヴィアータ」。ああいう女性を連想すればいいわけですね。

山田 そうです。巨万の富に囲まれて、たいてい若くて、はかなくて。

池内 ラスティニャックとかリュシアンが典型だけれども、青年がある野心をもって田舎から大都市に出ていく。ドイツなんかだと、そこから教養小説が生れてくるわけだけれども、そういう大都市の中で、自分の理想とか理念ではなくて、現実とぶつかって、むしろ悪の世界とか、富のからくりとか、そういうものを知っていく。そういう地方からやってきた青年に対応するように、大都市にやってくる娘もいて、仮に面白おかしく、かつ優雅にすごそうとすれば、一つの就職口として娼婦という職業があった。そういう点で、ラスティニャックのような青年の状況と、かなりパターンが似ていますね。

山田 おっしゃるとおり似てます。その典型が『レ・ミゼラブル』のコゼットのお母さんですね。コゼットの母はみじめな貧困からぬけだせず、成功しなかった例ですけれど。パリの人口がどんどん増えてきますが、田舎から女がやってくると、それしかないわけです。たいていは女工からはじまる。

池内 お針娘ですか。

山田　そう、そう、お針子。それしかないわけです。あとは踊り子か女優。

池内　劇場のね。

山田　そうです。踊り子というと、たいてい娼婦です。だから劇場なんて、いわゆるあいまい宿とかわらない。娼婦の隠語とか、花柳界についても、バルザックはこの作品でずいぶん蘊蓄を傾けていますが、娼婦といえばたいていは女優です。青年のなかにも挫折するのと成功するのがいるように、女性のなかにもやはりコゼットのお母さんみたいに、みじめなまま肺結核で死んでしまうのがいる。こちらの方が圧倒的多数だと思いますけれど、ほんのひとにぎりの美貌の女たちが、うまくやって、運がよければパリ一、ヨーロッパ一の、ニュシンゲンとか、ロスチャイルドぐらいの金持ちに見初められる。極端な成功例ですね。

●性の管理化・産業化

池内　娼婦の場合は、そういうふうにパトロンをつかめるかどうかが、成功するかどうかの分かれ目なんでしょうけれど、これは契約制みたいなのでしょうか。たとえば、どこで手を切るのか。仮にこのパトロンがついたとしても、自分のすべてを拘束されるわけではなくて、自分の愛情の一部はパトロンに当然として捧げるけれど、残りは自由であるという。パトロンの男からいえば、すべてを自分が専有してるわけではない。

山田　もちろんそうです。ですからエステルの場合は、ストーリーとしてこれほど身も心も引き裂かれて死を選びますが、こんな娼婦は実際にはいない。そういう意味では本当にありえない存在です。

ナナが典型的ですが、ふつうはお金を出す男、それから本当の恋人と、いろいろいるんです。契約制というよりも、そこは娼婦の才覚一つで。娼婦同士の互助組合があって、助けあったり、男を回しあったりする。

池内 なんかこれではすごくこだわっているみたいですが、そのいわば仲介役というのか、日本語でいえばやり手婆さんみたいなのが介在して、それでいいパトロンを引き合わせたとき、介添え役のその婆さんにある種の義務は生じるのかしら。仁義みたいな、それはいらないのかしら（笑）。なんかそのへんの関係がどうも重要なような気がするんだけれど。

山田 いわゆる取り持ち婆は出てきませんね、パリでは。たしかに、この小説みたいに、小間使いやら家政婦やらが途中でちゃっかりマージンをとるのはしょっちゅうですけれど、いわば制度としての仲介役というのとはちがう。娼館も第二帝政以降ものすごく流行りますが、そこでは本当の経営が行なわれる。ソープランドと同じです。経営者がいて、マダムがいてという。取り持ち婆さん以上です。そこで管理されるわけですし、マージンも全部取られるんですから。

池内 でもそういう形になるのはこれよりも後ですね。

山田 すぐ後です。一八五〇年頃の第二帝政期に全盛時代を迎えます。

池内 性が非常に管理化されて、整理されていったわけですね。

山田 そうです。それは数も増えてくるからなんですが。バルザックの描いている世界は、そのように整理される以前のことで、娼婦にもピンからキリまであって、あくまで個人経営なんです。で、取り持ち婆さんも存在しない。でも先生、ずいぶん経営のしくみにこだわっていらっしゃいますね。

なにか魂胆があるのかしら？　温泉で言いよられてこまってらっしゃるとか（笑）……。とにかくバルザックの時代、娼婦はまず劇場でデヴューするんです。ナナなんてなんの演技力もないわけですが、体がよければいい。で、劇場でデヴューして、うまくいけば観客が目をつけます。しかも演劇関係者ってみんなその気がありますよね、先生みたいに……。

池内　いやいや、単なる知的好奇心ですよ（笑）。

山田　『幻滅』にも劇場付き記者が出てきますが、そういうのは必ず踊り子というように、もう決まっているんです。だから取り持ち婆って、江戸というか、そういう風習とは違います。

池内　なるほど。ただぼくがそれをきいたのは、少し前ですが、イギリスにホーガースという絵描きがいて、「ある娼婦の生涯」という連作の銅版画があります。十八世紀末ごろですが、ドイツのゲッティンゲン大学にリヒテンベルクという、非常に風変わりな物理学の先生がいて、その人がホーガースの銅版画を絵解きしているんです（池内紀編訳『リヒテンベルク先生の控え帖』、平凡社ライブラリー、一九九六年）。絵はたった六枚なんだけれど。

田舎から娘が出てきて、絵のとおりなんですけれど、娘の足元をごらん、足がどういうふうに立ってる。これはいかにもしつけがいいんだ。服を見てごらん、非常に野暮くさい。当時こういう服を着てたのは、こういう生活をしていた、こういう親、あるいは家庭の子供なんだ、と。そういうのをずっと細かく絵解きしていって、たとえば、ごくまっとうな職業なんだけれど、これからお勤めにいく娘に、そんなお勤めよりもひとの妾にならないか、うんと楽ができるよ、と話しかけてくる婆さんが描いてあるんです。いわば取り持ち婆さん。そういう娘をずっと狙っていて、田舎からの馬車が着いて娘が降りてくると、すぐに声をかけて、パトロンのところへ連れていくという、そういう職業がイギリスではもう確立していたみたいなんです。

つまり、ホーガースの絵から、性がいかに市場化していたかというのが分かるんです。ホーガースの時代の方が少し前ですけど、それでそのころのパリもそうかなと。

山田 なるほど、よく分かりますね。私、イギリスには暗いんですけれど、娼婦には強いので（笑）。娼婦に関する書評ってたいてい私に回ってくるんです。そんなこともあっていろいろ読む機会があるんですが、ヴィクトリア朝のイギリスはひどく性に禁欲的でフランスとはずいぶん違いますね。性風俗は先進国なんですが、あくまでアンダーグラウンドです。

世紀末文学をフォローしていた頃、イギリスがどうなっているのかと、娼婦探しに一生懸命、ディケンズを読みましたけれど、あんなにたくさん書いていても一冊ぐらいにしか出てこない。だからやっぱりイギリスって、ウィーンもそうですけど、みな隠すんですね。大いなる抑圧の体系です。ホーガースみたいな、こんなあっけらかんとしているのは、めずらしい。フランスの方はといえば、事実もあふれていて、それについての文学も資料も全部そろっている。娼婦に関しても犯罪に関しても、どちらも警察にごやっかいになりますから、警察資料も膨大にある。

ただ、先生がおっしゃるような市場化が進行するのは第二帝政の頃で、バルザックの時代はそういう制度はまだととのっていません。

池内 性がまだ産業化しないで、いわば家内工業的な段階にあったわけですね。

山田 あくまでも個人経営で、互助組合があるんです。

池内　だからこそ、こういう小説のこういう人物が成り立つわけですね。
山田　そうですね。ソープランド化して市場化し、娼館ができてしまうと……。
池内　ただどうなんでしょうか、彼女なんかはそもそも文学的な創造の産物なのだろうけれど、娼婦の一つの心意気として本当に自分が惚れこんだ男ができれば、すべてを投げうってでもいくような感じがありますが、建前としてそういうものは実際にあったんでしょうか。
山田　あったのだと思います。ほかでもないリュシアンの前の愛人がそうですし。コラリーという踊り子なんですが、リュシアンに純愛をささげて死ぬ。そしてそのコラリー以上に純愛の極限をゆくのがこのエステル。だから際立っていますが、別の見方からすれば、それは男の側の夢かもしれませんか。というのも、ふつうは必ず本命君、アッシー君、ミツグ君みたいに男たちを使い分けていますから。娼婦はそれが許される存在なので、こんな命を捧げるなんて例外的。だから本当にありえないようにロマネスクなんです。そんな女はいませんよ（笑）。先生はご存じでしょうけど。
池内　単に男たちの願望してあったということでしょうね。例の『椿姫』もそうだし、オペラの場合も、「ラ・トラビアータ」、あれもそうですね。

フレンチドリームの神話的世界

●なぜこれほど神話的なものがリアリティをもつのか？

山田　ほかならぬ池内先生だからお話ししたいのですが、バルザックはリアリストというふうに言われていますが、この小説はありえないものばかりで成り立っていますよね。あれほどの美貌に恵まれ、あんなにも愛される美青年なんていないですから。この世の果てとでもいうような純愛を捧げる娼婦、あれもありえないでしょうし、ましてヴォートランみたいな全知全能の悪人もいない。作品世界がありえないようなものばかりで成り立っている。

池内　そうですね。ヴォートランはもちろん血と肉をもった人間であると同時に、むしろ当時のパリ、あるいは時代がもっていた一種の活力それ自体の具現化、そんな感じがしますね。まちがいかもしれないけれど、「ヴトゥレール」というのかな、「とぐろを巻く、うねうねしてる」というあの動詞から「ヴォートラン」ができたんだというのを読んだことがあって、だから社会の底辺にうごめいているもの、それを一つの人格に煮詰めたという、そんなイメージかなぐらいに思っていたんです。

山田　ヴォートランが、バルザックがもってる最大限のエネルギーを具現していることは間違いないですね。

池内　バルザックからいえば、描きたい人物だし、こういう形で描いたということはさすがだと思います。ただバルザックは、このヴォートランに限らず、どういう気質であれ、性格であれ、あるいは情熱であれ、徹底的に書いていく、追いつめていくという、そういうところがありますね。

山田　いつも極限を描きます。

池内　だからその段階で現実とか、あるいは当時の社会風俗とか、そこを土台にしながらも、結果的にいわばお定まりのところを突き抜けてしまう。

山田　エステルの愛もそうですし、ヴォートランの活力もそうですし、リュシアンの美貌もそうですし、ニュシンゲンの富もそうですし、全部ありえない。

池内　ただ、そういうストーリーだけだとちょっと読者も白けてしまうかもしれない。そこにああいう資料的なものがちょっちょっと入ることによって、ふつうだと突拍子もなく、ありえないことなのに、それがありうるかのような形になってくる。その意味で、「より道」にあたる部分は、この小説の構成からいって非常に重要ですね。

山田　なるほど先生とお話しして納得がゆきました。なんでこうも荒唐無稽なありえないもの、最高にありえないものが同時にリアリティをもつのかと。なるほど、土台となるべき資料篇と両方をバルザックはわかってやっていたんですね。

池内　作家の本能でしょうね。ちょうどいい具合のところに入ってくる。

●フレンチドリーム

池内　結局、一代で成り上がった男の物語が成り立つということは、逆に小説が書かれていたころにはすでに、そういう可能性はほとんどなかったということでしょう。

山田　もう終わるんですね。娼婦も銀行家も小説家も全部、一代で成り上がる時代なんですが、それの終わりの時代に位置しているんです。

池内　小説の舞台のころには、つまりラスティニャックとかリュシアンとか、ああいう青年が野心をいだいてパリにやってくるわけですが、そういう野心そのものに、わりかし現実性があったわけですね。

山田　バルザックが至るところで言っていることですが、ナポレオンの果たした役割が大きいんです。ナポレオンは、無から成り上がった。それで、出版界のナポレオンとか、法曹界のナポレオンとか、ナポレオンだらけになる。そういうことを夢みさせた、一種のフレンチドリームが生れたんです。ラスティニャックやリュシアンがフレンチドリームの青年版で、女のフレンチドリームはやはりエステルですね。だからそういう野心には現実性があった。バルザックの実人生そのものからしてそうです。

それでこの小説は、一代記の極限を、娼婦版、銀行家版、それから青年版と、その挫折と夢を描きっているんですね。それと悪人で、悪人も一代ですね。一代で転身するということがありえた、そんな時代の終わりなんです。黄昏なのだということをバルザックはわかって書いていた。

池内 ヒーローがありえた時代の最後ということですね。だからほんの二十年、三十年だけれど、その前後の変化は非常に大きい。小説の舞台になっているころは、現実性がおおいにあったのに、小説が書かれて、バルザックの小説が市場に出たころには、もうすでに神話になりつつある。そういうものですね。

●世紀の変わり目はたった十五年

池内 『人間喜劇』の中でいえば、この作品以後の作品は何でしょうか。

山田 『従妹ベット』と『従兄ポンス』ですね。

池内 じゃあ、バルザックは、『人間喜劇』の終幕に近いものとしてこの小説を位置づけていたんですね。ヴォートランも、ここで終わりにしようと。最後、彼は何になるんでしたっけ、警察長官かなんか……。

山田　治安部長、治安警察のトップにおさまるのですけど、肩書を言っても日本に同じものがありませんからわかりませんよね。飯島先生も解説に書いていらっしゃいますが、この頃の警察組織は、とても複雑。バルザックは若い時、法律事務所に入っていて、そこで得た知識を全部駆使して書いていますから、読者がついていけないほどです。同時代でもむずかしかったと思います。

池内　そうでしょうね。警察の組織そのものが、いわゆる一枚岩ではなくて、極端にいえば、警察同士も相手を疑ってみたりするような。これが一元化されるのはもう少し後でしょう。いまでもこんなに複雑なんですか。

山田　そんなことはありません。第二帝政の頃にすべてが管理化されます。いわゆるパリ大改造という、都市改造は同時にそういう都市組織の改造も全てふくんでいますから、混沌としたカオスは、バルザックの時代で終わるんです。ほんとにすべてが管理化される直前です。政治状況も、ナポレオン帝政が終わって王政復古になって、立憲君主制になる。ややこしい話ですが、次にナポレオン三世がでてきて、第二帝政になる。

池内　ややこしいですね。結局、この舞台は主に王政復古ですね。それまでのアナーキーな状態とナポレオンのある時期が終わって旧に戻るという、いわば空白時代。そこで急にいろんな地位とか金がワッと手に入るかのような幻想が生れてきたんですね。だからあの時期はせいぜい三十年、あるいはもっと短いのかな。

山田　十五年ですね。

池内　たかだか十五年。ただ、そのあたりから確かにぐんと変わりますね。パリにかぎらず、おらそくヨーロッパ全体がうんと変わった時期だと思います。
この小説から少し離れますけれど、ぼくはモーツァルトが大好きなんですが、そのモーツァルトからベートーヴェンへの移行というのは、時間的にいうとたかだか十五年とか二十年くらいなんです。モーツァルトなどは死ぬと無名者の墓穴に放りこまれて、でもそれで別におかしいこともなく当然だったのが、ベートーヴェンの頃には、天才とか英雄とか、ああいう、とても偉い、偉人として音楽家がでてくる、そういうイメージができあがっていくんです。ベートーヴェンは死んだ時にすでに町のヒーローになっていますから、葬式そのものが大きなイヴェントになって、偉大な人を葬る形になる。ずいぶん大きな転換ですよね。正味十五年の時間差なんです。

山田 十五年なんですか。

池内 ドイツでは、その時期のことをビーダーマイアーの時代といいますけれど、一見、非常に平穏で、昨日と変わらない生活が続いているような感じだったのですが、その時期に管理化がぐっと進む。とりわけ法律が整備されるんです。だからベートーヴェンとかシューベルトは、結婚したくてもできなくなってしまう。結婚するためには収入証明書を教会に持っていって、教会の承認をとらないといけなくなったからです。サラリーマンとか公務員はいいですけど、ああいう音楽家なんかは収入が不定期でしょう。だから証明書が出ないわけです。すると結婚もできない。しかし恋愛はしますから、あのころはものすごく私生児が多くなる。それから梅毒も多い。

山田 そういう法制的な理由があったんですね。

池内 だから法的な整備が非常に進んでいって、急速に世の中全体が一種、官僚化していったんです。

山田　信じられないですね。十八世紀と十九世紀という感じですものね。

●滅びゆく者と生き残る者

池内　だからバルザックが書いたこの時代は、時代でいえば十八世紀ですね。それで小説が出たその時点は、十九世紀的な整理がされた時期。それは小説を読んではじめて気がつきました。

山田　時代の質的な落差はおっしゃるとおりですが、十六世紀というとやはり少しちがっていて、やはり十九世紀の始まりです。一八五〇年から七〇年までの第二帝政の二十年間で、制度のすべて、都市空間から法律、娼婦や性欲の処理システム、警察組織に至るまで、管理化されてゆく。この二十年間で都市生活は様変わりしてしまいます。文学でいえばフロベールの時代になるのですね。バルザックは、そういうふうに管理化される以前の世界を意識的に描いている。だから一世紀も違うような感じになるんです。

池内　そうですね。もうその時には、ヴォートランもでてこなければ、エステルもありえないし、ラスティニヤックとか、一旗挙げる者もいなくなるでしょうね。

山田　平凡な日常と、薄っぺらな消費生活がくりかえされてゆく。大恋愛も大出世もドン・キホーテ的な夢になるんですね。『ボヴァリー夫人』みたいに……。晩年のバルザックはそういう時代の到来を予感して書いています。だからああもロマネスクの極北をゆく小説なんですね、『娼婦の栄光と悲惨』は。今日のお話で明快になりました。生涯の「栄光」と「悲惨」がありえた最後なんですね。それを十全に意識しているから、全て一代記になる。

池内 リュシアンは死んでしまうし、エステルも死んでしまう。そしてラスティニャックは生き残る。もうこの段階では名士の手前ですね。

山田 ええ、すでに名士になっています。オペラ座のはじめの場面が、読者に対する一つのインフォメーションになっています。

池内 ラスティニャックは最後は国会議員でしたっけ。貴族にもなって……。

山田 ええ、大臣になっています。フレンチドリームを実現している。

池内 念願の出世をとげた。つまり、十九世紀の非常に整然とした社会の中で地位を得ていく。そんな形で、消えていく者と残る者とがちょうどふるいにかけられる。それがここにはっきり描かれているわけですね。

（二〇〇〇年十月三十一日）

池内 紀（いけうち・おさむ） 一九四〇年、兵庫県生。ドイツ文学者。主な著訳書『ウィーンの世紀末』（白水社）『見知らぬオトカム——辻まことの肖像』（みすず書房）『マドンナの引っ越し』（晶文社）『カフカ短篇集』（岩波文庫）ほか。

滑稽なまでの激しい情念があると
ころで崇高なものに転じるさまを
バルザックはよく描いている。
——松浦寿輝

クルヴェルが体現していますが、
男には必ずそうした名誉欲がある
ものを、ユロは一切捨てて、もう、
あっぱれです。
——山田登世子

欲望は崇高なまでに烈しく

松浦寿輝
山田登世子

美貌は人間にそなわった力のうちで最大のものである。

オノレ・ド・バルザック

欲望を描いたバルザック

●バルザックはお好き？

山田　今回、松浦さんに対談をお願いしようと思いましたのは、この作品のサブタイトルが関係しているんです。そのことからお話ししますと、初めはベットを念頭に「女の復讐」と決めていたんですが、そう思って訳してゆくと、おもしろくなかった。実際訳していくと、むしろエロの話なんだなということがよく分かったんですね。それで「好色一代記」というサブタイトルにしたんですが、そう決めてしまったら、私がもともと松浦さんのファンだということも大いにあるんですが、好色一代記ということであれば、これはもうこの方しかいない、と。

松浦　何だか、よくわからないですけれども（笑）。「好色一代記」というのはいいですね。

山田　好色のことなら、松浦さんに聞けばいいと（笑）。たとえばフェミニズムの方となら、「女の復讐」という話になると思うんですが、私、フェミニズムはどうも苦手なものですから……。それでまず、単刀直入に松浦さんに一つお聞きしてみたいんですが、『従妹《いとこ》ベット』（以下『ベット』）は、きっとお嫌いじゃないのでしょうか。

松浦　いえいえ。

山田　そうかしら。対談をお願いしておいてこんなこと申し上げてもおかしいんですが、松浦さんとバルザックとは合わないような気がするんですけど。バルザックにいちばん合わない作家のようにも思います。

松浦　実はあまり相性はよくないんですけれども……。というか、バルザックのことは、ほとんど何も知らないんです。僕のフランスに対する興味が七月王政以前には遡っていかないということもあって。

山田　でも、バルザックの向日性には閉口なさいませんか。

松浦　僕の学生時代は、ヌーヴォー・ロマンが全盛期で、ロブ=グリエが、「もう十九世紀的小説はだめだ」なんていうことをさんざんいっていたような時期だったんです。そしてそのだめな小説に「バルザック的」という形容詞が必ず付される。何かそういう先入観が、いまにいたるまでどこか頭に残っているかもしれない。

山田　いまにいたるまで、おありなんでしょうか。

松浦　必ずしもそういうことではないんですが、やはり六〇年代文学の前衛意識だと、バルザックを貶めて、フロベールを称えるわけです。言葉に対する精密な意識というような方向に重きが置かれて、それは僕自身の興味の中心でもあったものですから。今日は、山田さんにお目にかかりたくて来たようなものなので、むしろバルザックの魅力についていろいろお伺いしたいと思います。

●魅力的なユロ男爵

松浦　『ベット』も、今度の翻訳で初めて読んだんです。お恥ずかしい次第で。でもやはりおもしろかったですね。おっしゃる通り、このユロ男爵という人物の……。

山田　執拗な……。

松浦　執拗な、何というんでしょうか、この異様な情熱。それから情熱ゆえにどんどん惨めになっていく、滑稽と境を接したこの悲惨さ。

僕は小説を読むときは、比較的どんな人物にも溶け込んでしまうんです。男女限らず、虚構のイマジネールに意識が染み込んでしまう。そういう意味では、ユロにももちろん同一化しながら読みました。惨めさと滑稽さを含めて魅力的な人物だと思いましたね。筋立ての方は、例によっていろいろと波乱万丈で、あれやこれやあるわけですけれども。

山田　その点、退屈は、あまりしないですね。

松浦　全然しない。山田さんが解説に書かれていらっしゃるとおりで、これは描写のない小説ですね。

山田　読み飛ばしたくなるようなくどくどしい描写がありません。

松浦　『ペール・ゴリオ』なんかだと、最初に館の描写から始まりますね。あれだけで疲れてしまって、一体何なんだというところがあるんですが。

山田　これは入りやすい。

松浦　入りやすいし、娯楽性が高い。とにかく一八三〇年代のパリ社会のブルジョワと貴族の両方にまたがっての人間関係が活写されている。

山田　この『従妹ベット』は、『従兄ポンス』と並んで「貧しき縁者」という連作をなしているんですが、おそらく『ポンス』は、松浦さんのお好みでしょう。

松浦　『ポンス』は好きなんです。よくおわかりになりますね。老残の独身者の話。

山田　きっとお好きだと思います。ロマネスクで、退廃していますものね。渋くて枯れていて、しかも泣かせる。ある意味ではバルザックとは思えない作風。くろうと好みの小説ですね。一方『ベット』は、そういう意味ではしろうと向けでわかりやすい。初めから終わりまで退屈しませんし。

松浦　そうですね。それとぼくは『ゴプセック』というのが好きなんです。

山田　私も好きです。あの作品はすごく考えさせる。何度も読ませる。しかもあのラストシーン、異様なモノの廃墟の印象深さ。やはり松浦さんは暗い方が好きなんですね。

松浦　ええ、どこか闇の気配が漂ってないとだめなんです。

山田　松浦さんの『幽《かすか》』や『花腐《はなくた》し』の世界も、すごく暗くて、湿っている。松浦さんは「水の想像力」の方なのですね。

松浦　水べりとか、好きですね。雨だったり。

山田　うそ、と思うぐらい、月が出てきて、水が出てきて、夜が出てくる。水の想像力のイコンの連続です。『ひたひたと』なんて、タイトルからして水ですもの。それに対してバルザックは火ですね。水じゃない。訳していて、天候の描写がないことにふと気づいたんですが、月なんか一度も出てこない。

松浦　興味がないんですね。

山田　『谷間の百合』なんかでは、田舎のロワール河の田園情景を描いている。でもそれは退屈で、「パリ生活情景」の作品群には、天気の描写がほとんどない。それに対しプルーストは天候ひとつですべてが変わるような気象小説ですね。あるときからそう意識しながら訳していったんですが、雨は一回だけ降ることには降るんです。ただしそれは彫刻家が浮気をして帰ってきたときに、妻のオルタンスがじろじろと靴を見て、歩いて帰ってきたのだとしたら雨に濡れていないのはおかしいじゃないか、というような形で一カ所出てくるだけです。これだけ長い作品なのに。たまたま『一葉の四季』という森まゆみさんの本を読んでいたんですが、一葉が四季とか天候をよく描いているのに対し、『人間喜劇』なんて季節感がどこにもないでしょう。ところで松浦さんは、病弱ですか。

松浦　いや。ときたまかぜを引くぐらいで。

山田　プルーストは病弱でしたよね。

松浦　あの人はぜん息で、コルク張りの部屋に閉じこもっていた。

山田　一葉も病弱なんです。それで、病弱な人ほど気象に敏感なんだというのが、山田説なんです。実際、私自身がすごく虚弱で、月も水も大好き。ところがバルザックは頑強で、たたいても死なない(笑)。とにかく病気して苦しんで、ということはない。それで季節感がないのでは、と。

松浦　フローベールにはありますね。『感情教育』とか。

山田　そうですね。バルザックとの断絶がフロベールに始まると、その意味でもいえるかもしれませんね。

●滑稽な男、錯乱する女

山田　さきほど、エロが滑稽だとおっしゃいましたけれども、そもそも男というのは、本質的に滑稽な存在なのではありません？　ラカンが言った言葉なんですが、「女は誰でも、どこかしら錯乱したところがある、そして男は誰でも、どこか滑稽だ」と。これって言えていると思うんです。

松浦　なるほど。バルザックの作品だと、女の錯乱と男の滑稽みたいなものが、いちばん生々しく描かれているのは何ですか。

山田　たとえば『娼婦の栄光と悲惨』がそうですね。

松浦　あれは、おもしろい。

山田　松浦さん好みでしょう。

松浦　本当に好きですねえ。バルザックの中ではいちばん好きかもしれない。

山田　あの小説にセリジー伯爵夫人というのが出てきますが、あれが女の錯乱の極地ですね。恋焦がれて、それだけに溺れて、法律だろうとものともしない。それに対し、このヴァレリーという女は、錯乱していないですね。

松浦　これはね。

山田　たえずお金の計算をやっています。そのリアリティが、実は少しわからないんですが。女同士でこうもお金の話をするだろうかと。そんなにお金がたまるのが楽しいのだろうか。もちろんバルザックは金勘定に追われた職業作家の第一号ですが、女がこんなにお金に執着するのはね。何フランが年金でとかいって、いかにも楽しみであるかのように語られているのはちょっとわからない。

●滑稽にして崇高な生涯

山田 やはり松浦さんはユロのように生きてみたいですか。

松浦 いいですね、これは。滑稽の極致がほとんど崇高さへと接近している生涯ですからね。

山田 どの男性も、男として生まれたからには、なりふり構わずすべてを捨てて、好きな女だけに、肉体だけにおぼれて、と。その崇高さと快感を深く感じますね。ヴァレリーになりたいとは思いませんが。だってあんなにお金の計算ばかりやって、錯乱できないわけですから。むしろ女のユロというのは、ボヴァリー夫人ですね。

松浦 男はやはり、五十代、六十代ぐらいなのかな、性欲の衰える段階で何か名誉欲の方に昇華されるんですね。

山田 それを「昇華」と呼ぶんですか。呼びたくないですね（笑）。

松浦 そうなんですが（笑）、まず有形・無形の勲章が欲しくなってくるとかね。だからユロのすごさはそちらに行かずに踏みとどまって、好色の道に殉じたところにある。

山田 殉じているところが、意気に感じますね。

松浦 そのすごみがある。「好色一代記」はいい題だと思いますね。

山田 逆にクルヴェルはパリ区長になったぐらいでいい気になっている。逆にそこに男のリアリティもあるんですが。クルヴェルはすべてが半端。その分、まっしぐらに堕ちてゆくユロの潔《きよ》さに打たれます。名誉欲なんかに昇華してほしくないですね。そういう男性が多いですから、現実に。

日本でも谷崎潤一郎は別格ですね。そういうふうに最後まで性の職人に徹してほしい。それとプルーストのシャルリュスが同じように殉じますが、シャルリュスは明らかにこのユロですね。

松浦 『見出された時』の「仮面舞踏会のシーン」に再登場する、あの老残のシャルリュス。すばらしいですね。

山田 あれは萎えてはいるのですが、ユロであり続けている。しかしそうするにもお金がいります。そのあたり、バルザックはやはり厳しい。性におぼれるにも資本が要る、先立つものが要るんだという。他人の金を食いつぶしていくんですから。そういう意味では、男の夢ですね。だってシャルリュスなんて、貴族だから、何のお金の心配もしなくていい。「生活のことは召使に任せておけ」ですむ人たちですものね。

松浦 だから、やはりいまの日本みたいな国では、そもそも放蕩なんていうのは無理なんです。たとえ大金持ちの親を持っていても相続税であらかた持っていかれてしまうんだから。

山田 江戸時代なんかに、あるいはあったかもしれませんが。戦後なり、明治以降にはないですね。色街の荷風のような世界はあっても。その荷風も貯金通帳を握り締めて死んだ人ですから、また違いますね。

松浦 それにしても、このユロの歳がすごいですね。登場したときはもう、七十歳とか（笑）。

山田 いまでいえば九十歳とか、九十八歳とか、そんな感じですね（笑）。バルザックは、一般に描く女性の年齢を引き上げたといわれて評価されているんです。実生活でもそうで、年上の女性ばかりに惹かれていく。

松浦　ハンスカ夫人とか。

山田　要するにマザコンなんです。でも、フランス文化ではよくあることです。

松浦　パトローヌに庇護されて。

山田　「感情教育」を受けますからね。それにしても、性愛の年齢をここまで引き上げた先駆性を感じます。この時代では最高年齢ではないでしょうか。

松浦　老人の性愛というと、われわれ日本人だと谷崎とか川端康成を思い浮かべますが、これはやはり萎える方に近づいていく頽廃のエロティシズムで、ユロの場合は、本当に七十過ぎた老人の性愛なんだけれども、あまり倒錯趣味とかそういうものではないですね。ひたすら、リビドーのエネルギーが渦巻いている。そこがすごい。

山田　老衰とか倒錯ではなくて。やはり好色界のナポレオンですね。最後の場面なんかすごくありませんか。初めてお読みになったのなら、きっと最後は印象的でしたでしょう。

松浦　ええ、驚きました。懲りないやつですね。息子があきれはてて、おやじはおやじで勝手にやれよ、みたいなことをいう。

山田　子供に帰ったおやじは、もうしょうがないから、と。バルザックにしては、最後が大変よく書けていますね。死者となったアドリーヌが涙をこぼすシーンもすごい迫力。それであの最後ですから、二度終わりがくるみたいな感じです。そこにも崇高性を感じます。

●芸術家神話の崩壊、評論家の誕生

山田 それにしてもこのアドリーヌと娘のオルタンスは退屈ですね。

松浦 オルタンスは、つまらない女ですね。

山田 そう、母娘そろって。それに劣らず魅力がないのがユロの息子です。いちばん堅実で。その分リアリティはありますけど。父がそうだったら、息子は必ず反面教師でああなるという。

それから、芸術家が出てきますね。シュタインボック。あの芸術家は、芸術家としてうまく描いていますね。バルザックは小説中で芸術家論をよくぶつんですが、これは意識的になりそこないの芸術家を描いた、典型的な小説だと思います。

松浦 天才ではないんですね。やはり二流の芸術家で、経済的にちょっと楽になるとすぐにだめになってしまうという。

山田 そこにリアリティがある。バルザックから百五十年たった現在、芸術家神話や天才神話はもうすっかり崩壊して、芸術家という語自体も死語になってしまっているでしょう。実際、職業欄に芸術家なんて書く人はもうだれもいませんし。だけど、評論家とか批評家はいまもいますし、むしろふえる一方ですよね。そうした評論家という人種を初めて書いた小説が『ベット』ではないでしょうか。作中にバルザックの辛口批評があります。「彼は芸術について見事に語り、まことしやかな批評的言辞を連ねて社交界で大芸術家のようにふるまった。パリには、おしゃべりをして人生をすごし、サロンでの人気で満足する才人がいる」と。こうした「魅力的な」おしゃべり人種がつまり評論家なんですね。

松浦 そういうことですね。

山田 おしゃべりがお金になり、職業にもなるようなジャーナリズムという場ができた時代ですから。

松浦 批評家の誕生ですね。

山田 この『ベット』も新聞小説ですが、新聞小説というのはサロン的退廃とは生産形式が異なりますね。退廃しないですよ、締め切りに追われて、一行いくらということであれば。文学の商業化というか、そういう基本的な枠組みができて、文学生産の場が変わってきますね。ですから初めから退廃しようにもしようがない。締め切りに追われながら退廃するのは、きっとなかなか大変です。

松浦 時間に責め立てられていてはもうデカダンスもへったくれもない。

山田 バルザックにもそういう退廃があまりない。デュマと並んで、生産力主義でいえばバルザックはいちばんの典型だと思います。

松浦 イギリスでいうとディケンズなんかも、やはり同じような感じかな。

山田 そう思いますね。

●「イギリスの作家は、女が書けない、情念が書けない」

山田 せっかくディケンズを話題にしていただいたのでお話ししたいのですが、ディケンズは娼婦を描いていらっしゃると思いますか。

松浦 出てこないんですか。

山田 以前、ディケンズなら出てくるのではということで、一生懸命探したことがあるんですが、あんなに長大な作品をたくさん生産していながら、娼婦は出てこないんです。

松浦 なるほど、おもしろい。

山田 英文学には出てこない。フランス文学では娼婦は当たり前のように出てくるんですけれど。どうして英米文学はああも色気がないんでしょうね。

松浦 ビクトリア朝のイギリスだと、例の『我が秘密の生涯』という、匿名のポルノグラフィがあって、これは、その手の話ばかりですが、そういうのは、上品な文芸の世界からは締め出されているんでしょうね。アンダーグラウンドで熱いマグマのように渦巻いているリビドーのうごめきが、社会的にあったに違いないけれども、同時にそういうのを検閲するコードが行き渡っていた。フランスの場合はそれが、比較的緩いんでしょうね。

山田 緩いどころか、ほとんどないような気もしますが、おそらくプロテスタントとカトリックの違いだと思います。プロテスタント文化圏ではアンダーグラウンドに潜んでしまうんですね。だから大変ねじれています。その点、フランス文学は大らかですね。

そういえば、それをすばり言ったのがまさにバルザックなんです。バルザックはウォルター・スコットの歴史小説を模倣して、『ふくろう党』という歴史小説から小説の世界に入っていくんですが、『人間喜劇』の序文に明言しています。イギリスの作家は女が書けない、情熱が書けない、と。

松浦 「スコットはその本質が偽善的な国の思想に従わなければならなかった」と書いている。快楽に対して寛大なわけですね、フランスは。

● 「それって、何もかも焼いちゃって、全焼じゃない！」

松浦 性も食もそうだと思いますけれども、やはりバルザックは欲望を書いた人というわけですね。

山田 一言でいうとそうですね。欲望の滑稽さ、悲惨さを書いた人です。欲望や情念を極限まで描いていく。それは『ベット』に限らず、全作品がそうです。

松浦 人間の必ずしも高尚とはいえないような欲望、そのどろどろ渦巻く様を活写している。欲望というのはやはり、詰まるところは色と金みたいなところがありますね。『ベット』の場合、やはりユロ男爵の方が色欲の方を一手に引き受けている。恋のためにどんどん落ちぶれていってもかまわないという、すごい情熱をユロが引き受けています。一方、金銭欲の方はヴァレリーに割り当てられているのかなという気がしたんですけれども。このヴァレリーも、一種怪物的な女ですね。

山田 ほとんどあり得ない、極限的な娼婦性ですね。しかもリアリティをもってよく描かれています。

松浦 これはやはり、モデルみたいな人が彼の周りにいたんですか。

山田 ヴァレリーのモデルがどうのこうのということはおそらくないです。合成して創っているんです。バルザックは社交界の夫人にたくさん失恋していますから。

松浦 自分の経験した女性たちのいろいろな側面をつぎはぎして作ったということですね。

山田 一八三〇年代から四〇年代にかけて、第二帝政直前の時代の女と男をバルザックはよく描いています。一種の虎の巻というか、受験生用みたいに見事に類型をチャートしている。クルヴェルとユロも対比的に描かれていますね。ブルジョワのクルヴェルに対して、ユロの好色には一種の貴族性を与えている。

松浦 滑稽なんだけれどもこれほどの情熱というのは、やはりあるところで崇高に転じるところもある。それをバルザックはよく描いていますね。

山田 クルヴェルが体現していますが、男には必ずそうした名誉欲があるものを、ユロは一切捨てて、もう、あっぱれです。全名誉を捨てて、犯罪者にまでなってしまう。そのユロの崇高さを称える歌姫が出てきますね。「それって、何もかも焼いちゃって全焼じゃない！　偉大よ！　完璧よ！」って。あれは至言だと思います。粋じゃないですか。

●ベットのおもしろさ

松浦 このベットというのもおもしろい女ですね。

山田 あら、そうですか。私は訳していてげんなりしてしまいましたので、そこは松浦さんに詳しくうかがってみたいです。

松浦 つまり性格的にいちばん屈折しているのはベットですね。

山田 なるほど。そうした影、屈折のおもしろみがあるんですね。

松浦 あの暗さというのは何なのか。この人は美貌でもないしお金もないということで、人に頼って生きざるを得ない。

山田　パラジット（寄食者）ですね。

松浦　だからこそ、いつもいろいろな人間関係の結節点みたいな立場にいる。人を結びつけたり離反させたり、いろいろな策略をこらしたりするわけです。やはり題名に『従妹ベット』とあるとおり、狂言回しというのともちょっと違うかもしれませんが、話のつくりということでいえば、いちばん重要な役割を担っているかなと思います。

山田　全員の秘密を握り、それを利用して生きていきますね。

松浦　このあたりは、うまい。バルザックの物語のつくり方、人間の絡ませ方はすごいと思います。人間としてはそう魅力を感じるというわけではないんですが、ベットの屈折は魅力的です。

山田　逆に、あとは全員一枚岩ですからね。対照的にそういう暗さをベットが一身に引き受けている。ただタイトルについていえば、バルザックはかなりいいかげんなんです。連載小説ですし、しかもその連載が十年にわたったりしているので。

松浦　とりあえずつけておいてということですね。

山田　そうですね。それにしてもベットの破壊欲のすさまじさ。しかもそれが発散されないまま持続している。秘密を墓の中まで持っていくあの暗さがベットにはある。松浦さんはさすがに暗さがお好きですね。

松浦　バルザックの向日性のエネルギーにはちょっと閉口していたんですが、でも例えばベットの人間像みたいに、バルザックの中にも暗いものがちらほらしていて、そうした系譜の線をたどって読んでいくとおもしろいんだろうなと今回改めて思いました。

山田　なるほど。こんなベットのような女性像を、セリバテール（独身者）の作家が思いつくというのもすごいですね。モデルなんかいないですよ。モデルでもいなければ描けないような存在としてリアルに描かれているのに。ベットは女ヴォートランとよく言われるんです。陰で全員を操る、デミウルゴスのような存在感が。ただし、彼女にはヴォートランのようなすごみはない。それはやはりベットの原動力が嫉妬だからでしょうね。嫉妬というのは、どこか自分を制限してしまう。相手があって初めて発生する欲望ですから、直接世界に向かわない。いつもある人間ばかりに関心がむかって、それで一生を送ってしまう。

松浦　相対的な関係性の中で生まれる感情ですよね。そういうものに捕らわれざるを得ないベットには本当に哀れを催すところがあり、しかしそれゆえの魅力もあります。

山田　そうですね。松浦さんがバルザックの向日性に閉口なさるのはよく分かるんですが、ただそのバルザックにして、こういうベットみたいな作中人物を育てることができる。黒く暗い情念の淵を描けている。そのあたりの作家としての懐の深さはすごいですね。小者も描いて、暗く屈折した者も描ける。

松浦　それほどいろいろな人物を全部自分の中に住みつかせていたバルザックは、すごい。

すけれども。

バルザックの時代性

●時代のコントラスト

山田　松浦さんのつくっていらっしゃる小説世界も、もしこういう言い方が失礼でなければ、たいへん萎えた世界ですね。バルザックとは正反対。萎えたの反対は何と表現していいのかわからないですけれども。

松浦　もう、たちまくっているわけですね。

山田　そうですね。もうこれ以上はないという。二つの文学的感性の差異でもありますけれど、それは同時に時代の差の表れだとも思います。十八世紀には、バルザック的な男性性というのはなかった。征服欲といってもいいんですが、それが萎えて、世紀末および二十世紀まで続く。そのコントラストを松浦さんとお話ししたいと思っていたんです。

松浦　僕は吉田健一がすごく好きなんですが、『ヨオロツパの世紀末』という本で、西欧は十八世紀にいちばんの輝きを見せて、そのときに西欧の本質が現れたといっている。それが十九世紀に堕落したんだけれども、十八世紀的な優雅の輝きがもう一度戻ってきて、最後の照り映えというか残照みたいなものを見せたのが十九世紀末だという説です。

吉田健一は堕落といういい方をするんですが、それでいうと、十八世紀的エレガンスが一度壊れて、萎えるの反対の、すさまじい生命力みたいなものが、新興ブルジョア階級の社会的上昇力なんかとも相まって、わっと出てきたのが十九世紀の前半で、バルザックはまさにそれを描いている。吉田説をただちに受け入れるわけではないけれど、この革命期から七月王政までというのは、僕の趣味でもちょうど谷間の時期にあたっているんですね。第二帝政期の前まではどうも視線が届かないところがある。

山田　いまのお話で良くわかったんですが、歴史的相対主義ではない見方をしてみますと、フランス的なもの、つまりサロン的なものが十八世紀にピークに達していて、むしろ十九世紀前半、第二帝政以前の時代は西欧の歴史のなかでも一種特殊な時代だったといえるのかもしれませんね。まさに、マッチョ的征服欲が突出した時代。それでも、さきほど話に出た『ポンス』なんかは枯れていて、松浦さん好みでしょう。

松浦　そうですね。好きです。そういうものをとりわけ晩年に描いているのは、バルザック自身の年齢とか身体的な状況とか、そういうことと関係しているんでしょうか。

山田　バルザック自身も枯れてはいたのだと思いますが、むしろ時代が枯れて、たそがれている。ボードレールが「英雄性の落日、最後の輝き」と後に語るような時代の閉そく感、第二帝政のような時代の到来をバルザックが予見しているんだと思います。

●しろうと娼婦の登場

山田　たとえば娼婦の描き方一つとっても、せこくなるんですね。それ以前には『娼婦の栄光と悲惨』に描かれているエステルのような高級娼婦がいますが、これなど、それこそ衣装代なんか計算してみるとすごいお金なんですね。ロスチャイルドをモデルにした銀行家をパトロンにしていますから。最後の死装束なんて何億円級です。ところがヴァレリーはそれとはちがうんですね。ヴァレリーの場合はほとんど援助交際です。いちいち着ているものを細かいところまで家計簿につけたりしていますから。バルザックはそれを嘆いている。「何に使ったのかさっぱりわからないのに、いつの間にか破滅を認めざるをえないような妙な破滅のしかたなのだ。財産を食いつぶすのは、みみっちい家計簿であって、派手な気まぐれなどではないのである。せめてもの慰めに派手に遊んだという虚栄心の満足を得ることもなく、みじめに落ちぶれてゆくのである。」こんな風に家計簿をつけたりするせこい娼婦はバルザックの世界でもここへきて初めて登場するんです。

松浦　一応、普通の奥さんなんですね。

山田　そう、しろうと娼婦なんです。

松浦　夫公認で、金目当ての情事をするという。

山田　高級娼婦については延々と語られていますし、プルーストもヒロインとして受け継ぐんですが、むしろこういうしろうと娼婦についてはあまり語られていないのではないかと思います。ヴァレリーの末裔は、フランス文学でもすぐにはぱっと思い浮かばないですね。むしろ日本のコギャルになってしまう。ヴァレリーというのは若いんですよ。二十三歳。ちょうど大学院生ぐらいの年齢です。高級娼婦の末裔はいくらでもフランス文学に登場しますし、不倫小説も『ボヴァリー夫人』みたいなのが延々と続きますが、ボヴァリー夫人なんて、あれは錯乱の極地ですものね。

松浦　まさに錯乱。ドン・キホーテにも比べられる。

山田　お金の計算をせずにその日暮らし。だからヴァレリーみたいに、こんなにしっかりと計算をして家計簿をつけながら不倫というのはあまりない。

松浦　たしかにない。

山田　いちいち年金なんかが出てくるのは、バルザックの特殊性なのかもしれませんが。

松浦　でもこれは一種の情報小説みたいな側面もあるのかなと思うんです。新聞の読者なんかにしてみると、年金についても、金融情報みたいな、そういう興味で読んでいたのではないでしょうか。そういうサービスみたいな側面もあったと。

山田　おっしゃる通り、バルザックは読者サービスに徹して大変ゆきとどいていますからね。それと、『ポンス』と『ベット』という、こういう親戚小説も、文学史に続きはあるでしょうか。思い浮かばないですね。やはり似ているとしたらプルーストでしょうけれど、こういう親戚みたいな感じは出てこない。

松浦　従妹という関係は、出てこないですね。

山田　モーパッサンの『ピエールとジャン』みたいな兄弟は出てきますが、従妹という微妙な関係を主題にしたパラジット小説は……。

松浦　つまり従妹といっても、経済的に不均衡があるわけですね。

山田　そうです。そして『ポンス』も『ベット』も、親族小説でありながら、独身者、単身者小説ですね。全くネガティブでしかあり得なかった単身者を主人公にしようと、最初から目論んで書いている。単身者を描くセリバテール小説をバルザックは意識的に書いているわけです。自分自身がそうでしたし。確かに結婚しない作家は多いんですが、単身者という存在を意識して書くというのもあまり続きがないですね。

松浦 『悪の華』とか『マルドロールの歌』とか、詩人の想像力がむしろそういうのを引き受けていくのかもしれない。

山田 青年主人公というのはフロベールに引き継がれていきますが、単身者小説とか親戚小説はない。そういう寄生せざるを得ない関係を描いたものは。

松浦 寄生される側も、受け入れざるを得ないという意識があったわけですね。

山田 わざわざ呼び寄せるわけですから、そういう関係が存在していたということですね。

松浦 そういうのもやはり時代の問題でしょうか。

山田 そうだと思います。バルザックはやはり同時代のコンテキストをよく描いている。『人間喜劇』が「生きた歴史」であるゆえんです。

●「社交界」「コケットリー」

山田 それと、やはり家系や血統が社交界を築いていますから、そこに触れざるをえないということもありますね。出世をするためには社交界に出入りしなければなりませんし、その社交界は家系や血筋で成り立っている。それはプルーストでも同じで、本当にコネ社会です。そうして名をたどっていって立身出世するわけですが、そのためにはまず女を捕まえないといけない。ただ、考えてみるとこの社交界、学生に説明するのが大変ですね。

松浦　というか、僕も本当のところはよくわからない。頭で理解できても、肌では実感できない。

山田　日本社会には存在してないですからね。「ランジェ公爵夫人」（『十三人組物語』所収）という、バルザックにしては美しく官能的な作品があるのですが、自分が言い寄ってふられた社交界の公爵夫人をモデルにして書いた社交界小説です。ですが、この社交界を学生に説明しようとしても、何万語費やしても届かない。『源氏物語』がたぶんいちばん近い世界だと思うんですが、プルーストを説明するにもバルザックを説明するにも必ず突き当たる問題ですね。

松浦　ところでイギリス女性で、色っぽいヒロインというのを誰か覚えていらっしゃいますか。

山田　一人もいないのではないですか。要するにコケットというのがいないわけです。コケットリーというのは、やはりフランス文学を理解する上で重要な概念ですね。これもやはり説明が難しい。男性形のコケということになると、いよいよわからなくなったりするんですけれども。

松浦　男性形のコケというのがあるんですか。

山田　「伊達男」なんて訳すとわかったような気になっちゃうけど、もっと演劇性みたいなものがあるわけでしょう。コケット、コケですね。あれは何か、媚態とかというものともちょっと違う。何か非常に文化的な洗練を含んだ演技的な社交技術のようなものだと思うんですけれども。これはやはりフランスのものなんです。イギリスにもドイツにもないですね。

松浦　プロテスタントのあちらは、まじめなんです。コケットというのは結局、関係性を遊ぶんですから。雅ですね。

山田　やはり『源氏物語』でしょうか。

山田 最初におっしゃった、退廃。でも、ジンメルにはコケットリー論がありますね。ジンメルはわかっていた。ベルリン子ですものね。

松浦 ジンメルにとっては、だから一種のあこがれなんでしょうね。それと、ドイツでも観念論哲学ではなくて扉とか貨幣とか、具体的なものをめぐって考えた人だから。

山田 本当にフランスに独特の文化なんですね。でもコケットリーは優雅な感じですけれども、バルザックが描くと何かまた違ったものになる。ベーシックな部分は共通していますが、バルザックが描くとフランス文学でさえもこうなるのかという感じもします。これでいくら貯まるとか、そういうことをしないのがコケットリーで、純粋な遊びのはずなんですが、ヴァレリーにはそういう意味での遊びはない。本当に稼ぐためにやっている。

そもそもバルザックほど、社交界と縁のなかった作家はいない。バルザック自身は田舎者で、社交界はパリですから、合うわけがない。社交界に入りこんでも、泥まみれ、傷だらけになるだけなんです。でもきっと傷つくとよくわかるんですね。たしか鹿島茂さんもどこかで言ってましたが、おのれが受けた傷を通して社交界の正体をよく見抜いています。

●プルーストとバルザック

山田 この小説は要するに嫉妬と放蕩の話。放蕩の話は大分しましたけれども、嫉妬小説でもあります。嫉妬がベットをつき動かしている。これにもまたあり得ないようなすごさがありますが、ひたすら暗く、ネガティブな情念ですね。

松浦　嫉妬についていえば、女の女に対する嫉妬もあり、男の女に対する嫉妬もあり、いろいろな種類の嫉妬がありますね。

山田　ええ、クルヴェルをつき動かしているのも嫉妬ですね。この嫉妬ほど人を盲目にさせるものはない。あの館の描写がうまいなと思うんですが、「色のさめてしまったカーペット」というような表現がよく出てくるんですね。「色あせた帝政時代の……」と言う。それがベットの目にはどう見えるかを印象的に書いています。

アドリーヌはつまりシンデレラ・ストーリーなんですね。村の娘がみそめられて、一足飛びに男爵夫人になる。ベットというのは、そのシンデレラに嫉妬する従妹。しかも幼少時代からの嫉妬です。それで、色あせて花模様も消えてしまっているのに、いつまでもベットの目から見たらユロ夫人の屋敷は明々と帝政時代の栄光に輝いていたと言う。羨望というものがいかに人を盲目にさせるか、よく描いていますね。ベットにとっては、相手がどんなに落ちぶれていても、シンデレラなんです。嫉妬している人間は目を覚ましようがない。そして社交界というのも、まさに嫉妬の場ですね。

松浦　無数の嫉妬が交錯し渦巻く場。でも例えばプルーストの小説も全体としていわば嫉妬の研究、嫉妬という感情をめぐって展開された一つの壮大な研究のようなところがありますね。顕微鏡で嫉妬のいろいろな細部や時間の流れのなかでの細かなうつろいなんかをひたすら拡大して書いていくプルーストの書き方と比べると、やはりちょっと物足りない気もしてしまうんですが。

山田　そういえば、違いますね。プルーストの嫉妬の分析は、どうしてあんなにもおもしろいんでしょうか。

松浦 やはり先ほどの話でいうとプルーストは世紀末以降の作家ですから、バルザック的なエネルギー、ナポレオン的なといってもいいかもしれませんが、そういうものをフランスの社会も文学も持ち得なくなってしまった時代の文学者なんですね。そうするとやはり嫉妬なら嫉妬という感情も、何かある種倒錯的な病例といった色彩を帯びざるを得ない。それを細かに書いていったのが、プルーストだと思うんです。

山田 思いを遂げないことが快楽なんですね。テロス、目的に向かわず、嫉妬というプロセスを楽しんでいる。嫉妬自体が快楽なんです。はっきり書いていますものね、『囚われの女』にあります。「私はアルベルチーヌに嫉妬を感じていたか、嫉妬せずに愛していないか、どちらかでしかなかった」と。そのような倒錯的な嫉妬の分析を微細に綴ってゆく。

他方『ベット』の、ナポレオン的な嫉妬というのはネガティブな嫉妬ですね。それは越えるべき障害物であって、目的を遂げることにあくまでこだわる。プルーストのように嫉妬の様態そのものがおもしろいのではなくて、嫉妬が、人を破壊に駆り立てていくエネルギーとしてしか書かれていない。いわゆる嫉妬小説というときに私たちが思い浮かべるプルースト的なものとは異なる嫉妬小説ですね。

それにしても、この『ベット』と『ポンス』は最晩年の連作なんですが、どちらも破壊に向かう。バルザックというのは、それ以降のフロベールなんかに比べると桁ちがいに向日的な作家ですが、晩年になると、上昇エネルギーではなく、破壊と破滅にむかう。だから「黒い傑作」とこの二作は呼ばれているんです。ただそれでも、どこか明るい。要するに萎えていないんです。でもそのバルザックをプルーストが大変好きだったわけで、不思議な感じがしますね。シャルリュスはユロの系譜ですし、それからヴォートランの、同性愛の系譜もある。

松浦 そうですね。僕はバルザックのあまりいい読者ではないですけれども、でもやはりバルザックのおもしろさというのは、嫉妬なら嫉妬という人間の心理を微細に分析したり追跡したりということではなく、嫉妬もあり、性欲もあり、金銭欲もあって、そうした人間のいろいろな欲望が、ある社会集団の中でいろいろな方向の中に人間をつき動かし、そこでさまざまな葛藤や結合や離反を生じさせたり、解いたりするという、そういう動的な人間関係の織物みたいなものを紡ぎ上げたところにあるんだろうと思うんです。

山田 おっしゃる通り、それこそまさしく人間絵巻、『人間喜劇』ということですね。

（二〇〇一年六月五日）

松浦寿輝（まつうら・ひさき）一九五四年東京都生。東京大学大学院総合文化研究科教授。作家。詩人。著書に『エッフェル塔試論』（筑摩書房）、『花腐し』（講談社）で第一二三回芥川賞受賞。『映画 1+1』（筑摩書房）『フランス文学史』（共著、東京大学出版会）『文学のすすめ』（編著、筑摩書房）『ゴダール』（筑摩書房）『謎・死・閾——フランス文学論集成』（筑摩書房）ほか著書多数。

危険に満ちたバルザック

中沢新一
山田登世子

バルザックの本質は「秘密」であるとクルチウスは喝破していますが、この小説は秘密の秘密、その最たるものですね。

——中沢新一

根源への探究心がバルザックほどある人はいない。しかもその根源《オリジン》は同時に根拠でもある。根拠論ですものね、聖杯伝説というのは。
——山田登世子

詩と同じように、放蕩もひとつの芸術であり、
たくましい精神を必要とする

オノレ・ド・バルザック

バルザックと聖杯伝説

●「十三人組」とは何か？

山田　本日はほんとにありがとうございます。

中沢　この『十三人組物語』ははじめて読んだのですが、ぼくが呼ばれた意味がよくわかりました（笑）。十三人組という存在はですね、当時のパリの秘密結社でしょう。バルザックの本質を一言で言えば、「秘密」であるとクルチウスが言ってますけど、これは、秘密の秘密、その最たるものですね。この小説のいたるところにバルザックが表立って書いてないことがたくさんあると感じました。

山田　やっぱり。

中沢　あらゆるところに謎がセットしてある。例えば最初の「フェラギュス」は、エクトール・ベルリオーズに捧げている。次がフランツ・リストで、それからウジェーヌ・ドラクロワ。どうもこの三人はあまり表に名前は出ていないのですが、当時の同じ秘密結社に属していたという話があります。それに「十三人」という数は使徒の数でしょう。キリストの十二人の弟子とユダを入れた十三人。

山田　なるほど。それで十三なのか……。

中沢　それも単なる律儀な任侠道で結ばれた結社ではなく、その点「炭焼党」的な結社とは少し異質な秘密結社ですね。

山田　違いますね。快楽性が濃い。バルザックにしてはめずらしくというか、色っぽい小説です。

中沢 そうですね。エロティックなシチュエーションと表現を駆使しています。

山田 恋愛がテーマになっている。今回のセレクションでストレートな恋愛小説というのは、これがはじめてなんです。

中沢 なぜ恋愛小説なのか、それが背後に隠れている聖杯伝説のエロティシズムに重なっています。「ランジェ公爵夫人」の基本的な構造は、ランスロットの伝説に酷似しています。クレティアン・ド・トロアの作品と「ランジェ公爵夫人」はどうもパラレルになっている。ランスロットとグイネヴィアの関係とか、ランスロットの放浪の旅の途中で出会った姫との関係も意識されているような気さえします。もちろん恋愛小説というと基本構造はロマンスですから、こういうことも当然と言えば当然かも知れないのですが、バルザックのこの作品はとくにロマンスの原型を意識している気がする。パリのサロンの恋愛関係ですが、かつての騎士と貴婦人の関係を、近代パリへ移して、しかもそれを接近不能な関係として描いている。

山田 城攻めですね。

中沢 近づけない恋人同士の関係が最後は宗教的な高みにまでいく。ぼくにはロマンス構造の極致みたいに見えるんですね。

山田 ただそれはバルザックに固有のものとは言えないのではないでしょうか。ラクロの『危険な関係』ひとつとっても、ある意味ではフランスの恋愛小説の常道です。城攻めというのは。

●秘密結社と聖杯伝説——力の根源へ

中沢　クルチウスもいろいろな推測をしていますけれど、ぼくはもっと深い秘密の存在をかぎとります（笑）。この物語群の背後には聖杯伝説が隠されているのではないか、というのがぼくの考えです。たしかにフランス恋愛小説の常道なのでしょうが、ロマンスの構造ということを、この作品で特に強調したいと思うのは、バルザックがモデルにしている秘密結社というのが、例の聖杯伝説に関係を持っているからです。

バルザックが直接関係をもっていた秘密結社ではないかもしれませんが、当時たくさんある秘密結社には、テンプル騎士団につながる秘密結社の流れがあります。これにベルリオーズは関わっていたようですし、それから少し後に、ドビュッシーもそこで重要な位置についています。そうした秘密結社が聖杯伝説に関わりを持ちます。話せば長くなりますが、イエスが亡くなったあと、ヨセフとマリアの一家がイスラエルを脱出して、マルセイユへ行ったというあの伝説。

山田　イエスが死なずに所帯をもっていたというあの伝説ですね。だけど、聖杯伝説の話はとても面白い。もっとお聞きしたいですね。

中沢　たしかに、紀元前後からマルセイユにはユダヤ人コミューンができていて、かなりの発達を遂げていた。そのときに聖杯をいっしょにマルセイユへ持って行ったという。しかもこれにはいろいろと伝説が絡んでいて、イエスとマグダラのマリアとのあいだに子どもがいたという説があります。そう主張する人たちが古くからいたのですね。つまりマルセイユにイエスの子孫がいて、聖杯もあったと、これがフランス史の闇の部分を形づくって、メロヴィング王朝の王朝権というのは、イエスの子孫だということから来ているという説もある。このグループはテンプル騎士団に関係を持っていましたが、この十三人組の発生についての伝説とまったく同じで、エルサレムの神殿建設のときに結成された石工組合というわけです。

山田 バルザックが冒頭に書いている「デヴォラン」の定義ですね。

中沢 そう。その石工組合と一緒にテンプル騎士団の基礎がつくられた。この伝統がフランスでかなりの勢力をもっていました。いわゆるメロヴィング朝の末裔についての伝説がこれに関係していて、日本史で言ったら南北朝問題なんですね。「十三人組」の背後にあるのは。この流れはしかし、フランス文学の表通りからはまったく無視されている、一種のアンダーグラウンドな人たちが探究していたんですね。レンヌ=ル=シャトーというお城の近くに、「聖杯」と呼ばれたものがあったらしくて、画家でこのことをよく知っていたのはプーサンだそうです。「我アルカディアにありき」という有名な絵がありますが、あれはどうも聖杯を描いた絵だと言われています。

山田 なるほど。そういえばバルザックはプーサンも描いていますよね。

中沢 プーサンに非常に関心を持っているでしょう。『知られざる傑作』の中のプーサンには、まさしく聖杯伝説のにおいを感じる。そういう流れから、近代になって、ナポレオン帝政のあと、フランスにたくさん秘密結社ができる。バルザックの十三人組《トゥレーズ》の最大の関心事も、おそらくはそのあたりにあったんじゃないかと、ぼくは睨んだんです。

山田 大変面白い。

中沢　リヒャルト・ワグナーも「パルシバル」を作曲するときに、レンヌ＝ル＝シャトーへ行く。この「パルシバル」という作品は、モンセラートというところを舞台にしてますが、実際にはプーサンの絵を背景にした、レンヌ・ル・シュトーのあたりでないかとも言われている。それからナチス・ドイツのヒムラーだったか、ゲッペルスだったかが、フランスへ進駐したとき、真っ先にそこへ出かけたようです。どうも聖杯を探したみたいです。見つからなかったみたいですが。こういうことがこの物語の背景にあるんじゃないかと。ところがクルチウスを読んでも他のバルザック研究書を読んでも、そんなことは全然出てこないし、これは完全にぼくの妄想なのかとも思います。それでもいいんですが。

ただ『レンヌ＝ル＝シャトーの謎――イエスの血縁と聖杯伝説』という本（マイケル・ベイジェント他著、林和彦訳、柏書房、一九九七年）が、フランスで出版されてベストセラーになってます。それを読むと、秘密結社の大本の名前は、プリウレ・ド・シオン団、略称シオン団といいます。そしてこのシオン団の歴代総長の名簿というのがこの本についているんですが、これが驚きで、ヴィクトル・ユゴーからドビュッシーまで、この物語に関係しそうな人物の名前がずらっと並んでいる。パリの秘密結社というものが活発に活動したのが、ちょうどベルリオーズが「幻想交響曲」を書いたり、バルザックが一連の『人間喜劇』の作品を書いているころで、第二帝政期にかかっているころです。このころ秘密結社がものすごく増えていて、その背後にみんな名前を出さないんですが、シオン団が存在しているらしく、バルザックはこのシオン団を意識してこの小説を書いているのではないかというのが、ぼくの深読みというか妄説で、山田さんにそんなこと言ったら嫌われちゃうだろうけど（笑）。

山田　いえ、いえ、してやったりですよ。みごと中沢新一をはめた、ザマアミロという感じです(笑)。いや面白い。その聖杯伝説のお話を言いかえますと、要するに力の根源はどこにあるのかということですね。超人的な力の根源はどこから来ているのかという。根源への探究心がバルザックほどある人はいない。しかもその根源《オリジン》は同時に根拠でもある。根拠論ですものね、聖杯伝説というのは。

中沢　そうそう。ワグナーもふくめて、意志の根源を神話的に表現すれば、聖杯《グラール》におさまります。バルザックはを表に一回も出しません。ただ彼の強烈な意志力、力の源泉というものがあって、これはもうバルザックの「聖杯《グラール》」と呼んでいいようなものだと思う。

●根源的な力を解き放ったナポレオン――「秘密」というテーマ

山田　他方でそういう根源的な力を歴史の表で解き放ったのがナポレオンですよね。ナポレオンの出現はまさに力の現象です。これは教科書でも教えている公然の事実ですけど、それだってきっと歴史の夜というか、裏があるはず。ナポレオンの力の根拠もきっとたどっていけば、そういうことになるんでしょう。西洋史には、根拠論がありますね。『人間喜劇』にも必ず天上篇がある。力の根拠は、やはりこの世、地上的《テレストル》なものには存在していない。闇の部分、神秘の次元があるんです。ナポレオンにしたって単なるヒロイズムでは片づかない。バルザックはそこまで深いですから、何を書いてもそれがにじみ出る。

中沢　「人間喜劇《ラ・コメディー・ユメーヌ》」は、ダンテの『神　曲《ラ・デビィーナ・コメディア》』を意識しているわけですが、その根拠の深さに関しては、ことによるとバルザックの方がダンテ以上ではないか。天上界の高さにおいては、もちろんダンテの方が圧倒的に高い。でも地獄の深さ、煉獄の細密さにおいては、バルザックがダンテをしのいでいる感じすら受ける。

山田　まさにそうですね。手形一枚の形をとった地獄まで描きつくしている。

中沢　現実の表の世界でナポレオンがこれを解き放ったというのは、非常に重大なことです。やはりナポレオンの存在というのは、十九世紀のフランス人の神話的思考にとって、とてつもなく大きい。その力はバルザックからフローベールまで波及してくるんだろうなあ。ナポレオンを準備したダントン、ロベスピエール、マラーらが解き放ったビッグバンの音響が遥か先まで及んでいって、一九七〇年代のフランス思想にまで、そのかすかな振動を感じます。

ナポレオンとは何か。これは近代の「力=権力」論を考えるとき、最大の問題でしょう。でもナポレオン論は、最近みんなやりたくないみたいですね。だけど『十三人組物語』を読むと、やはり背後にあるナポレオンの大きさに気づきます。近代に解き放たれた「力」の秘密ですからね。アベル・ガンスの「ナポレオン」という映画を最近また見なおしてみたんですが、やはりナポレオンという人物のかかえている暗さは異常です。自分の少年時代のことを書いたバルザックの文章などを読みますと、ナポレオンの暗さと近いものを感じます。

山田　ご本人のバルザック自身が、もう「我、ナポレオン」ですから。ナポレオン妄想は、この時代の超流行で、みんなが「我、ナポレオン」。ただしそういうナポレオン妄想自体は、すでによく言われていることです。むしろメロヴィング王朝まで遡り、さらに聖杯伝説まで遡ってナポレオンを捉える方がはるかに異端で、面白い。おそらくナポレオンをナポレオンたらしめている力の根源までたどっていったら、きっとそういう秘密性があるんでしょう。その辺りを捉えているバルザックは抜きん出ていますね。スタンダールもだめです。

中沢 スタンダールには、それほど秘密は感じられない。

山田 ないですね、たんなる快楽。

中沢 バルザックも世俗の人という面もあるけれど、バルザックにはたいへん神秘的なところがあって、それを芥川のような昔の文学者はよくわかっていたようです。ところが最近、バルザックをベンヤミンで読むとか、そういうルートが出来上っている。パッサージュ論としてのバルザックみたいになってしまって、ちょっと形になってしまった。

バルザックの中心テーマはあくまで秘密で、その秘密は力です。となると、ヨーロッパの力の源泉は、とりわけカソリック圏では、やはり「聖杯《グラール》」の存在が大きい。さっきも言いましたが、日本史だったら秘密の領域というと、南朝です。何かというと南朝が出てくる。網野善彦先生にいたるまで、南朝が大好き。フランスでこれに当たるものは、メロヴィング朝です。メロヴィング朝はフランス王朝のなかで唯一正統権のある王朝だと言われたりしましたが、それは、イエスの血筋がメロヴィング王朝に流れていることからきている。これもまさに秘密結社的な伝説なんですが……。そのメロヴィング王朝の後にできる王朝には、ことごとく正統権がない。聖杯伝説もメロヴィング王朝に結びついていますし。何かフランス革命をきっかけにして、それまで抑圧されたり隠蔽されていた領域が一気に外へ出てくる印象があります。そのメロヴィング的想像力というか、日本でいえば南朝的想像力というか、こういうものがさまざまな秘密という形をとった。なかでもバルザックほど、これを個人的な力と想像力に結び合わせて、表現につくり変えた人物はいないというのが、ぼくのバルザック理解です。

山田 たしかにロマン主義はメロヴィング朝讃歌をやるんですね。当時の風俗本を読んでもメロヴィング朝の風貌が流行ったと書いています。そしてその後をサン＝シモン主義の新キリスト教が継ぐんですね。それにしてもユゴーやバルザックに至ってやっと力が言語表現の形をとるという感じですね。つまり力の源泉論者なんですね、中沢さんは。それで秘密結社にいって、悪党論をやる（笑）。十三人組の快感って、それですものね。

中沢 ぼくが大学に入ったとき、まわりにバルザック読みが何人もいて、いろいろ教えてくれるんです。よくないことを（笑）。おまえな、バルザックっていうのはな、すごいんだぜ。精力絶倫で、抜き放ったペニスが湯気を立てたまま寝室から出てきて、鍋からコーヒーをすくって飲みながら、また小説を書きはじめるんだぜ。どうだ、すごいだろ、バルザックは。それで自分の中にとんでもないバルザック論ができあがっちゃって……（笑）。

山田 語るにおちる、って気もしますが、そんな感じですね、バルザックって。

中沢 じゃあ、そうまちがっていないんですね。

山田 まさに沸騰してます。そうでないと二十年間にあれだけ書けない。天地創造のように百人を越える人物を全部自分の中に住まわせて、何十年にわたってめんどうをみていくんですから。デミウルゴスに最も似てる。でも不思議なのは、バルザックにもすごく長い習作時代があって、その頃のものは全部駄作。それが突然、傑作ばかりで駄作がなくなるんです。

中沢 それはよくわかるな。なかなか噛み合わないんですね。それがある時期、すべての歯車が噛みだす瞬間があるんでしょう。

山田 そう、あったんです。それで自分で「私は天才になった」と。ちょうどこの『十三人組物語』の執筆の頃に重なっています。

中沢 そういういろんなものが動きだす瞬間はありますね。でも長いこと、それは動き出さないんだな。

山田 それでその習作時代の頃の作品にも一つ系譜があって、たとえば『祈祷論』なんていう宗教論を書いているし、『百歳の人』みたいな暗黒小説も書いています。バルザックにはそういうわけのわからない秘教論《エゾテリスム》がずっと底流にある。求道者というか、力の根源に触れたいのですね。『人間喜劇』になってからも『不老長寿の秘薬』とか『神に帰参したメルモス』とか、けっこう面白い短篇を書いている。不老長寿って、当時流行っているんです。

中沢 ものすごく流行ってますね。

山田 ただそこにのめりこんだバルザックには、バルザック的根拠があるのであって、『人間喜劇』とは沸騰する力のコンポジションですね。その根拠をバルザックは大変霊的な人だから感じている。そういうエゾテリスムはバルザックの中に脈々とあります。

中沢 『あら皮』がそうですね。あの作品のときの対談は植島啓司さんだったでしょう。じつによくはまってました。

山田 はい、はまっていただきました（笑）。ただ『あら皮』は初期の作品ですから、その意味で出発点になっていると思いますが、『十三人組物語』の方がはるかに巧みです。

中沢　もっと複雑ですね、この『十三人組物語』は。

山田　そうですね。この作品の位置づけから考えてみますと、『人間喜劇』には「地方生活情景」や「田園生活情景」といった作品群などもあるのですが、百篇近い作品から十作品選べということだったので、セレクションのコンセプトを、「パリもの」に絞ったんです。で、いろいろな都合で期せずして最後にきたのがこの『十三人組』、まさに「パリものの中のパリもの」です。でも、今日のお話で、よく言われているバルザックのパリ神話の、まさにその神話性が照らしだされた気がします。まあそういうわけで『農民』などは落ちてしまったんですが。

中沢　ああ、残念だったな。全部訳してほしいな。ぼくが最近考えているのは、「民俗学の創始者バルザック」というもので、「人類学の創始者ルソー」の向こうを張って、要するに「農民もの」と「パリもの」を結ぶ糸を明らかにしたいんです。農民がパリへ行って二世代経つと、要するにパリジャンになるでしょう。

山田　バルザックがまさにそうですね。

中沢　農民たちは、無意識のなかで、一種の力の源泉にふれてますからね。その無意識ぶりがすごいといって、バルザックは農民を書くわけです。そこには独特の科学がある。農民の科学というものがあって、それはいわば源泉科学です。レヴィ＝ストロースが『野性の思考』の冒頭にバルザックの言葉を引用してますが、農民と未開人はものの科学をよく知っていると言っている。そういう農民がパリでプチブルジョワを形成していった。そこを結ぶ糸を取り出してみたいと思っているんです。

山田　なるほど。ぜひぜひおやりになってほしいですね。『農民』も中沢新一訳で。

バルザックの性愛＝権力論

●ド・マルセーとヴォートラン

山田　ところで『人間喜劇』全体の構造に関わることですが、人物再登場法というのがありますね。実はここに出てくるド・マルセーが最多出場者なんです。このド・マルセー自体がとても神話的人物ですよね。

中沢　ド・マルセーは、例のシオン団の団長とそっくりなところがあります。

山田　ヴォートランには活劇の面白さがあるけれど、ド・マルセーに比べれば通俗的だといえるかもしれない。むしろド・マルセーの方が神話的。だって何の説明もなされてない不思議な人物なんです。全くリアリズムどころではない。『人間喜劇』の世界における一番の出世頭がド・マルセーで、総理大臣にまで成りあがる。でも何の根拠があるのか、まったく明かされないのですね。だからこそ神話性がある。なんでこんな人が首相になるのか何の説明もないことで有名です。何の根拠もなく、何の労働もなく、すべてを与えられている。あたかも神であるかのごとく。

中沢　なかなか日本文学にはこういう人物は造形できないな。日本でやるとしたらどうなるのか。『雪之丞変化』でもないし（笑）。

山田　『人間喜劇』のもうひとりの超人ヴォートランもまた闇の勢力の頭ですが、ド・マルセーとヴォートランとを比べると、ヴォートランは泣かせます。美青年のリュシアンを愛していて、その愛が弱みで、それが泣かせる。むしろド・マルセーの方が悪党で、中沢好みなんでしょう。

中沢 愛さないんですね。

山田 そう、愛さない。そこが強み。女の強みと同じ構造です。ド・マルセーのすてきさ、恰好よさというのは愛さないこと、弱みがないことですね。

中沢 それで総理大臣になっちゃう（笑）。

山田 そう。笑っちゃうんですけど。だけどそれは政治以上の何かということなんでしょうね。

中沢 ド・マルセーは聖杯をにぎっていたんですよ。

ド・マルセーの行動様式のなかで感動的なのは、さっきまで金色の眼の娘の肉体が与えてくれる快楽に夢中で、喜びに有頂天になっていたのに、最後に館を訪れると、そこに血まみれになった金色の眼の娘があえいでいる。そしてそれを殺して、切り刻んだのが自分の姉だとわかると、「お姉さん、会えてよかった、また会おうね」だって。ついさっきまで金色の眼の娘との快楽に体がうちふるえていたのに、そんなことはけろっと忘れてしまう。その悪党ぶりというか、南北歌舞伎好みの人非人ぶりに近いところがあって、肉体の快楽をド・マルセーのように味わう人間というのは、最後にその肉体を与えてくれた女が切り刻まれて血のなかに沈んでいるのを見ても、自分の執着した快感についてはー切拘泥しなくなるんでしょう。

山田 「忘恩の徒」と書いています。

中沢 これがやはりバルザック的な、聖杯の力にふれた者の特徴だと思う。「ランジェ公爵夫人」でも、最後がものすごく非情。もういいだろう、もう捨ててしまいなさいよって。死体なんて物だから、もういいよと。さっきまでそれだけが自分の人生であるかのように執着したはずなのに、それが死体となって自分の前に置かれると何の興味も湧かない。

山田 だから欲望とか執着と言っても目的ではない。力の行使、力の放蕩劇です。それが楽しいんですね。『人間喜劇』ではヴォートランとド・マルセーが双璧です。バルザック好きというのは、みんなヴォートラン好き。ただヴォートランは、働きに働き通している。ド・マルセーのこういう神秘性とは違う。

中沢 十三人組のほかのメンバーについては、ここに出てくる以外に書いていないですか。

山田 物語は書いていないです。ただ、固有名詞、つまりメンバーの名をほのめかしてはいますが。

中沢 惜しいねえ。

山田 この三作がまとめて『十三人組物語』となったのはかなり偶然だと言われているんですが、中沢さんのお話を伺うと、少なくとも「十三人組」という結社の存在自体は偶然じゃない。バルザックは、時間をかけ、それこそ二十年間ぐらいにわたって一つのテンションを保って人物を育てていく小説家ですし。

中沢 それでわざとこの小説の中で、十三人組《トゥレーズ》の個々の人物のことを書かないんですね。ちらちらっと書くだけで。

山田 そこがうまい。

中沢 ということは、バルザックの中にはヴァーチャルに、十三人組の世界ができあがっていたということですね。ぼく流の深読みをしていくと、バルザックが書かなかった、ヴァーチャルな十三人組が浮かびあがってきて、むしろこれをつくりたいような気になります。残念ながらそんな才能はありませんが。

山田 でも、ある意味では、ヴォートランという超人、あの闇の勢力の支配者が一人で十三人組になっているんです。ここでヴォートラン三部作の話をすると時間がなくなってしまいますが……。

中沢 それにしてもあのお姉さん、とんでもない女だな。でもぼくは好きだなあ。あの女、実在したらつきあいたいな(笑)。

山田 あれこそ神話的な女。あんな女、現実にはいない。

中沢 現実にああいう女がいないから、ぼくは退屈です(笑)。

山田 最高に魅力的な女かもしれない。金色の眼の娘って退屈だものね。

中沢 アヴァンチュールまではいいけれど。その先はやっぱりあの姉ですね。

山田 それはド・マルセーが魅力的だということの同義反復、その違う表現。悪党なんですよ。

中沢 殺しちゃったあと、すぐ反省なんかして、ああ、殺さなきゃよかった、生き返ってとか言って、だめだとなると、もうけろっとしちゃう。本当に悪いやつですよ。

山田 修道院に行くとか、しおらしいことをいうけれど全然信じられない。男のようですね、ド・マルセーが女のようであるのと裏腹に。

●権力論としての性愛論

山田 ド・マルセーというのは、いわばバルザックの全能の夢の化身で、そしてそこに性が関わっている。実際これはレズ小説でもありますし。

中沢 神秘と恋愛とエロティシズムの結合というもので、ぼくはこの作品でピリピリしました。おまけにこの小説はレスビアン小説でもあった。この最後のおちは、感動的に意外でした。

山田 そうですね。ホモ小説はバルザックの内的必然性というか、ヴォートランがそうです。それに比してレズはこれ一話きり。そのレズビアンとオリエンタリズムが混在一体となっている。

それで中沢さんとそのエロティシズムの話をしたかったのも、これを読んで面白かったのは、この小説は力の小説であり、支配関係、支配の論でもあるんですね。支配論、力関係論としての性愛論。エロティックではありながら、支配関係的な恋愛。これはバタイユ的といえばバタイユ的な放蕩論でも読みとけますけれど、今回はその根拠を中沢説によって聖杯伝説に遡り、ランスロットに遡っていただいたわけですが。

例えば、ランジェ公爵夫人がコケットリーをほしいままにしますね。バルザックはそういう女の力をはっきり「権力」と語っています。たとえば私訳ですが、「女の力の証しは、お追従をしたがえることである。無名の権力など無にも等しい」。人の心を支配すること、それが女の望みなのだ、と。これは完璧に女の力と男の力の格闘劇です。さきほどド・マルセーの超人性の話をしましたが、たしかに彼の力の根拠は女を愛さないこと。「男が女に食われないようにするには、女を食う必要がある」と現に書いています。まさに男と女は食うか食われるかの格闘なんですね。ここではそれが女一人対十三人組という対決論になっている。しかもそれをものすごいスケールで描く。例えば修道院がそうですね。聖なるところにつながっていて、垂直の絶壁はその近づきがたさの表象です。力のイメージをそこに投影しているんですね。それとオルガン。あれが室内楽で終わっていたんだったら、このスケールは出てこない。

中沢 オルガンについてのバルザックの描写は、オルガンについて書かれた文章の中でもっともすぐれたものではないですか。

山田 バルザックの『ガンバラ』というのはお読みになりましたか。

中沢 読んでないです。

山田 絶対、読んでくださいよ。パンアルモニコンという絶対楽器というのが出てくるんです。一つで管弦楽全体を奏でうる楽器。一にして全なわけです。ガンバラというのは、その絶対楽器の奏者。それを弾きこなしたら、天上の音楽がつくれるという楽器なんですが、もちろんそれはありえない。そういう不可能な探究なんですが。

中沢 カソリックはオルガンをものすごく発達させますが、あれは地上権力を音楽で表現しようとしているわけですね。地上における天上権力というのか。

山田 そうですね。カトリックって面白いですね。

中沢 そう面白い。宗教とは言えないところがある。権力論なんですね、基本的に。

山田 そう、恋愛にいたるまで。

中沢　権力論だし、資本論だし。

●ロラン・バルトのバルザック=権力論——両極相接す

中沢　ところでバルザックについて書かれたフーコーみたいな権力論はないんですか。バルザックにおける権力への構造といった……。

山田　ないですね。ただ近いものでいえば、クルチウスが一番です。

中沢　クルチウスは見事ですね。

山田　でも聖杯伝説を持ってくる中沢さんの方がクルチウスよりすごい（笑）。

中沢　やはりバルトなのかな。それを見事にやった男というのは。バルトが男なのか女なのかはよく知りませんが。

山田　男なのか女なのかわからないところが、バルトのすごいところですね。

中沢　バルトは若い頃、肺病持ちで、ほとんど半死半生の青年時代ですから。バルトの人格をつくっているものはあのあたりなんでしょう。

山田　『S／Z』なんて男であり女であり……。ド・マルセーが面白いのも両性具有的であるところですね。そこがヴォートランとちがう。

中沢　レヴィ=ストロースは、バルトの『S／Z』にはものすごく怒っていましたね。構造主義に対する裏切り行為だと。いまだに怒っているようです。

山田　『S／Z』ってそれだけの破壊力がある。

中沢　バルトという人は、エロティシズムと権力の問題を、フーコーみたいに他人が修士論文を書きやすいような形では絶対書かない。伊達なんですね。その点ではぼくはフーコーをあまり好みません。あの書き方だと、次からの世代の人がまねをして、簡単に修論を作ってしまえるシステムになりやすいでしょう。

山田　そうですね。フーコーは反復可能ですが、つまり学習できますが、バルトは再現不可能、反復不可能です。

中沢　バルトはあまり秀才じゃないですからね。フーコーは大変すぐれた人ですが、大量のコピーたちをつくりだした点において、バルトよりも平凡だったのかな、という気もします。不幸にしてフーコーは知的世界の権力をつくってしまいますが、バルトはというと、いかにして自分が権力をもたないようにするかに挑戦してました。フーコーには反復可能なところがあって一種の貨幣なんですね。偉大な仕事をしましたけれど。そもそもフーコーが好きだという女性はいるんでしょうか？

山田　ひとりも会わないですね。女はみんなバルトが好き。

中沢　やっぱりね。

山田　でもそもそも中沢さんが相当女みたいな人……でもないかな。

中沢　やはり女みたいな人でしょう（笑）。でも戦国時代なんかだったら、けっこう優秀な武将じゃないですか。すぐ腹切っちゃったりして（笑）。

山田　よく言いますね（笑）。でも、そういう軽薄さはすごい。

中沢　ところで山田さんはカルメル会修道会に入りたいと思ったことはないですか。

山田　ないですね。でもカルメル派じゃないといけないんですか。

中沢　やはりカルメル会でないと。何しろきびしさが違う。カルメル会のきびしさといったらすごいですね。ぼくはそういうのにけっこう憧れるんです。ただただきびしい掟の中で生きるというのと、ド・マルセーはけっこう似てるでしょう。バルトの『サド、フーリエ、ロヨラ』(篠田浩一郎訳、みすず書房、一九七五年)という本は、非常に重要で、サドとフーリエとイグナチオ・デ・ロヨラという三人がやっていることは同じだと言っている。

山田　バルトらしいですね。

中沢　ここでもモランクールとランジェ公爵夫人を対極的に対置していますでしょう。こっちはオルガンの外にいて、権力を身にまとって、富もある。オルガンの向こうにはそういうものを全部捨てた女性がいる。しかし実はこの二人はまったく同じで、その二人をつないでいるのがオルガンですね。オルガンを頂点にして、この二人が向かい合っている。これはまさにイグナチオ・デ・ロヨラとサドが向かい合っているような図です。

●女性とバルザック——「女性は存在しない」

山田　ここでは恋愛が権力論として描かれているとさっき言いましたが、その力は最後は命を奪う。力はそういうものとして発現されますから。どれも最後に女が死ぬ。そういう意味で力の行使としての恋愛です。ただ改めて思うのは、倫理的責任を恋愛だけは問われないでしょう。

中沢　狂気もね、責任を追及されませんね。

山田　だれも立てない問いですが……。バルザックの物語とは逆ですけど、女は恋愛で男を何人でも殺せます。でも何の倫理的責任も問われない。不思議な領域ですよね。快楽の名のもとに公然と殺人が許される。

中沢　恋愛で、江戸物で倫理が絡まないのは、「白浪」のご連中でしょう。あの連中は何人殺そうがどこ吹く風で、落ちた女郎は厄落しですからね、川の中に平気で女郎を突き落として殺しちゃう(笑)。

山田　まさに十三人組ですね。この話と一緒。

中沢　でも何の責任ももたない。それは彼らが「白浪」だからです。十三人組もなぜそれから免除されるかというと、彼らが力の源泉だから。力と倫理を分離しているからだと思う。力の源泉にいる、あるいは源泉そのものの人々は、倫理には服従しないという、一種の王者の論理ですね。

山田　すると、こう問いを立てると面白くなりますね。十三人組はそうだけれど、では、女はみんな白浪組なのかと。女は男をいくらでも殺せますよ。現に殺してます。そうなんだけれど、何の倫理的責任も問われない。これは人類の普遍的現象として一体何なのかと。

中沢　白浪が倫理的に問われないというのは、白浪がアウトローだからです。ものすごい代償を払って向こうの世界に入った。指を何本切り落としたか知らないけど、代償を払いましたから、遠慮させてくださいと。そうやって男はようやく法の世界から足を洗うことができる。でも女性の場合は存在自体でそれができるということがあるらしいんですよね。ずるいんだな、これが(笑)。女が死だからじゃないですか。もともと死人には罪は問えません。死の領域のものに罪は被せられないでしょう。

山田 女は死者なんですね。

中沢 死の領域のものじゃないですか。ぼくは前に『女は存在しない』(一九九九年、せりか書房)という本を書いています(笑)。

山田 そうすると、中沢説のお墨付きで、私がなってみたいのは「女衒」ですね。男を殺すために娼婦をつかわす。とびきりの美女を操って男どもをどんどん殺すんです。しかもそれでいて、何の倫理的、法的責任も問われない。「それは恋愛なんです」ですんじゃう。「女は存在しない」のですし。「快楽主義者と化した従妹ベット」というんだか。

中沢 そもそも女性はバルザックがなぜ好きなんでしょうか。フローベールならわかります。プルーストも当たり前です。

山田 そうですね。なぜなんでしょう。実際、バルザックはいろいろ足りない。バルザック自身、「コピーはつねに足りない」と『幻滅』で言ってますが、記事=コピーだけでなく、女もつねに足りないんですね、バルザックの世界は。対談する相手の女性もいない。このセレクションの対談でも鹿島さんとやっていただいた中野翠さんと髙村薫さんだけ。

危険に満ちたバルザック

●流動のエロティシズム

中沢 この『十三人組物語』以外の「経済もの」を見ても思うんですが、バルザックの描く欲望、例えば貨幣に対する執着というのも、貨幣が流動体であるうちはものすごく執着するんですが、ところが富がフィックスして形になったとたんに、何の関心もなくなるケースが多いですね。

山田 言われてみれば、そうですね。

中沢 エロティシズムも、金色の眼の奥に吸いこまれていって、そこに流動していくエロティシズム、それは皮膚の感覚だったり、声のささやきだったり、いろいろな要素で、つねに動いていくものがあって、それに全身を投入していくんですが、あの娘が死体になったらまったく関心をもたなくなる。いつも形にならないものに全身全霊を捧げる。

山田 力の発現のプロセスこそ一番の快楽なんですね。対象は偶然に付着するだけ。

中沢 だから対象が前面に出てくると、むしろそれは捨てられる。

山田 いわば流動のエロティシズム。それで非情になるんですね。女も振り向かないからこそであって、振り向いてくれるようなら興ざめ。これを追いかけて、流れているときがエロティック。でもそれは聖杯伝説とは関係なく、人間のエロティシズムの構造じゃないですか。

中沢 そうですね。ただ聖杯伝説というのも、べつにそういう聖杯があるとかないという意味ではなくて、力の源泉があるという神話なんですね。それは妄想でもあるけれど、人間の想像界はそういうふうにできていて、いわば心のなかに井戸がある。そこから渾々と水が湧く。象徴界と現実界はこういう構造をしていませんが、想像界だけがそうなっている。その源泉をどう神話的にとらえるかということで、各民族が全知を傾けてきた。カソリック・フランスはこれを聖杯という形で形象化した。他方、プロテスタント・ドイツはこの聖杯に相当する力を形象化できなかったものだから、ワグナーもわざわざこれを求めてきた。ナチス・ドイツも探した。でもぼくらの心のなかに、あるいは大脳のなかかもしれませんが、そういう源泉があって、バルザックという人は、とくにこの源泉の水量の多い人だったと思う。

山田　こんな人はいない。空前絶後。

中沢　そして自分自身がその源泉の近くにいて、バルブを閉めたりすることもやってた。だからこういう作家は、非常にめずらしい。プルーストともフローベールとも違う。

山田　それで、その秘密の見えない力、想像界で渾々と湧き出る力、いわば泉の井戸を開くのが言語。想像界は言語でできています。力の源泉の探求者バルザックは「小説家」なんですね。かぎりない妄想をつむいでゆく。

中沢　渾々と湧いてくる言語。

山田　言語だから湧いてくる。言語というものはまさに人間だけに与えられているものです。そう言っていまわかったことがあるんですが、中沢さんのご本は小説ではないのですけど、読む方の快楽はまったく小説を読む快楽なんです。その理由がわかりました。はてない妄想をつむいでいるからですね。やっぱり言語です。とにかく妄想の方が実証よりはるかに面白くて魅力的。

それから言語といえば、今福龍太さんの最近刊の『ここではない場所』（岩波書店、二〇〇二年）という本で心に残った一節をいままた思い出しました。現代のエコロジーに欠けているものは詩であるところの言語だと言ってるんですね。インディアンの人たちは大地がもってる創造力を言語としている。だけどいまのエコロジー運動にはまさにその言語＝詩が言語が欠けていると。そういう万人に与えられている秘密の地下の源泉を解き放つ鍵としての言語ですね。

中沢 それと同時に渾々と湧きあがってくるのが、欲望であり、貨幣であり、つまり資本です。これらが実際に一緒に渾々と湧いてきて、一八六〇年代以降の世紀末ヨーロッパになる。

山田 バルザックは、ナポレオンと同時代だから一八三〇年代ですね。

中沢 バルザックは小説家ですから、そういう時代を言葉で先取りしている。

山田 体感でも。自分でお金で苦労してますから。貨幣の支配力をこれほどまざまざと味わった人はいない。ただ『十三人組物語』って、お金に関してはある意味できれいごとで終わっている。他方『従妹ベット』は女を囲う話で、お金がやたらと出てきます。

中沢 あれはめちゃくちゃ面白い小説ですね。

山田 男の人はみんな好きですね。でも『ベット』でお金が出てくるのは、力が貨幣として現れているからであって、そこが違うだけ。この『十三人組物語』では同じ力が貨幣の形をとらないから、貨幣のことを語る必要がない。

●バルザックとイマージュ——ヨーロッパの諸問題の凝集点

中沢 とにかくこれはいろいろ考えさせる小説です。最初の二、三〇頁って、バルザックのほとんどの小説は哲学を語っています。しかもなかなかの哲学です。

山田 むしろこの出だしは、めずらしくいいんですよ。バルザックお馴染みの退屈な出だし。もうやめてくれというくらいの室内描写とかを延々とやって、家具がどうなってるとか……。

中沢　「農民」では門にたどりつくまでに一五頁もかかってしまう（笑）。でもそれは映画がなかったからでしょう。バルザックは書かざるをえなかった。いまならだれでも映画を何本も見ているから、ちょっとコードを与えれば、読み手はそれを全部想像力のなかで補ってしまいますから。

山田　バルザックの描写癖、あれは天地創造の喜びなんですね。家具も何もかも言語が生んでいく。

中沢　バルザックの原作でいい映画はありますか。

山田　ないですね。バルザックはヴィジュアルじゃない。たとえば『従妹ベット』も、ついこのあいだ映画になったんですが面白くない。ちゃちな話になっちゃうんですよ。

中沢　ということは、やはり言葉の世界なんですね。実にキリスト教的だな。キリスト教は、源泉には偶像禁止があるから。イメージ禁止ですね。

山田　女も像なんですね。たしかに死者の領域なのかもしれない。実体じゃない、イメージ、つまり存在の影なんです。

中沢　まさしくイマージュです。

山田　その像の崇拝をモーセやアロンは禁じた。

中沢　そう、形定まらない。しかも産出力がある。言葉にはそのものとしては産出力がない。だからモーセ自体には産出力がなくて、アロンという人物がいたから産出力が出てくる。女のなかに言語が投入されたとき、産出力になってくるわけですね。コントロールされた産出力が。

山田　それは描かれた女ですね。

中沢　ところが現実界の女というのは放っておけば、野放図に産んでいく。こういうことをモーセは禁止した。ところがいまの資本主義は野放図に産んじゃう。貨幣がね。

山田 貨幣というのもたまらなく面白いですね。バルザックはその神秘にふれてます。作家としては世界一でしょう。

中沢 ジンメルよりすごいんじゃないですか。マルクスの貨幣論ぐらいに面白い。

山田 比較にならないですね。マルクスもバルザックをよく読んでいたそうですから。お金の魔力を捉えてます。この『十三人組物語』もまさに魔物ですね。

中沢 想像力を言語によってしっかり手なずけることができれば、三位一体として円滑に運動していく。でもこの言語力を失って、イメージになったとたんに世界は崩壊していく。そういうぎりぎりのところをバルザックはやっていると思う。実際、バルザックのあとで世界がひたすらイメージ文化になってくると想像界とイメージと女の世界になる。ぎりぎりですね、バルザックが。ある意味で三位一体の近代的な完成形かもしれない。

山田 しかし円滑な運動というのはちがいますね。というのも、先のガンバラといい、『知られざる傑作』の画家といい、あるいは『ルイ・ランベール』みたいな哲学者といい、想像界をつむぎだす能力は実に凶々しい作用を及ぼす。彼らはみな狂人です。バルザックは異端と異教をもって任じてますが。

中沢 三位一体のなかの聖霊というのは、もともと異端ですから。異教要素を組みこんでいる。それがキリスト教をつくりあげ、言葉の力で聖霊をがしっとつかむからこそ、三位一体が運行する。

山田 聖霊って危険なものですものね。

中沢　危険です。あれを資本という形でキリスト教は解き放しちゃった。

山田　そういう危険なものに、その源泉に、バルザックは直接つながっている。そうでないと、こんなの書けないですよ。

中沢　だからバルザックは、ヨーロッパのいろんな問題の凝集点なんですね。けっしてほめられた存在ではないとも言えるけれど、それだけ偉大です。詩は渾々と湧きでてくる言葉を、殺さないとつくれない。制御しなければいけないから。他方、その制御力が失われると、今の資本主義みたいになってくる。そういう瀬戸際にバルザックはいたと思う。それでバルザックは今の資本主義の方へバルブを開いているところがある。ランボーを見てもわかるように、詩人はバルブを閉めて、砂漠へ行ってしまう。でも、今、ぼくらのこの時代は、まさにバルザックのもので、今日発生している問題、さきほどのエコロジーの問題もふくめて、根源はバルザックです。ぼくはそういう悪党のバルザックが好きでもあるんですが。

山田　中沢さんの『悪党的思考』（平凡社ライブラリー、一九九四年）はすてきな本ですが、今日は悪党的バルザック論全開ですね。

中沢　バルザックは現代を開いてしまったんですね。そして開いてしまった者なりの悪徳も持っていて、バルザックは巨大な悪徳でもある。その悪徳たるバルザックを愛するように、バルザックを愛さなきゃいけない。こんな作品を回していただいて山田さんに感謝しています。この機会がなければ、ぼくは一生読まないでいた。

山田　この小説が中沢さんを呼んだのです。その声を、わたしは聞いたのです。わたしは深く信じる者ですから、小さな声が聞こえるのです。

中沢 でも「バルザックと聖杯」とかいった研究は本当にないんですか。だったら自分でやろうかな。

山田 「バルザックにおける悪魔《デモン》」みたいなのは山とありますが、逆は本当にないです。やってくださいよ。説得力ありますから。渾々と湧きでてくる言葉で（笑）。

中沢 そうですね。もう一回、学生の頃に戻れたら、プーサンとバルザックと聖杯の関係を解きあかすような研究をやるでしょうね、きっと。

（二〇〇二年二月八日）

中沢新一（なかざわ・しんいち） 一九五〇年山梨県生。宗教学・哲学。東京大学大学院博士課程修了。中央大学教授。主著に『チベットのモーツァルト』『森のバロック』（以上せりか書房）『フィロソフィア・ヤポニカ』（集英社）『人類最古の哲学』（講談社）『緑の資本論』（集英社）等。

バルザックは世の終わりまで

山田登世子
（責任編集者）

小説をめぐる対談がこれほどまでに小説的だとは思ってもみなかった。

希代の読み巧者の方々に恵まれた対話は、予想を越えて思ってもみなかった方向に発展し、百倍ものことを教えていただいた。ふりかえって、バルザックの世界の広さ、深さ、複雑さに目をみはる思いがする。社会派、耽美派、極道、実業家、女好き、男好き、賭博師、宗教家——思いつくまま並べてみても、全部を満足させる作家なんてそうはいないと思うのだが、バルザックはやすやすとこれをやってのけるのだから本当にすごい。

山口昌男、池内紀、松浦寿輝、そろって「わがときめきの方々」をお迎えしたすべての対談がそうだったが、なかでも驚いたのは『あら皮』と『十三人組物語』である。というのも、このセレクションは「パリもの」にしようというのが責任編集のコンセプトで、その方針からすれば二作とも特殊な作品だったからだ。

実際『あら皮』は確かにパリを舞台にしてはいるものの、哲学小説の匂いが濃厚。だから宗教学の植島啓司さんにお願いしたのだが、私の予想をはるかに越えて、この小説に入れこんでいただいた。対談の間中、次々と「快楽主義者」植島さんの興奮の言葉が繰り出されてゆく。バルザックはパリを描いてさえなお「神秘の人」なのだと感動を深くした。

これとは逆に、もう一作の『十三人組物語』は典型的なパリ小説である。ただし秘密結社の話でもあるから、中沢新一さんならいずれでもと思って対談を始めたら、席に着くのももどかしく、いきなり中沢さんが勢いこんで聖杯伝説論を語り始めたので、本当に驚いた。もうパリ小説などどうでもよくなって聞きほれてしまうような「未聞のバルザック」だった。ここでもまたバルザックは謎の人。

まさしくバルザックは万有に通ず。地上界、天界、可視界、不可視界、紀元前の昔から世の終わりまで——この驚き《ワンダー》を、ぜひ読者に味わっていただきたいと思う。

二〇〇二年四月五日

本書は、「バルザック『人間喜劇』セレクション」所収の巻末の対談すべてを収録したものである。

日本に「バルザック党」の建設を！　書き下ろし
中野　翠×鹿島　茂　『ペール・ゴリオ――パリ物語』（一九九九年五月刊）
髙村　薫×鹿島　茂　『セザール・ビロトー――ある香水商の隆盛と凋落』（一九九九年七月刊）
福田和也×鹿島　茂　『従兄ポンス――収集家の悲劇』（一九九九年九月刊）
青木雄二×鹿島　茂　『金融小説名篇集』（一九九九年十一月刊）
「ゴプセック――高利貸し観察記」
「ニュシンゲン銀行――偽装倒産物語」
「名うてのゴーディサール――だまされたセールスマン」
「骨董室――手形偽造物語」
町田　康×鹿島　茂　『ラブイユーズ――無頼一代記』（二〇〇〇年一月刊）
植島啓司×山田登世子　『あら皮――欲望の哲学』（二〇〇〇年三月刊）
山口昌男×山田登世子　『幻滅――メディア戦記』上・下（二〇〇〇年九月刊・十月刊）
池内　紀×山田登世子　『娼婦の栄光と悲惨――悪党ヴォートランの最後の変身』上・下（二〇〇〇年十二月刊）
松浦寿輝×山田登世子　『従妹ベット――好色一代記』上・下（二〇〇一年七月刊）
中沢新一×山田登世子　『十三人組物語』（二〇〇二年三月刊）
「フェラギュス――禁じられた父性愛」
「ランジェ公爵夫人――死に至る恋愛遊戯」
「金色の眼の娘――鏡像関係」
バルザックは世の終わりまで　書き下ろし

編者紹介

鹿島　茂（かしま・しげる）

1949年生まれ。東京大学人文科学研究科博士課程修了。19世紀の社会と小説を専攻。現在、共立女子大学文芸部教授。著書に、『「レ・ミゼラブル」百六景』（1987, 文藝春秋）、『馬車が買いたい！』（1990, 白水社）、『デパートを発明した夫婦』（1991, 講談社現代新書）、『絶景、パリ万国博覧会』（1992, 河出書房新社）、『パリ時間旅行』（1993, 筑摩書房）、訳書に、コルバン『においの歴史』（1990, 共訳, 藤原書店）、クセルゴン『自由・平等・清潔』（1992, 河出書房）、画・マルレ、文・ソヴィニー『タブロー・ド・パリ』（1993, 藤原書店）、バルザック『役人の生理学』（1997, ちくま文庫）、バルザック『ペール・ゴリオ』（1999, 藤原書店）などがある。

山田登世子（やまだ・とよこ）

1946年生まれ。名古屋大学大学院文学研究科博士課程修了。フランス文学専攻。現在、愛知淑徳大学教授。著書に、『華やぐ男たちのために』（1990, ポーラ文化研究所）、『モードの帝国』（1992, 筑摩書房）、『声の銀河系』（1993, 河出書房新社）、『メディア都市パリ』（1995, ちくま学芸文庫）、『涙のエロス』（1995, 作品社）、『リゾート世紀末』（1998, 筑摩書房）、訳書に、セルトー『日常的実践のポイエティーク』（1987, 国文社）、セルトー『文化の政治学』（1990, 岩波書店）、コルバン『においの歴史』（1990, 共訳, 藤原書店）、バルザック『風俗研究』（1992, 藤原書店）、『従妹ベット』（2001, 藤原書店）などがある。

バルザックを読む　I　対談篇

2002年5月30日　初版第1刷発行©

編　者　鹿　島　　茂
　　　　山　田　登　世　子

発行者　藤　原　良　雄

発行所　株式会社　藤　原　書　店

〒162-0041　東京都新宿区早稲田鶴巻町523

TEL　03（5272）0301
FAX　03（5272）0450
振替　00160-4-17013

印刷・製本　美研プリンティング

Printed in Japan
ISBN4-89434-286-3

7　金融小説名篇集
吉田典子・宮下志朗 訳=解説
〈対談〉青木雄二×鹿島茂

ゴプセック――高利貸し観察記　*Gobseck*
ニュシンゲン銀行――偽装倒産物語　*La Maison Nucingen*
名うてのゴディサール――だまされたセールスマン　*L'Illustre Gaudissart*
骨董室――手形偽造物語　*Le Cabinet des antiques*

528頁　**3200円**（1999年11月刊）◇4-89434-155-7

高利貸しのゴプセック、銀行家ニュシンゲン、凄腕のセールスマン、ゴディサール。いずれ劣らぬ個性をもった「人間喜劇」の名脇役が主役となる三篇と、青年貴族が手形偽造で捕まるまでに破滅する「骨董室」を収めた作品集。「いまの時代は、日本の経済がバルザック的になってきたといえますね。」（青木雄二氏評）

8・9　娼婦の栄光と悲惨――悪党ヴォートラン最後の変身（2分冊）
Splendeurs et misères des courtisanes
飯島耕一 訳=解説
〈対談〉池内紀×山田登世子

⑧448頁 ⑨448頁　各**3200円**（2000年12月刊）⑧◇4-89434-208-1 ⑨◇4-89434-209-X

『幻滅』で出会った闇の人物ヴォートランと美貌の詩人リュシアン。彼らに襲いかかる最後の運命は？「社会の管理化が進むなか、消えていくものと生き残る者とがふるいにかけられ、ヒーローのありえた時代が終わりつつあることが、ここにはっきり描かれている。」（池内紀氏評）

10　あら皮――欲望の哲学
小倉孝誠 訳=解説
La Peau de chagrin
〈対談〉植島啓司×山田登世子

448頁　**3200円**（2000年3月刊）◇4-89434-170-0

絶望し、自殺まで考えた青年が手にした「あら皮」。それは、寿命と引き換えに願いを叶える魔法の皮であった。その後の青年はいかに？「外側から見ると欲望まるだしの人間が、内側から見ると全然違っている。それがバルザックの秘密だと思う。」（植島啓司氏評）

11・12　従妹《いとこ》ベット――好色一代記（2分冊）
山田登世子 訳=解説
〈対談〉松浦寿輝×山田登世子

⑪352頁 ⑫352頁　各**3200円**（2001年7月刊）⑪◇4-89434-241-3 ⑫◇4-89434-242-1

美しい妻に愛されながらも、義理の従妹ベットと素人娼婦ヴァレリーに操られ、快楽を追い求め徹底的に堕ちていく放蕩貴族ユロの物語。「滑稽なまでの激しい情念が崇高なものに転じるさまが描かれている。」（松浦寿輝氏評）

13　従兄《いとこ》ポンス――収集家の悲劇
柏木隆雄 訳=解説
Le Cousin Pons
〈対談〉福田和也×鹿島茂

504頁　**3200円**（1999年9月刊）◇4-89434-146-8

骨董収集に没頭する、成功に無欲な老音楽家ポンスと友人シュムッケ。心優しい二人の友情と、ポンスの収集品を狙う貪欲な輩の蠢く資本主義社会の諸相を描いた、バルザック最晩年の作品。「小説の異常な情報量。今だったら、それだけで長篇を書けるような話が十もある。」（福田和也氏評）

別巻1　バルザック「人間喜劇」ハンドブック
大矢タカヤス 編
奥田恭士・片桐祐・佐野栄一・菅原珠子・山﨑朱美子=共同執筆

264頁　**3000円**（2000年5月刊）◇4-89434-180-8

「登場人物辞典」、「家系図」、「作品内年表」、「服飾解説」からなる、バルザック愛読者待望の本邦初オリジナルハンドブック。

別巻2　バルザック「人間喜劇」全作品あらすじ
大矢タカヤス 編　奥田恭士・片桐祐・佐野栄一=共同執筆

432頁　**3800円**（1999年5月刊）◇4-89434-135-2

思想的にも方法的にも相矛盾するほどの多彩な傾向をもった百篇近くの作品群からなる、広大な「人間喜劇」の世界を鳥瞰する画期的試み。コンパクトでありながら、あたかも作品を読み進んでいるかのような臨場感を味わえる。当時のイラストをふんだんに収め、詳しい「バルザック年譜」も附す。

全く新しいバルザック像

バルザックがおもしろい

鹿島茂・山田登世子

百篇にのぼるバルザックの「人間喜劇」から、高度に都市化し、資本主義化した今の日本でこそ理解できる十篇をセレクトした二人が、今日の日本が直面している問題を、既に一六〇年も前に語り尽していたバルザックの知られざる魅力をめぐって熱論。

四六並製　二四〇頁　**一五〇〇円**

（一九九九年四月刊）◇4-89434-128-X

文豪、幻の名著

風俗研究

バルザック

山田登世子訳＝解説

文豪バルザックが、一九世紀パリの風俗を、皮肉と諷刺で鮮やかに描いた幻の名著。近代の富と毒を、バルザックの炯眼が鋭く捉える、都市風俗考現学の原点。「優雅な生活論」「歩き方の理論」「近代興奮剤考」ほか。図版多数。〔解説〕「近代の毒と富」（四〇頁）

Ａ５上製　二三二頁　**二八〇〇円**

（一九九二年三月刊）◇4-938661-46-2

PATHOLOGIE DE LA VIE SOCIAL BALZAC

写真誕生前の日常百景

タブロー・ド・パリ

画・マルレ／文・ソヴィニー

鹿島茂訳＝解題

パリの国立図書館に一五〇年間眠っていた石版画を、一九世紀史の泰斗が発掘出版。人物・風景・建物ともに微細に描きだした、第一級資料。

厚手中性紙・布表紙・箔押・函入

Ｂ４上製　一八四頁　**一一六五〇円**

（一九九三年二月刊）◇4-938661-65-9

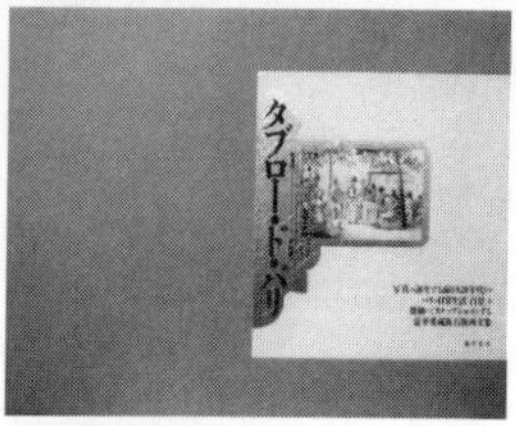

*TABLEAUX DE PARIS*Jean-Henri MARLET*TAB-*

新しいジョルジュ・サンド

サンド――政治と論争

Ｇ・サンド

Ｍ・ペロー編　持田明子訳

歴史家ペローの目で見た斬新なサンド像。政治が男性のものであった一八四八年二月革命のフランス――初めて民衆の前で声をあげた女性・サンドが当時の政治に対して放った論文・発言・批評的文芸作品を精選。

四六上製　三三六頁　**三二〇〇円**

（二〇〇〇年九月）◇4-89434-196-4

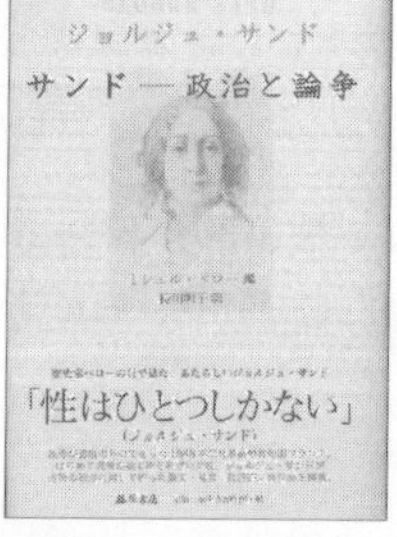

ナポレオンが最も恐れた男の一生

タレラン伝 上・下

J・オリュー
宮澤泰訳

ナポレオンに最も恐れられ、「近代ヨーロッパの誕生」を演出したタレランの破天荒な一生を初めて明かした大作。シュテファン・ツヴァイクの『ジョゼフ・フーシェ』と双璧をなす、最高の伝記作家=歴史家によるフランスの大ベストセラー、ついに完訳。

四六上製　上七二八頁、下七二〇頁
各六八〇〇円（一九九八年六月刊）
上◇4-89434-104-2 下◇4-89434-105-0

TALLEYRAND OU LE SPHINX INCOMPRIS　Jean ORIEUX

一九世紀パリ文化界群像

新しい女

（一九世紀パリ文化界の女王
マリー・ダグー伯爵夫人）

D・デザンティ　持田明子訳

リストの愛人でありヴァーグナーの義母、パリ社交界の輝ける星、ダニエル・ステルンの目を通して、百花繚乱咲き誇るパリの文化界を鮮やかに浮彫る。約五〇〇人（ユゴー、バルザック、ミシュレ、ハイネ、プルードン、他多数）の群像を活写する。

四六上製　四一六頁　**三六八九円**
（一九九一年七月刊）
◇4-938661-31-4

DANIEL　Dominique DESANTI

ミシュレ生誕二百年記念出版

ミシュレ伝 1798-1874

（自然と歴史への愛）

大野一道

『魔女』『民衆』『女』『海』……数々の名著を遺し、ロラン・バルトやブローデルら後世の第一級の知識人に多大な影響を与えつづけるミシュレの生涯を、膨大な未邦訳の『日記』を軸に鮮烈に描き出した本邦初の評伝。思想家としての歴史家の生涯を浮き彫りにする。

四六上製　五二〇頁　**五八〇〇円**
（一九九八年一〇月刊）
◇4-89434-110-7

「ルネサンス」の発明者ミシュレ

ミシュレとルネサンス

（「歴史」の創始者についての講義録）

L・フェーヴル
P・ブローデル編　石川美子訳

「アナール」の開祖、ブローデルの師フェーヴルが、一九四二―三年パリ占領下、フランスの最高学府コレージュ・ド・フランスで、「近代世界の形成――ミシュレとルネサンス」と題し行なった講義録。フェーヴルの死後、ブローデル夫人の手によって編集された。

A5上製　五七六頁　**六七〇〇円**
（一九九六年四月刊）
◇4-89434-036-4

MICHELET ET LA RENAISSANCE　Lucien FEBVRE

ミシュレの歴史観の全貌

世界史入門
（ヴィーコから「アナール」へ）

J・ミシュレ　大野一道編訳

「異端」の思想家ヴィーコを発見し、初めて世に知らしめた、「アナール」の母ミシュレ。本書は初期の『世界史入門』から『フランス史』『十九世紀史』までの著作群より、ミシュレの歴史認識を伝える名作を本邦初訳で編集。L・フェーヴルのミシュレ論も初訳出、併録。

四六上製　二六四頁　**二七一八円**
（一九九三年五月刊）
◇4-938661-72-1

全女性必読の書

女

J・ミシュレ
大野一道訳

アナール派に最も大きな影響を与えた一九世紀の大歴史家が、歴史と自然の仲介者としての女を物語った問題作、本邦初訳。「女性は太陽、男性は月」と『青鞜』より半世紀前に明言した、全女性必読の書。マルクスもプルードンも持ちえなかった視点で歴史を問う。

A５上製　三九二頁　**四六六〇円**
（在庫僅少）（一九九一年一月刊）
◇4-938661-18-7

LA FEMME　Jules MICHELET

陸中心の歴史観を覆す

海

J・ミシュレ
加賀野井秀一訳

ブローデルをはじめアナール派やフーコー、バルトらに多大な影響を与えてきた大歴史家ミシュレが、万物の創造者たる海の視点から、海と生物（および人間）との関係を壮大なスケールで描く。陸中心史観を根底から覆す大博物誌、本邦初訳。

A５上製　三六〇頁　**四六六〇円**
（一九九四年一一月刊）
◇4-89434-001-1

LA MER　Jules MICHELET

「自然の歴史」の集大成

山

J・ミシュレ
大野一道訳

高くそびえていたものを全て平らにし、平原が主人となった一九、二〇世紀。この衰弱の二世紀を大歴史家が再生させる自然の歴史（ナチュラル・ヒストリー）。山を愛する全ての人のための「山岳文学」の古典的名著、ミシュレ博物誌シリーズの掉尾、本邦初訳。

A５上製　二七二頁　**三八〇〇円**
（一九九七年二月刊）
◇4-89434-060-7

LA MONTAGNE　Jules MICHELET

浜辺リゾートの誕生

浜辺の誕生

（海と人間の系譜学）

A・コルバン　福井和美訳

長らく恐怖と嫌悪の対象であった浜辺を、近代人がリゾートとして悦楽の場としてゆく過程を抉り出す。海と空と陸の狭間、自然の諸力のせめぎあう場、「浜辺」は人間の歴史に何をもたらしたのか？　感性の歴史学の最新成果。

A５上製　七六〇頁　**八五四四円**
（一九九二年一二月刊）
◇4-938661-61-6

LE TERRITOIRE DU VIDE
Alain CORBIN

近代的感性とは何か

時間・欲望・恐怖

（歴史学と感覚の人類学）

A・コルバン
小倉孝誠・野村正人・小倉和子訳

女と男が織りなす近代社会の「近代性」の誕生を日常生活の様々な面に光をあて、鮮やかに描きだす。語られていない、語りえぬ歴史に挑む。（来日セミナー）「歴史・社会的表象・文学」収録（山田登世子、北山晴一他）。

四六上製　三九二頁　**四一〇〇円**
（一九九三年七月刊）
◇4-938661-77-2

LE TEMPS, LE DÉSIR ET L'HORREUR
Alain CORBIN

現代人の希求する自由時間とは何か

レジャーの誕生

A・コルバン
渡辺響子訳

多忙を極める現代人が心底求める自由時間（レジャー）と加速する生活リズムはいかなる関係にあるか？　仕事のための力を再創造する時間としてあった自由時間から「レジャー」の時間への移行過程を丹念にあとづける大作。

A５上製　五六八頁　**六八〇〇円**
（二〇〇〇年七月刊）
◇4-89434-187-5

L'AVENEMENT DES LOISIRS (1850-1960)
Alain CORBIN

コルバンが全てを語りおろす

感性の歴史家 アラン・コルバン

A・コルバン　小倉和子訳

飛翔する想像力と徹底した史料批判の心をあわせもつコルバンが、「感性の歴史」を切り拓いてきたその足跡を、『娼婦』『においの歴史』から『記録を残さなかった男の歴史』までの成立秘話を交え、初めて語りおろす。

四六上製　三〇四頁　**二八〇〇円**
（二〇〇一年十一月刊）
◇4-89434-259-6

HISTORIEN DU SENSIBLE
Alain CORBIN